LOCUS

LOCUS

LOCUS

LOCUS

touch

對於變化，我們需要的不是觀察。而是接觸。

維多利亞．威爾曼 Victoria Wellman 著
張雅涵 譯

在你開口之前

直擊完美講稿內幕
紐約最夯演講撰稿師的零失誤戰略大公開！

Before You Say Anything

The Untold Stories and Failproof Strategies of a Very Discreet speechwriter

＊本書中人名與人物識別特徵均已修改，書中描述事件之其他細節也已調整。

本書獻給**璐意絲安娜**和**卡蜜莉雅**，她們與生俱來的天賦就是能說個不停，我身為她倆母親也因此樂趣不斷，堪稱親子關係一大亮點。

也獻給**納森**——我意志堅定又滿懷愛意的好夥伴，有夫如此，夫復何求——謝謝你提醒我們母女三人：傾聽和訴說同樣重要。

目錄

第二部：題材

第三部：設計

第四部：打磨

溫馨小提醒

我最喜歡我們家老大璐意絲安娜（Louisiana）的一點，就是她玩那些「動手做」玩具時，幾乎沒遵守過玩具套組的操作說明。（我寫了她本名——如果我在書裡讓她隱姓埋名，她一定會氣死。）璐璐玩遍樂高積木、摺紙套組、手作飾品、磁力片積木，一盒又一盒，一組又一組，你想得到的她都玩過。這些玩具的包裝盒裡都附上了詳細的步驟圖解，讓人能依照標準作業流程完美地做出宇宙飛船或友誼手鍊——偏偏說到「我說你做」這種事，我們家璐璐就是一點興趣也沒有，她就愛出人意料。我收拾那些散落四處的串珠線、迷你車輪時（實在累到沒力氣大發雷霆，也沒精神對她循循善誘），常常看到說明手冊被亂扔在地板上，這時就會把那些小本本塞回包裝盒——坦白說，我都一邊收一邊在心裡暗自許願：玩具也好勞作也罷，希望璐璐哪天會從頭到尾照規矩來，一步步專心致志完成大作。我求的也不過是一小段安靜專注的好時光，因為璐璐即興發揮起來就會忙個沒完沒了。典型的長女長子性格。

但就很多方面，我算是十分欽佩璐璐的堅韌和叛逆。或許這是遺傳也說不定——我家這邊的族譜上，多得可是固執的男男女女，做事就愛照著自己的性子來。我媽對每件事就都有一套自己的做法，我們總是在聽她說：「誰說我不能這樣弄??!」有時候，她甚至連講話都要跟人不同，我媽念某些字的發音，大概只有她自己聽得懂。她卻還覺得自己的做法才是唯一正解。老是跟我們說，「你為什麼不照我這樣做?!」我喜歡把璐璐的狀況想成，她已經找到了完美的中庸之道。本能上，她知道努力遵循別人的模板或既定的做事方法，會扼殺自我表達的自由、削弱她解決問題的能力；但她也意識到，執著於心裡的唯一正解，會使自己聽不到外界的聲音、無法和他人建立實在的連結，如此打造出的成果，就欠缺想像力與創意。

唉，我是想騙誰了？她搞不好只是懶得翻手冊，不想花力氣找正確的零件。

不過，我這本書就是要應用自己的樂觀詮釋，拿璐璐組樂高的邏輯來談怎麼寫講稿。

我不覺得世界上有什麼指南，能用步步拆解帶人寫出一篇講稿，在各種場合發表都精采非凡，還能獨具個人風采，又富含藝術性與人性溫暖。要把講稿寫得出類拔萃，可不像把幾塊積木湊在一起那麼簡單。你和你隔壁鄰居組積木的方式和做出來的成果，可能半斤八兩都差不多；但成功演講有個特質，就是要能帶給聽眾一點新玩意。既然如此，怎麼可能有萬用指南？怎麼可能有步驟詳解？說到底，寫講稿還是畢竟要回到個人，就是個「我」要怎麼做的問題。我不打算把自己吹捧成事事都做對的講稿權威，但我可以承諾各位讀者一件事：透過分享個人訣竅，我要帶你踏上愉快有趣的寫講稿之旅，讀到了本書的結尾，下次有人請你演講時，你就贏在起跑點，知道這段路該如何開始，一路該如何努力，要怎麼把撰稿之路走完，打造精采演說。跟翻開這本書前的演講相比，你這次演講絕對好得多。

在你開口之前

Before
You Say
Anything

前言

上天賦予人的才能裡，口才最為寶貴。雄辯之才手握的權力，要比賢君明主還經久耐磨。如此人才，是獨立於世間眾生的一股力量。就算眾叛親離、丟官去職，掌握口才的人依然所向無敵。

——溫斯頓・邱吉爾（Winston Churchill）

基本上就是邱吉爾講的那樣，但我要講的比較沒那麼沙文主義。

——維多利亞・威爾曼（Victoria Wellman）

我有位很喜歡的客戶雪麗，她是太空人，每回談起上太空的事，都讓我感動落淚，哭得像個小娃娃；有次雪麗告訴我，她認為全球定位系統GPS的座標，是少數能讓全世界達成共識的事。要我說的話，還有一件事能讓眾人達成共識——在公開場合發言的時候，大家都不希望表現得太糟。

對於演講這件事，人人感受大相逕庭：有人心裡埋藏著深深恐懼，懷抱經臨床確診的社交焦慮，覺得要在一屋子人面前講話，簡直就像受酷刑；有些人則是另一種極端，他們積極尋找聚光燈，幻想眾人都會聽得如癡如醉、起立鼓掌。還有一些人介於兩者之間，對演講沒多大興趣，但比起被蜜蜂螫，他們可能還是寧願演講；因為這些人體會到，當眾演講雖可能跟被蜜蜂螫同樣難受，但如果能好好打磨演講技巧，收穫可是會滿到漫出來。

無論一想到公開演講，會在心裡引發什麼負面情緒，你大概都有兩種選擇。一種是由心理驅力下手，調節內心的恐懼。你可以找位教練教你情緒管理；或者找藥劑師幫你開點藥緩解焦慮。另一種選擇是改進自己要講的內容，這樣當你走上演講台、在麥克風前站定，心跳漸漸平靜時，你就有一席超炸好話可說。

我通常會警告客戶，演講時不要把道歉當免責聲明，一開口就是「我有點緊張」，不過我記得自己曾同意一位客戶這樣開場，因為她會這麼說並不是要替自己開脫。

我很確定，我不是第一個站在這裡講這句話的家長，但我今天的感受，實在很難用言語形容。也許我可以這樣解釋這種複雜心情：我大學時修過演講課，後來退選了，因為每次輪到我演講時，我都覺得自己心臟無力快死了。但我現在的感覺，跟當年完全相反——我不覺得自己心臟要衰竭，而是覺得它要爆炸了。環顧這整個房間，我看到的一張張面孔，都是認識我女兒的人、愛我女兒的人，我的女兒能有今天，都是靠大家以各自的方式伸出援手。要感謝的人太多了，如果我要送他們一人一塊感恩石聊表謝意，那還得租一台堆高機才行。最近的堆高機出租公司，離這裡大概有一百二十二公里——我有上網查過。

女兒伊綺從馬術治療中心畢業時，蕾貝卡在典禮上講了這番話。伊綺年紀很小的時候，就已成為半職業的單板滑雪選手，後來她交了壞朋友，常常進出警局。蕾貝卡察覺伊綺已對贊安諾（Xanax）上癮，人生正在滑下坡（會單板滑雪也沒用），於是做了件為人父母都避之唯恐不及的事：她雇人「綁架」了自己女兒。蕾貝卡跟我解釋，她的意思是：

某天凌晨四點，有位治療中心的員工來她家，把伊綺帶到荒野求生營[*1]，一待就是九十天。令人訝異的是：九十天後，伊綺表示自己在營隊裡有比較舒適的情緒空間（emotional space）[*2]，而且同意去上牧場學校。透過讓學員照顧馬匹，牧場學校建構了一套系統，能培養責任感、同情心，還有家長努力想灌輸給孩子的其他價值觀。伊綺終於要畢業時，蕾貝卡迫不及待想站上舞台告訴女兒自己有多麼為她驕傲——也急著要按照慣例為每位想感謝的人獻上一塊感恩石。（我也查過那一帶的堆高機出租公司，那一百二十二公里還真不是開玩笑。）蕾貝卡明白，一旦你投入自己想傳達的訊息中，不把群眾當成敵人，而是視為盟友，分享訊息起來就樂趣多多。

問題是，比起那麼做，買贊安諾要簡單得多了——這點我們有小可憐伊綺為證，問題她最清楚。對大多數人來說，想打造一場精采演說，從撰稿到發表的這套流程，往往令人精疲力盡、心灰意冷、挫敗失志，問題一個接一個浮現，卻又尋不著答案：

該從哪講起？

怎樣才能把這些想法兜在一起？

怎麼確保自己講得出聽眾想聽的話？有沒有辦法讓演講聽起來幽默風趣？
我要站在哪？我要怎麼站？我「應該」站著嗎？

接著心裡的惶恐越來越具體……

前一位講者是歐普拉。
現場大部分聽眾都是喜劇作家，我偏偏是個會計師。
我的點子超棒，可是量子物理學實在很難講得清。
如果我說錯話，可能就要引發國際級災難了。

---

1 譯注：荒野治療（Wilderness Therapy）是針對青少年行為不良、藥物或酒精成癮、心理健康等問題的團體心理療法。療程主打結合荒野冒險求生與正念（mindefulness）療法、認知行為療法等療程，透過動態活動培養個案對自我與社會的責任感，促進情商成長，進而改善青少年的不良行為。過去曾有青少年參與荒野治療而受虐或死亡的案例，因此這類療程具有一定爭議。

2 譯注：情緒空間（emotional space）的概念，指的是喜怒哀樂等情緒會佔據無形空間、塑造環境氛圍，迫使周遭的人予以回應（例如：協助、逃避）。

我的經歷有夠不可思議，但實在太神奇了，言語根本沒辦法形容。

我跟新郎睡過。

千百萬網友為此驚慌失錯，每天掛在網上狂搜祕技，或許你也是其中之一。「如何寫出精采的講稿」，你在Google搜尋欄拚命地打呀打，卻只找得到菜鳥編輯在生活風格雜誌上寫的那些陳腔濫調。你可能還一路逛到YouTube，但頂多也只能看得到TED總裁暨首席策展人克里斯．安德森（Chris Anderson）的影片，看他一派溫文儒雅，身穿燙得筆直的斜紋棉布褲，有條不紊地講述TED演講法的要點，儘管影片以TED的經典迷人配樂開場，一陣顫音和再來一聲輕快明亮的「叮！」，再配上漂漂亮亮的圖示說明，你越看，浮現腦中的想法反而把你弄得越緊張：你那驚人的「想法」會不會還不夠驚人？又或者，你會去書店找答案，結果只找到一堆欠缺溫度的指南，活像什麼企業規章手冊，作者盡是那些所謂的溝通專家兼美國前總統伍德羅．威爾遜（Woodrow Wilson）的崇拜者，本本都宛如一個模板刻出來的。

問題不在於這些專家有沒有能力。我沒那麼狂妄自大。如果是要為你個人提出具體建議，恐怕也沒幾個真正的專家能辦到，更別提那些對你一無所知的人了。時至今日，我還沒在社交聚會或聯誼交際中遇過其他演講撰稿師。這個職業相當罕見，可以算是職業版的「閏年二月二十九日生」（我就是——但我至少認識四個和自己同一天過生日的人）。電影製片、銀行家、游泳教練、樹木醫生、選美皇后、駭客——我遇過的客戶遍布各種專業領域，從最顯眼的到最小眾的，合作對象涵蓋各式勞動人口。我甚至還有位客戶當過以色列情報特務局摩薩德（Mossad）探員，超會開鎖。我遇過作家、文案寫手、記者、專欄作家、編劇。你想得到的每一種文字工作者，我都遇過——畢竟我住在布魯克林；我們這區人人都靠搖筆桿謀生。但除了我，沒有半個是演講撰稿師。

說來也不意外，每次有人得知我怎麼混飯吃，審問大會就要開始了。他們問的第一件事，就是我寫過誰的講稿，盼望著我洩漏哪個知名政治人物或名人的機密。如果我們信尤瓦爾·諾亞·哈拉瑞（Yuval Noah Harari）那一套，這場審問大會看起來完全合情合理——哈拉瑞在《人類大歷史》（*Sapiens: A Brief History of Humankind*）曾提出一個理論：智人能征服世界，一大主因就是他們愛八卦。智人那個年代，顯然不用煩惱什麼保密協議和揭露條款吧。

找我問名人八卦，倒也無可厚非。大眾認為有錢有權的人才能找演講撰稿師，也是挺合情合理。而我之所以創立演講實驗室（The Oratory Laboratory），就是因為感受到這種思維裡的排他性。

說來不怕你笑，我的服務一點也不廉價。湯瑪斯・愛迪生（Thomas Edison）說，天才是一分天分加上九十九分的努力。嗯哼，寫作講稿也一樣，我們都知道「時間就是金錢」，偏偏演講撰稿就是得花時間，沒有捷徑。演講實驗室是奠基於一個信念之上，這個信念的意識形態頗為清晰，帶著平等主義色彩（我們英國人怎麼能不談平等主義嘛）——人人皆有資格享有演講撰稿服務，而且幾乎人人都需要演講撰稿師。我成立演講實驗室，是想面對一個事實：大多數人——不分階級、種族、黨派、財富、年齡、生理性別、社會性別、血型或郵遞區號——都會有一次（甚至可能四次），被邀請或得到機會，在某個人山人海的房間裡談論某事，而且幾乎每個人都搞砸了。我認為忽略這些人的困境，對講者或他們痛苦的聽眾來說都不公平。

過去人們認為，在公共場合演講需要自信和魅力，大家都覺得只有社會菁英和受過良好教育的少數人——律師、政治家、企業大佬以及其他手握大權、享有特權的人——才會用到演講這種技能，也覺得沒權沒勢的平民百姓只有看戲的份。

但這一切都變了。技術革命大幅提升我們面臨的風險，一發言可能大好也可能大壞。現在這個時代，在 YouTube 上可能有九百萬觀眾在嘲笑「史上最爛伴郎致詞」，同樣的九百萬觀眾也可能看著某部瘋傳影片，聆聽某位劃時代思想領袖在畢業典禮致詞，從中塑造自己對未來的願景。

現在，我們有推特、部落格和 Instagram 貼文，可以宣揚自己的政治理念、抒發個人心聲、大談職業抱負——人人都能直截了當地傳達訊息，人人都期望，世界的某處有個聽眾在聽在關心。

我們有 TED、The Moth[*3] 和 StoryCorps[*4]。還有研討會、度假會議和西南偏南藝

3 譯注：The Moth（飛蛾）為推廣說故事（storytelling）的美國非營利組織。該組織由喬治・道斯・葛林（George Dawes Green）於一九九七年創立。葛林回憶起夏日與朋友在門廊聊天說故事時，飛蛾被燈光吸引群聚的景象，因此將組織命名為 The Moth。The Moth 會在各地舉辦說故事比賽，為主流媒體忽略的人們提供講故事的機會，也會舉辦工作坊指導學員說故事。The Moth 也會製作 podcast 與廣播節目，也曾將精采故事集結成出版。

4 譯注：StoryCorps（故事團）是以記錄、保存、分享故事為宗旨的美國非營利組織。民眾可以親友或身邊其他人為受訪者，透過故事蒐集站 StoryBooth 及線上的 StoryCorps App 等方式，由 StoryCorps 指導員引導進行四十分鐘的錄音訪談，記錄常民的人生故事與回憶。

術節（SXSW）這樣的重磅活動；過去聚光燈只歸少數人獨享，而這些活動使舞台上位子越來越多，受燈光照拂的人數早已難以計數。

在公共場合周延地傳遞訊息，無所畏懼地用真誠之聲表達自己——無論是在家庭聚會、社區活動、工作場所或數千人面前的演講台上——對於每個希望有所作為的人來說，不分志向高低，擁有這樣的能力已是成年禮，也是基本技能。想拓展人脈、贏得尊重、在社交圈提升地位、在職場平步青雲，除了用自己的想法成功吸引受眾，還有什麼更好的方法嗎？時代在變，大家的演說知能卻還是代代相傳的那一套，沒演化出能引起當今講者和受眾共鳴的技巧；講者只好暗自苦思，要怎麼打造一場好演講，能回應當代文化需求，既富含個人特色、有原創性又真誠。

靠著不斷援引人類生活經驗和真實感受，廣告商和行銷人員持續提升品牌知名度、吸引點擊量——與此同時，演講，這個與受眾建立連結的最人性化方式，在創新方面早已遠落人後。沒有哪種溝通方式的效果能比得上一場強而有力的演說。一場好演講能贏得選舉、引發社運、激勵同伴，還能團聚人群。演講，值得我們換一套新思維，好好研究。

二〇〇八年初秋，納森（Nathan）當時還只是我男友，我們剛參加完一場婚禮，正開著一台休旅車，行駛在九十五號州際公路上，從新罕布夏州（New Hampshire）南下返回紐約市。如果光看我們倆的個人背景，當初根本看不出這段關係會有什麼未來。納森來自麻薩諸塞州一個落寞的工業城鎮，熱愛喜劇和即興表演。他的家庭關係很複雜，家譜上的父母和繼親比我還多得多。他穿著方頭皮鞋，喜歡藍人樂團（Blue Man Group），而且他和朋友在實驗劇坊給彼此取一堆奇怪綽號，提到朋友時就用那些綽號來稱呼人家。我則成長於倫敦市中心的高級社區，我家裡的人有點瘋瘋癲癲，但對配偶關係忠誠，生兒育女基本上是兩兩一組合作，直到最近都還是如此。我討厭方頭鞋和藍人樂團，而且在紐約，除了一小群要好姐妹淘，我記得住的名字，就只有那些要進高檔會員制酒吧時得報上的名號。納森是我世界裡沁人心脾的通寧水，不混伏特加也美味。他讓我重新認識了更真實的自己——那個能把約翰·休斯（John Hughes）*5 電影台詞從頭背到尾的我，那個在戲劇學校時最愛穿著保暖襪套開開心心跳舞的我。我們四月才開始約會，但到了仲夏，我們已經抵達了兩人關係的重大里程碑，邊播《紫雨》（*Purple Rain*）邊親熱纏綿——我說的不

5 譯注：約翰·休斯（John Hughes），美國知名導演、編劇兼製片人。

光是王子（Prince）那首歌，是同名的一整部半自傳電影，片長近兩小時。真是激情熱烈的觀影體驗。到初秋，我們已經透過兩人關係的終極壓力測試，以正式交往的情侶身分，一起參加了三個夏季婚禮。

第三場婚禮後開車回家的路上，我們聊起婚禮致詞這回事，大談這陣子聽的致詞有多令人尷尬。我回想起現場的痛苦表情、困惑眼神和尷尬沉默——原本搶眼裝飾、美味食物和高超的特調雞尾酒，正把婚禮帶往愉悅歡樂的高潮，卻全被致詞給毀了。我們參加的每場婚禮，風頭都被構思拙劣又執行不力的致詞搶去——滿屋的活力喧鬧，瞬間轉為安靜無語、如坐針氈、沉悶乏味。

第一場婚禮的伴娘顧著談論她自己。伴娘應該要分享新娘的軼事，但故事從她口中講出來，主角卻好像不是新娘這位好閨密，一齣齣生活小劇場都改由這位伴娘本人領銜主演。「每次我這樣，她都超氣的……她超討厭我那樣……還有一次超搞笑，我和我們朋友珍娜……」整段致詞有夠自我陶醉、自吹自擂，搞到最後她聽起來超惹人厭。在第二場婚禮中，伴郎找了二十六個英文字母開頭的詞，從 A 到 Z 對新郎做性格分析。這段致詞實在有夠冗長無趣，眾賓客無事可做，只好不停往杯裡斟酒。他講到字母 D 的時候，我們已經醉了。到了W，眾人爛醉如泥。第三場，也是這一系列婚禮的最後一場，則以新娘父親的致詞最讓人難忘，他把冗長致詞帶往新高度，幾乎是按時間順序重述女兒的一生，從她黏緊緊的第一個絨毛娃娃、高中參加多少運動校隊又拿多少獎盃，到她贏得什麼絕佳的實習機會，現在做的工作又多麼炙手可熱、人人稱羨。新娘爸爸講到她上大學的時候，我已經用餐巾自創了差不多十九件立體摺紙作品——要知道，那是滑溜溜的聚脂纖維餐巾，十九件作品可是高難度成就。

坐在休旅車裡瞎聊的那一刻，我忽然意識到，這世上不該再有人默默坐聽那一整小時的胡言亂語，繼續忍受一整場的平凡無奇、陳腔濫調、感傷哀愁，也不該再有人為犯下這種爛演講重罪而內疚。「得有人幫幫這些人！」我脫口而出。「要把世界從爛演講手裡拯救出來！」

這下好了，我本人不是什麼拿到喬治城大學（Georgetown University）*6 政治學位的

6 譯注：喬治城大學（Georgetown University）位於華盛頓特區的喬治城社區，臨近美國政府辦公中心。政府學與國際關係為該校兩大熱門主修，許多美國與國際重要政治人物與領袖皆畢業於此，例如美國前總統比爾・柯林頓（Bill Clinton）、西班牙現任國王菲利普六世（Felipe VI）等。

菁英，也沒當過什麼政治運動的實習生。我從沒替老闆寫過講稿。而且老實說，我和姐姐還小的時候，我光在一旁看她將書本狼吞虎嚥下肚（算是真的狼吞虎嚥，她把書頁角角撕下來嚼），自己卻幾乎沒讀書。老布希總統（George H.W. Bush）說出佩姬．努南（Peggy Noonan）替他寫的著名講詞「聽好了，不加稅」（Read my Lips — No New Taxes）那時候，我還是中學生，正忙著潤色自己的一連串講稿，要就時下最重要的幾個主題抒發己見，像是大白鯊、單板滑雪，其中最合適的一個題目是匿名戒酒會（Alcoholics Anonymous）的歷史。雖然我很享受這類作業，但成年後並沒有認真對待寫作；直到我進倫敦一所戲劇學校求學，領會到莎士比亞的作品何以讓眾人讚不絕口，這才感受到寫作的重要。

我畢業後搬到紐約追尋美國夢，一回又一回排隊等著參加美國演員工會（Actors Equity Association）試鏡。不久我便發現，在等著對台詞的空檔，我有好多時間可以拿來細細思量自己對電視節目的精采構想，還有我未來的回憶錄該怎麼寫才好。不曉得有多少作家能具體說出自己是哪天開始寫作，但我還真的知道是哪一天。那天是二〇〇八年一月十四日。我看到一篇文章在談住在紐約的英國人，於是洋洋灑灑寫了封信回應這位前倫敦《泰晤士報》（*The Times*）社論作家（一位諷刺文高手），字裡行間滿滿狂妄自負。我把信寄一份給姐姐；讀完我的初試啼聲之作，姐姐十分雀躍，她的回應讓我永生難忘。她回信給我：「太有才了！也許你該當記者！開個『英國女子在紐約』的主題專欄。你很有天賦。親一個，愛你唷。」她的回信給了我滿滿動力——我得到最最親密的盟友認可了。我寫了「英國女孩在紐約」的文章，「英國女孩在紐約」的電視劇試播集，還有「英國女孩在紐約」的獨角戲。我主動把作品朗誦給《法網遊龍》（*Law & Order*）的選角指導聽，但他對這些作品的興趣低於我期待；不過我另外也在一個藝術俱樂部工作，俱樂部裡幾位知名又有影響力的作家，慷慨地花了時間和心力讀我的作品，還語帶鼓勵地給了回饋。那些不想要我出現在他們電影裡的選角指導，那些人滿為患的等候室，還有等候室裡一個個長得像我但妝髮更好看的女生，去他的誰還鳥你們。去他的迪克．沃夫（Dick Wolf）*7。

我繼續修潤自己那些自傳式代表大作，一邊累積工作經驗，在履歷上添了一筆又一筆資料：我是專欄作家，是記者、文案寫手、製作人、配音員，為新聞編輯室和電視台寫文章和腳本……那天在九十五號州際公路上，坐在休旅車裡靈光一閃的瞬間，除了幾篇聽

7譯注：迪克．沃夫（Dick Wolf）是美國電視節目製作人，最知名的作品是《法網遊龍》（*Law & Order*）系列影集。

眾超愛的婚禮致詞，我沒有半點演講撰稿經驗，但我知道，做好這個缺需要的所有工具，我統統都握在手中。那天，納森和我許諾，我們要投身「拯救世界免於爛演講荼毒」這個挑戰。然後我們也互許終身，就像喬・斯卡布羅（Joe Scarborough）和米卡・布熱津斯基（Mika Brzezinski）那樣[*8]——他們公開伴侶身分以前，我曾幫《早安，喬》（*Morning Joe*）的宣傳片寫過腳本，結果卻被嫌腳本呈現他們化學反應的方式太挑逗了。喬和米卡是對的：這樣做，事情簡單多了。（順帶一提，我手頭還留著那支宣傳片。）

十年後，我寫了超過五百篇講稿，幾乎每篇都是不同講者；老實說，寫下他們的故事時，我從中得到的樂趣與講者人數相比，絕對是有過之而無不及。有成就感、最令人振奮的協作經驗並非與名人合作——名人往往受公關人員和經紀人牽制，言談每每不出幾個談話要點，鮮少偏移，彷彿在拍個人形象照。最打動我的合作關係，反倒是來自其他幾百位演講者，其中有反恐網路專家、電視節目創作人、藝術品收藏家、最高法院法官，還有許多平凡的普通人，他們單純只是想傳達自己對所愛之人的感受、對在意的議題抒發己見；合作過程中，這些人不僅帶我走上美妙的學習之路，同時也發掘出自身故事的重要性，體驗被聽見的感受。這些講者一步步深入自己內心，設法向眾人透露自己未曾與他人分享的感受、太過緊張而無法表達的預感、悶在腦中還未成形的想法——若問我在這樣的合作過程中還有什麼不滿足，我會說：聽出他們的轉變，感覺如此美妙，我怎麼聽也聽不夠。

我不知道自己寫過的講稿篇數是否有幫巴拉克・歐巴馬（Barack Obama）寫講稿的柯迪・基南（Cody Keenan）或強・法夫洛（Jon Favreau）那麼多，但如果較量的是服務人數，我想必大勝他們兩位。我對自己的服務人數實在很有自信，有自信到幾年前還請一位實習生幫忙研究金氏世界紀錄（Guinness Book of World Records）的申請流程。「演講撰稿界金氏世界紀錄保持人！」——我怎麼想都是超讚的宣傳文案。可惜，申請世界紀錄的文書工作無聊到讓人做不下去。由於服務人數眾多，我不得不持續檢視自己的作業流程、不斷反覆操作，最後制定出一套靈活程序，既有秩序又有彈性，對形形色色的每位講者和每場演講來說都合用。這種創作策略重視每個人的獨一無二、每場演講的獨一無二，因此每篇講稿的結構、每段弦外之音、每則笑話、每局鋪陳和每個結論都得獨一無二。為

8 譯注：喬・斯卡布羅（Joe Scarborough）是美國前參議員，他從二〇〇七年起與米卡・布熱津斯基（Mika Brzezinski）共同主持晨間新聞談話節目《早安，喬》（*Morning Joe*），兩人後來結為連理。

抗爭演講和在畢業典禮演講，兩者的構成要素大不相同。一如集會演說不同於對客戶簡報，頒獎詞不同於募款演講，主題演講不同於公司吐槽大會（roast）*9。演講稿需要的不是取得某幾塊積木（你喜歡的話也可以說某幾塊樂高），而是要蒐集最好的寫作原料，要設想一篇只有你才寫得出來的原創講稿。

「那你怎麼辦到的？」我慷慨激昂地大放厥詞後，聽眾就會這樣問我。不管是對我的理論大感興趣還是大表懷疑，大家都搞不太清楚怎樣用一套程序為所有人打造一場真誠演說。我究竟如何捕捉講者的個性和想法？對於這些問題，我的答案是：我也會問人問題。問很多問題。問蠢問題，問不合宜的問題，問不切題的問題，問令人不安的問題，問挑釁的問題，問追根究柢的問題。

我受合作對象之邀，設身處地學講者思考，彷彿套上他們的鞋子，在這些人的世界裡走來走去，盡我所能探索他們的觀點和想法。然後我重新穿上自己的鞋子，由自己的視角去質問那些觀點和想法，重新塑造它們，找到能擄獲聽眾想像力的方式，用新方式表達。我問自己問題，我自問：還有什麼是我不知道又完全沒考慮到的呢？我問自己問題，問我認為聽眾想知道的問題。我深入一個又一個的網路兔子洞*10，四處發掘問號，拿所有我在媒體上聽到讀到的、可能與演講有一絲關連的資訊來審問講者，與演講的結構、框架和中心思想搏鬥。一直到擬初稿的最後階段，我都是有問題就問；因為我知道，如果起步時一無所知，但願意為疑惑投入心思，這樣的好奇心、開放心態和無畏無懼，就會把我帶到我的下一站。寫講稿的過程滿是煎熬，但又令人愉悅。

講者最初都是穿著自己的鞋，用自己的視角看演講，既熟悉又舒適。你知道自己的演講主題。你知道自己的經歷。不過就差那麼一點點，就能把講稿寫出來了。可是穿著自己的鞋，一定會限制你在寫講稿時能走多遠，好比穿著一雙破破舊舊、踩得爛爛的拖鞋，走一走就有可能被自己絆倒。開始思考如何包裝、分享自己的觀點和想法時，最好假設

9 譯注：「吐槽」（roast）是一種娛樂活動／喜劇表演形式，活動中通常會有一位主角，負責吐槽的親友、同事或其他喜劇演員，會揶揄、挖苦主角來娛樂群眾，有時參與表演的人員也會互揭瘡疤。「Roast」在台灣有兩種譯法，取台語「黜臭」（揭瘡疤）諧音漢字譯為「吐槽」；與取英文字面意思的「火烤」。故相關喜劇表演有稱「吐槽大會」者，也有稱「火烤大會」者。

10 譯注：「兔子洞」（rabbit hole）的譬喻源於《愛麗絲夢遊仙境》（*Alice in the Wonderland*），指的是人對某個主題起了興趣，深陷其中不斷研究相關資訊和延伸主題，一個接一個停不下來（或者是對某項活動產生興趣，不斷重複從事該項活動）。

你對自己這場演講一無所知，矢志走過那段漫長曲折的啟發頓悟之旅。如果你不這麼做，早早就預設自己的演講會一鳴驚人，那麼這一路可會危機重重，你很有可能太晚才絆那一跤，摔得鼻青臉腫又來不及復原。

我無法保證這本書有那麼神奇，能把你變成什麼字字珠璣的語文巨匠。我唯一能做的，就是教你怎樣才能注意到我注意到的事——我那幾百個問題就是從這些觀察裡誕生的，接續觀察與問題去深入調查，便能將原來平凡無奇的敘事變成一場機敏大膽、觸動情感的演講。

想在演講時發光發熱，不需要成為文學大家，也不必一路爬過高山險峰（再登上TED舞台）。正如那部風靡各地小學的經典電影《料理鼠王》（*Ratatouille*）裡，廚神古斯托（Chef Gusteau）那句名言：「人人會做菜。」這話不表示人人都能像名廚托瑪斯・凱勒（Thomas Keller）那樣巧妙應用松露。但這句話點出一個事實：不管是誰都能創造點什麼，讓客人吃了還想點更多。

要做到這點，第一步就是要知道怎麼問對問題。那我要提問囉——你準備好了嗎？上吧！

第一部

創意簡報

PART ONE
THE BRIEF

1

期望多多，目標高高

確認自己要發表怎樣的演講

「到底該從哪裡開始？」要將亂成一團的東西分門別類，這任務實在茲事體大，令人望而生畏。無論是要整理亂七八糟的廚房抽屜，已故祖母的房子，又或是要整理某間祕密儲物空間，裡頭堆滿你以前參加即興劇團時留下的紀念物（你費盡心思要對新女友隱瞞這間小儲藏室的天大祕密，結果她現在變成你老婆，帳單上一百美元月租於是成了燙手山芋）——「到底該從哪裡開始？」這樣的煩惱其實很常見。寫講稿時尤其如此：你要整理的是一大堆思緒、想法和記憶的集合體，形體不定又難以言喻，又沒辦法一個一個拿起來用彩色麥克筆標記，然後隨便堆到某個地方——這絕對是天底下數一數二讓人灰心喪志的事。

不騙你，寫講稿真的超麻煩。你得卷起袖子苦幹實幹，花上幾天工夫（連續奮鬥幾天也好，斷斷續續投入幾天也罷），讓自己沉浸在一片混亂與無解的問題之中。這幾日內你的思緒湍流不息，在腦海裡沉潛動盪——不過好消息是，一旦你開始循著這些思緒編織語彙，馬上就會清楚該將它們往何處安放、怎麼分門別類，很快就能把無用的枝節殘渣排除。雖然寫講稿的過程難以有條有理、循序漸進，但其實就像清理囤積狂的房子一樣，應該有謀有略、步步為營，每一絲進展都令人滿足，又不太可能會整理到一半，打開浴室置物櫃，忽然就翻出一窩兇巴巴的流浪貓。

偏偏卡莉的狀況就不是那樣，她不幸在浴室裡翻出一窩流浪貓——這邊貓跟浴室當然都是在隱喻啦。幫還沒入土的人寫自傳式悼詞（而且短期內這個人應該都還是活蹦亂跳的），這可不是每天都接得到的案子。不過卡莉想委託我的就是這檔事，她還列了一大堆專案細節給我，包括她想讓女兒代為在葬禮上發表悼詞。她解釋，葬禮不會在三十年內舉行（希望啦）。她還年輕，而且據她本人所知，自己身體狀況還不錯。但她下定決心了：等自己兩腳一伸，就要一股腦宣洩自己所有的辛酸委屈。卡莉要人人明白自己讓她多失望，把帳跟每個人都算得一清二楚。她要所有人知道，這一大家子裡，她覺得自己只有父親疼愛，旁人都對她冷若冰霜。卡莉要大家都清楚，即便有五個兄弟姐妹，父親走後她還是多麼孤獨，感到自己多麼與世隔絕。她想用這樣的訊息跟眾人告別：「嘿，各位算是毀我一生囉，我才不會原諒你們呢！」但又好像覺得我們有辦法以幽默和歡慶的風格平衡現場氣氛。我想起美國作家亨特・S・湯普森（Hunter S. Thompson）的葬禮：諾曼・格林鮑姆（Norman Greenbaum）那首〈升天會聖靈〉（*Spirit in the Sky*）在葬禮上響起，一門大砲把湯普森的骨灰射向天空——或許我們也來幫卡莉的世紀大攤牌找首活潑配樂？葛羅莉亞・蓋諾（Gloria Gaynor）的〈我要活下去〉（*I Will Survive*）？嗯，不太搭耶，畢竟到時她都死了。我手邊有份要給她的問題清單，於是便把卡莉的 Spotify 播放清單加進那一大串待問事項——得弄到她的播放清單才好挑歌。我的清單上還有：她女兒知不知道媽媽指名自己念這段「嘿，我有點討厭你們這些人」的講詞，或者卡莉想給女兒一個大驚喜，讓她到時才發現自己雀屏中選？她考不考慮用其他方法，早點解決這檔事，至少在她入土為安前處理好？例如：集合直系親屬吃頓飯，然後在飯局上發表聲明（我們能幫她寫稿）。她有沒有想過，在二三十年後，自己的感受會不會有所不同？儀式中還會有其他稱頌卡莉、較為正面的悼詞，她想傳達的訊息，會不會跟這些悼詞相衝突？

或者她就是想讓致唁嘉賓覺得自己被耍了，讓這些人心裡更不舒服點？她想掛小燈泡嗎？還是想改掛光劍？卡莉顯然把當天的許多細節設想得栩栩如生，那確切來說，她對這天究竟有什麼想像或期待呢？她又打算把舉辦葬禮的種種指示藏在哪，她死後大家要怎麼知道儀式該怎麼辦理？

我有好多好多問題，急著想跟她通話，也跟她敲過幾次約。她很快就回我：「不好意思耶，我現在不方便說話。家裡有急事要處理。」好吧，她家裡當然有事要處理。

我們演講實驗室把講者和撰稿師的首次晤談稱為「創意啟動會」（Creative Kickoff），不過，要是你和我一樣坐在撰稿師椅上（比如像現在這樣用我的角度來看整件事），就知道啟動會離真正的創作過程還遠著呢。其實，我直說好了，這場會跟創意甚至完全是八桿子打不著。這場會的本質，是要達成調查事實、蒐集資訊的任務，我只關心外部資訊和實務細節：講者是什麼身分、如何達到目前的成就、為何獲選受邀演講、誰邀他們、為誰演講、何時演講、為什麼要演講……諸如此類的許多問題——想把演講的最終目標理得一清二楚，就要靠最初這些問題的答案，演講初稿的內容和基調也因此與這些答案息息相關。我一開始就會警告客戶：創意啟動會感覺起來可能像審訊，他們覺得自己被審問了一番，不過會是場令人興奮的、有啟發性的審訊。創意啟動會像心理諮商，不過手法稍微溫和一點——我沒打算讓人哭出來，還沒打算啦——一般來說，我的問題也不會牽扯出那麼多屍體和大哭大鬧的肥皂劇戲碼，至少不像卡莉的幻想悼詞裡那麼多。我確定前述的細節後，才會詢問客戶對演講主題或者大方向有沒有想法，半生不熟的想法也好，完整成熟的想法也好。

講者撰寫自己的講稿時，很可能忽略這種簡化的技巧，一股腦就大談你要在這萬眾矚目的五到五十分鐘分享什麼內容。畢竟你非常清楚自己怎麼走到這一步——你很清楚是誰邀請你，或者自己為什麼得發言。前述的細節看起來也許太初階，感覺對你接下來要幹的大事沒啥影響。又或許，你會思考這些細節，不過目標不同，你是在盤算著怎麼擺脫這場苦差事——好可惜喔，那天我要去參加「泥人悍將」障礙賽（Tough Mudder），剛剛才報名的，你也知道這是公益活動，為了做慈善，我實在非去不可。不過，忽略跟演講機會有關的基本事實，真的是大錯特錯，根本就和上 YouTube 找建議錯得差不多離譜。

到底又錯在哪？錯在精采的演講不是什麼個人散文，受苦受難隱居隔離是寫不出講稿的。錯在精采的演講不是對浴室裡的鏡子念獨白。精采的演講是針對特定情況深思熟慮後的回應，因此最初的細節就是寶貴的線索，能提供重要資訊，讓你能劃定演講的中心思想、風格基調，決定演講最終該給聽眾帶來什麼影響。

我們這邊又要用食物來打比方了（會講得比皮克斯電影那隻老鼠大廚深入點）：想像你邀了一大群朋友到你家晚餐，周四要宴請六位客人。你剛好看上一份食譜，蓄勢待發想試做看看。可是你停下來想了想，發現有位客人吃素，另一位在進行三十天全食療法（The Whole30），還有一位是你那個嘴賤前任，每次都要笑你動作慢吞吞、讓人等很久。除此以外，你那小不啦嘰的公寓只有一台同樣小不啦嘰的冷氣，現在又是八月，你還有份全職工作要做，然後你那小不啦嘰的烤箱一次只能料理一項食材。啊，而且今天已經是星期四囉。那麼，下面哪道菜聽起來比較好呢？香草檸檬烤全魚附四道熟食配菜佐醬汁再細細淋上調味料？還是一大鍋熱騰騰的泰式蔬菜咖哩？這不是哪道菜聽起來比較好吃的問題，是你要留名青史還是慘到瘀青屎的問題。（要是我，就會乾脆把這個約取消——誰要把美好的生命浪費給一群挑食歪嘴雞?!）

假設你不愛做飯又不愛吃飯（我個人愛吃飯，做飯不揪我也沒差），那我還是講得普通直白一點好了——你最終要說什麼話、選擇用什麼方式說話，主要得由下面這幾個經典問題決定：在哪、為什麼、誰。

你會在哪講話？

你為什麼要講這些話？

誰會去聽？

你應該緩一緩，先思考這些超無聊的細節，像做茶葉占卜那樣小心解讀脈絡，這件事絕對值得你花點時間。（至於茶葉占卜，我就不確定值不值得你勞心勞力了。）這些問題的答案裡，一定能發掘出某些恆常因素，指引你看見這場演講的發展可能，描繪出它的實行範疇。這些答案會告訴你，你的內容和語調能多麼煽動挑釁、安撫潤滑，你的遣詞用字能多大膽，講稿結構能多天馬行空。你會從答案中看出，自己該遵循規範到什麼程度，要多尊重主辦單位的慣例，以及你能推著聽眾走多遠，能如何引領他們抵達超乎期望的境界。綜合這些答案，就能拼湊出一幅生動的畫面，描繪出你要發表的那場演講。如此一來你手頭就有了一份「創意簡報」（creative brief）*11，它能敦促你對創作過程中所有相關人員——當然包括你自己——的需求和渴望負起責任，不管你演講的內容和語調有多古怪滑稽（我倒是希望你真的能古怪滑稽點），最終都不會偏離這條正軌。

我們要貫徹「反對步驟」的精神，思考前述問題時沒什麼先後順序可言，你愛從哪開始就從哪開始（主要是因為所有問題都環環相扣）。這件事單純是我個人的建議啦，畢竟提出問題、思索答案使我多年來在演講台上屢獲成功——一旦沒問這些問題，演講就會慘兮兮。要是你在演講的前一天，突然意識到自己思考演講對象是**「誰」**的時間不夠多，不免會背脊一冷心驚驚。「國際婦女節」和「婦女節」，畢竟有著兩種不同的意義。

11 譯注：「創意簡報」（creative brief）是涉及創意的工作中常使用的指引，通常彙整了專案的相關資料，例如：專案產製內容的標題、描述、目標受眾、傳達訊息、文風語氣、時間軸、流程、預算等資訊，提供行銷人員、專案管理師、撰稿師、設計師等專案關係人參考。

我和客戶合作的時候自然都會從**「哪裡」**問起，因為我著手參與撰稿時，往往對整個演講的狀況一無所知。我充其量只會在事前收到一封簡短的電子郵件，信中明確列出舉辦演講的機構、活動主辦方或演講場地。我遇過最糟的狀況是，對方寫信說明合作目標，但寫得沒頭沒尾、模模糊糊——其實我前幾天就收到這樣一封信，信上問我能否「用適切正確的英文以 TEDx 演講的風格重寫一份要在類似西南偏南藝術節的活動上發表的四頁講稿」。於是我用適切正確的英文回信問：你到底是在講啥鬼？

這個**「哪裡」**，談的主要不是實體空間（我們稍後會討論物理空間的問題），而是演講場合。例如，你可能是在母校的年度董事會會議上談話，或在新工程的動土儀式上致詞，或是在繼兄的婚禮上敬酒祝賀。你通常能從電子郵件的主旨欄找到線索，可能是主辦方發的邀請信，可能是幫你敲定活動的助理寫的信，也可能是你經紀人寫信來跟你說，書寫好歸寫好，好戲現在才要開演呢。

「邀請您參加英迪拉和彼得的婚禮！」

「回覆：愛荷華州農業聯盟談話」

單單知道在什麼場合演講，就決定演講的確切主題而言沒啥幫助，不過其中的相關線索會揭露許多資訊，讓你明白自己為何出席，還有聽眾是誰、期待聽到什麼內容。例如，得知自己要參加思想領袖高峰會，你馬上就能想到自己要對一群對知識充滿好奇心的業內人士演講，內容要能傳遞資訊、提供新知、啟發人心。這麼一來，你梳理演講要點時，一定會希望內容經過審慎研究調查、帶著真知灼見又發人深省。另一方面，如果你要在新書發表會上發言，那講話內容可能就要充分展露個人風格，分享許多軼事趣聞。換做是產業研討會——比如說消費電子展（Consumer Electronics Show, CES）——就需要找對產業前景滿懷高遠抱負的人負責主題演講，也需要有講者聚焦特定議題、放眼未來發展，讓聽眾能得到精華資訊。等你思考完演講場合需要什麼內容，就會清楚自己**「為什麼」**得在這個場合講話了。根據你的理解，這個場合為什麼需要「你這場」演講？主辦方期望你的演講能為活動帶來什麼影響？

雖然主辦方大都是能敲定名單、壯大講者陣容就很開心，但有些主辦單位可是會詳細點明自己對演講的期許。我的客戶謝爾曼就接過一項很特別的任務。謝爾曼是知名版畫藝術家，也是藝術協作者，他邀我到自己的工作室開第一場合作會議。他工作室裡收藏了許多全球指標性藝術家的作品，有的剛剛完成，有些才創作到一半。看見掛在畫廊裡的藝術品是一回事，看見顏料未乾的作品、構思醞釀中的想法，又是另一回事。老友的遺孀請謝爾曼為丈夫致悼詞，這位過世的老友是大慈善家，追悼會場地是紐約一處重要機構，現場會有五百位現代藝術界知名人士出席時。這位遺孀很清楚自己為什麼要邀謝爾曼。「每個人都會說我先生的地位多重要，」她告訴謝爾曼。「但只有你和他那麼氣味相投，能那樣談笑風生。他想到什麼笑話，就會打電話跟你說。」就是需要這種資訊！遺孀把謝爾曼和這場合的關係講得很清楚，指示也很明確：要講得有趣，也提醒大家她的亡夫是多有趣的人。想到自己的協作作品竟能在藝術博物館「展出」，我內心默默自豪；不過更讓我感動的是，幾周後謝爾曼又打電話請我幫忙，他要寫另一篇悼詞——他母親的悼詞。別人家的悲劇竟然是我成功的指標，想來實在奇怪，但事實的確如此。

當然，你也可能是自願要演講的。在這種情況下，你更得弄清楚自己為什麼要演講。你可以用一個動詞來描述演講的目標，這對釐清演講動機很有幫助，例如：教育、激勵、慶祝、煽動、安撫、啟發、介紹、歡迎……如果你要在婚禮上當姐姐的伴娘，選動詞的時候，就找個能阻止你說出自己多瞧不起新科姐夫的動詞。（選慶祝，慶祝，慶祝！）不過，你演講的目標未必這麼簡單，有時或許需要一番深思熟慮。如果你是政治家，正四處跑競選活動，那你的目標可能是「一邊全國走透透認識選民一邊報告未來施政計畫」。也可能是「聚焦與眾不同的重點，回應你全國走透透時發生的事件」，就像巴拉克．歐巴馬二○○八年那場演說，歐巴馬的牧師傑瑞米亞．萊特（Reverend Jeremiah Wright）曾在布道時發表爭議性內容，布道詞外流，媒體爭相報導。大眾對布道內容大為譴責、表示不滿，其中引起眾怒的一點是，（根據轉述消息）牧師布道時說了「該死的美國」，還說九一一恐怖攻擊是「美國惡有惡報」。要回應這種狀況，歐巴馬的演講就不能像平常的競選演說那樣了。於是，歐巴馬在譴責萊特言論的同時，藉機讓美國人了解黑人社群心中實實在在的憤怒，隨後發表了一場深富歷史意義的演說，這場演說在美國種族議題上獲得了重要歷史地位。他的民調幾乎沒下滑。

有時演講的目標不由主辦方訂定，也不由時下事件決定——設定目標的是長年主掌演講場合的傳統與儀式，慣例早早就為演講設好特定目標。畢業典禮演講中，講者應該提出建議、分享智慧。婚禮致詞中，新娘父親應該要向客人致意、談論女兒。世界各地時時刻刻都有婚禮舉行，因此，也少不了各種婚禮致詞儀式、對婚禮致詞的期望。

你是可以盡情幻想自己能在滑雪勝地達沃斯（Davos）致詞，或以瀟灑伴郎之姿在台上大展光芒——但致詞的時候，你終究會想迷住堂上眾人，引動他們的思緒和想像力，而不光是自我陶醉。換句話說，若要思考演講場合、你登場的原因，那就不能不考量到現場聽眾。**「哪裡」**、**「為什麼」**和**「誰」**，三者密不可分。

有位朋友曾問我，能否幫忙看看她幾年前為一位家庭成員寫的悼詞。她原來在翻找舊抽屜，恰好翻出這篇悼詞，讀著不禁大吃一驚，覺得就她對死者的感受來說，這悼詞未免也寫得太假。她有意探索自己與這篇悼詞的關係，發展出一篇碩士論文，於是想要問我的意見。紐約市的公園陽光明媚，我們一起慢跑，一邊討論她做這件事的意圖究竟是什麼；我反覆提醒她，那篇悼詞顯然是她當下覺得該說的話，她不該為此苛刻批判自己。最後我提醒她，未必得把演講當治療工具。寫出一篇講稿或許能讓人得到宣洩，但講稿這個產品也必須尊重受眾的需求和盼望。

你或許會擔心：為了聽眾精心策畫編排內容訊息，這樣會不會淪於造假或操弄——我認為你可以換個角度想。我個人偏好相信：雖然演講可能被世上最自我中心的人利用，但卻是建立連結的無私行為。我在家裡變得這麼溫柔、有耐心又善解人意，都是從演講中學來的。真心不騙。不信你可以去問我家人。在本書中，我會不斷回到「受眾」這個要素，目的是要提醒你：你在撰稿過程中自問的問題，最終一定要導向一個目標，也就是什麼內容能讓台下眾人的耳朵、心靈和思想都為之一振。心中有聽眾，不僅有助你選擇講稿的語氣和遣詞用字，還有助你摸索自己想分享怎樣的想法。畢竟演講和日常生活一樣，你不該把自己知道的所有事一股腦倒出來。我們人類有知覺、有智識，會根據所處的團體和環境不斷地調整自己想要透露的訊息。人對自然發生的私密談話都會有所斟酌了，那麼預先準備的發言當然也該運籌帷幄。你必須考慮受眾的興趣、痛點、對議題的意識、偏好的溝通方式，以及對於你談論的主題，他們究竟是想法一致或者各有各的意見。撰稿過程中，你最好不斷讓自己的思緒回到受眾身上，自問你發表的言論是否合乎滿堂聽眾的需求。

說到取悅受眾，我有位客戶大概比誰都瞭。這位客戶是查莉・安潔兒（Charlie

Angel）。我說她在行，是因為查莉是成人片女星。

演講實驗室成立初期，納森和我在康乃狄克州一座小鎮的狗狗公園結識了一位資深電視製作人。當時我姐卡洛琳剛剛生完第一胎，正在醫院休養。姐姐開始陣痛的時候，我們答應過她要去幫忙照顧狗。客房浴室裡有個按摩浴缸喔——我們應付得了兩隻狗**和**一個新生兒嗎？有按摩浴缸？那有什麼難?!

我們只不過帶狗狗去公園丟個球，我外甥女就已經呱呱落地了——球滾得滿是泥巴髒兮兮，狗狗在一旁相互追逐吵鬧，但我們只聽得見這位新朋友侃侃而談：她說演講實驗室可以上電視，一定會聲名大噪。她很確定，把演講撰稿夫妻檔的故事拍成真人實境節目會超好賣。這位製作人在各大電視台都有人脈，於是很快幫我們和洛杉磯一個製作團隊牽上線，要做節目談我們的工作內容。我們想做支誘人的作品集錦影片寄給各大電視台，正在琢磨怎麼做，節目製作人就提到他姪女手頭的計畫：他姪女伊荻是個大學生，在一間小型文理學院（liberal arts college）主修電影研究；伊荻最近告訴我們製作人，她打算邀一位成人片女星到學校演講。伊荻那陣子為了畢業論文，和演員查莉合作拍攝紀錄片。查莉對色情片中展現的性積極（sex positivity）[*12]態度有番獨到見解，伊荻大受查莉的觀點啟發，於是去找教授談，經歷一番艱苦的脣槍舌戰，好不容易才成功說服他們讓她請查莉去演講。（一場學術演講要搞這麼久，看起來文理學院也不怎麼講理。）一聽到這件事，我們所有人頭上都亮起了靈光小燈泡：我們該幫這位色情片明星準備演講！這個案子還真是再誘人不過了。就這樣，納森和我忽然就在 Skype 上採訪起查莉・安潔兒，她當時在色情產業可是數一數二的人氣演員（查莉・安潔兒不是她本名，也不是藝名——高興的話，你可以說這是我幫她假名取的假名）。

說來不好意思，但算了就說吧：我當初實在跟色情產業沒什麼牽連，也沒接觸過多少色情片——要知道，我可是在火辣辣的西班牙[*13]住過兩年，這狀況實在不尋常。我離色情產業最近的一次，是在拉斯維加斯，那時我和好姐妹精心策畫了一段西海岸公路之旅。

---

12 譯注：「性積極」（sex positivity）又譯作「性正向」，指的是以正面積極的態度看待性愛，認為性愛應該自由又愉悅，只要參與者自願參加的性活動都是健康正向的活動，鼓勵人們探索性愛、從中獲得樂趣。

13 譯注：西班牙自一九九五年起將性交易除罪化，性產業發達。二〇一一年聯合國報告中指出西班牙為世界性產業第三大發達國家，僅次於泰國與波多黎各。

我和好友租了一輛白色敞篷車，外型看上去很荒謬，自以為認為有了這台車就能給我們添幾分《末路狂花》（*Thelma and Louise*）的氣勢，但實際上我們看起來可能更像一九八〇年代湧進羅德岱堡（Fort Lauderdale）度假的大學生；這輛車幾乎要把我們的度假預算都花光了，我們沿途的住宿選擇於是很有限，就只能住在髒兮兮的青年旅館，室友盡是逐浪而居的衝浪狂、大老遠從歐洲來追尋宗教意義的浪人，總之就是跟形形色色的窮酸旅人擠在一起，而且裡面還沒有打赤膊的布萊德．彼特（Brad Pitt）。我們到了拉斯維加斯，結果發現有個劇組在我們青旅大廳裡拍片，攝影機對著穿星條旗丁字褲的半裸女郎，和戴巴拿馬帽、手持一根大雪茄的男子（我沒在暗示什麼！）——事後回想，整件事其實很理所當然，簡直到老哏的地步。不過，大概是因為那間青旅實在不怎樣，我才會對現場有攝影團隊那麼大驚小怪。你想想，我拿駕照換房間鑰匙的時候，色情片的老掉牙搭訕戲碼就在我們背後現場演出欸。我忍不住想知道精采大結局會在哪個房間上演，會不會有誰在我的床鋪上做什麼事。我們到房間去放行李。房間就是個看起來亂亂的寢室，有兩組上下鋪，室友是兩個怪怪的瑞典人，一個叫艾瑞克，一個叫漢斯——等我們安頓好，走過大廳去看游泳池的時候，大廳裡已經看不到屁屁和奶頭了。

所以，多年後Skype接通，我看到視窗裡可親可愛的查莉，實在大吃一驚。那時是周三下午五點，她看起來就像隨便一個白天待在家的人一樣，我實在不曉得自己原來到底是在期待什麼。她穿的竟然不是布料超少的星條旗比基尼，而是一件破舊的T袖。她也沒化妝，沒戴假睫毛，反倒是把一頭棕灰秀髮紮成馬尾，瀏海整整齊齊，框著一絲化妝品痕跡都沒有的稚嫩臉龐。她看起來像個甜美的鄰家女孩——不是那種色情片的鄰家女孩。背景裡的一堆衣物讓畫面看起來更純真平庸，不過我得承認，我超想知道洗衣籃裡有什麼。愛國丁字褲就藏在那裡嗎？還是她比較喜歡Gap的五套三十美金的內衣褲？搞不好她是穿男朋友的三角褲。為了避免離題，我草草在一條關於寵物的問題下面寫下這個疑問，回頭專注在比較緊要的題目上。

對查莉這場演講的背景，我們是有點了解——我們知道她在哪裡演講，也明白為什麼伊荻把她帶到學校，還曉得伊荻對這位明星講者有什麼期望——但我們很想聽查莉本人談談自己在這個演講機會中看到了什麼。就表達自我而言，演講這場合不一般，她怎麼會甘冒失敗風險，同意登場演說？她有什麼動機，希望透過演講達成什麼目的？還有，色情片這個主題向來充滿爭議，打從八〇年代開始，女性主義者彼此間就激辯不休：色情片對女性而言，究竟是剝削／壓迫還是賦權？——我們也超想聽聽查莉對這件事的看法。

查莉告訴我們，她的人生故事其實超級平凡。小時候，爸媽只給她訂下一條家規，就是不要自己穿越大馬路；多虧父母對她不太設限，查莉成長過程中不曾為了嘗鮮而沉溺於性愛、毒品或酒精。她從沒讓自己入獄、負債或身陷危險（但她的確曾自己穿越過大馬路，不意外啦）。她是全國等級的大學運動員，也是獲頒獎學金的音樂家，要不是查莉以發展音樂天賦為重，她成績其實好得能上醫學院。她之所以動了要以色情為業的念頭，是因為在校時做了一個研究計畫，探討音樂與性的關係。

查莉尤其希望台下師生明白，自己做這行並不是因為走到窮途末路，她也不是什麼受害者，她的頭腦和那些念博班的學生一樣好。對於她是誰、她做了什麼事，大眾已有一套先入為主的看法，她想挑戰那些偏見，賦予好奇心這個概念更高的地位。查莉想引導聽眾，帶他們站到她做出抉擇的人生岔路口：一條路是無畏無懼、追隨好奇心；另一條路是讓旁人過時的道德準則支配人生。

換句話說，她知道自己希望聽眾感受、思考、知道哪些事，希望他們或多或少採取什麼行動。成功的講者能控制敘事，同時滿足受眾心之所欲。

雖然我們很快就注意到，對於自己想發揮什麼影響，查莉有好多話想說——但除了「色情很好」這個概念，她暫時沒有其他的切入點。查莉可以說是褪去身上那件破舊的T袖就什麼也不剩了（不只是講她的造型，也是個譬喻啦）。我倒不訝異，要是她有更具體的內容能講，就不需要我們幫了。「色情很好」是個起點，但不是演講裡的重點精華。這場演講，有很大程度要靠我們協助她闡述自己與這個議題的關聯，把自身理念中的細緻論點都說清楚講明白。

查莉職涯表現顯然出色，而且就各個方面來看，她都非常享受這份工作。工作之於我和納森也是如此。我們期待能應用自身技能，投入查莉演講的研究、協助她撰稿——尤其是納森，我們才點下「結束通話」，他就打開IMDb開始大搜特搜。而且建構演講需要的基礎我們都有了：「哪裡」、「誰」、「為什麼」。

你或許認為神聖的學術機構大堂正是就色情進行激烈辯論的好場所，但據伊荻的描述（假設她沒誇大其詞），聽起來當權者的自身偏見已在查莉身上貼了標籤，因而對她要發起的這場辯論宗旨有所顧慮。在我們看來，這樣的態度簡直是種邀請，邀人應和他們對查莉的顧忌，把演講內容弄得越挑釁越好。畢竟，還有哪裡比傳授人文思想的文理學院更適合刺激情緒、開拓思維？要是粗暴的表達方式、粗俗的題材會把教授弄得坐立難安，這下可有他們好受的了。查莉確實要在演講裡挑戰聽眾的觀點，恰恰就是要去質疑他們如何看待色情類作品，質疑哪些元素會構成粗俗。在我們看來，對色情片工作的實務需求避而不談，躡手躡腳地迴避，只會證明從事這工作令人羞恥膽怯。伊荻大可邀請電影業界的隨便哪個人來談性——我二十多歲時曾在曼哈頓一家超高檔夜店工作過一段時間，要我點名的話，我至少能點出一位當過女演員的性積極運動人士，她喜歡在私人包廂放縱作樂。有人規定七十多歲就不能穿熱褲嗎？但伊荻邀請查莉是有原因的。查莉個人在色情方面的經歷，是這場演講的中心論點。

我們做過事前調查，概略了解過這所學校前幾年邀請的講者名單，然後才聚焦受眾，思考如何因應他們產出內容、選擇語調——先前的講者名單上沒半個色情片演員。我們沒有包袱，能自由自主地選擇演講題材，選擇傳達查莉觀點的方式。你要去哪個場地、機關或活動演講？事前調查總是明智之舉：可以看看歷年發生過什麼事，了解主辦方在外是否有什麼名聲，或者觀察他們呈現過哪些類型的想法與觀點，其中有沒有什麼既定模式。例如，主辦方過去可能非常保守，或深受某個產業影響，但又因近年領導階層的政策有所改變。也許你能觀察出主辦方活動與儀式中的某種文化，或者發掘什麼能應用的圈內資訊，讓你能討受眾歡心，能彰顯自己與對方一體。畢業典禮尤其如此，大家往往心照不宣地認為，講者在畢典演說中會提到校園建築、地標、學校口號。要是這一大堆變數讓你看得喘不過氣，那麼想像以下情境好了：你打開信箱，發現自己收到派對邀請函，昂貴的黑色卡紙印上浮雕字體，信封裡襯著金色薄紙，可是字裡行間沒透露什麼細節。這時你難道不會盡全力四處探聽，查出誰要參加派對、與會者要穿什麼服裝、當晚可能發生什麼事？我不知道你怎樣啦，但我可不想去Rent-the-Runway網站[14]租禮服，穿得好像要去紐約大都會藝術博物館慈善晚宴（Met Gala），一副要問鼎「時尚奧斯卡」的氣勢，到了現場才發現自己是要參加豪華頂層公寓裡的雞尾酒會。

查莉明白表示，就算聽眾對這個議題有所保留，她還是會坦然大談片場生活裡日復一日的單調情色場面。不過，我們很清楚查莉在演講中得要遊走兩種角色之間，巧妙拿捏平衡，她一方面得去挑釁，一方面又要提供智識論點，這才對得起學術場面。不過，這場演

14 譯注：Rent the Runway 為時尚衣物租賃網站。

講的題材之所以得有一定程度的複雜縝密，原因很多，場合只是其中一個因素而已。另一個衡量查莉演講該多紮實、多有見地的指標，是主辦方要讓她講多久。大家常常會執著於演講長度，擔心聽眾不想聽太久。遇到這個狀況，我就會問客戶：他們有看過人拿碼表幫演講計時的嗎？只有無聊的演講，才有所謂講太久的問題。但另一方面，留意演講邀約上的時間長度確實對準備演講有幫助，知道自己有多少時間演講，就較能掌握大家期待演講主題有多深多廣。查莉有四十分鐘能演講，接著還有問答對談時段，她有很多時間可以發揮。

查莉也明確點出，台下師生不免在無意識中對她的智商、能力、社經地位有偏見，她要透過演講對抗這樣的偏見；我們也希望能助她實踐這個理念。我們認為教授對她的期待應該很低，因此便立志要嚇他們一跳，在講稿中結合緊湊的敘事、有力的數據、研究嚴謹的歷史脈絡，殺他們一個措手不及。信念與勇氣是強化上述元素的支柱，我們的講稿要繪聲繪影地描述種種細節，體現出查莉的堅定信念與無窮勇氣；此外，查莉身上有種自然流露的自信，言行溫文儒雅又辯才無礙，這樣的人格特質也會讓演講更有力。

掌握聽眾的人口組成資訊自然不可或缺，但我思索台下聽眾是誰時，不會只從統計數據的角度切入。我會去想，這些人為什麼會湊在一起。因為他們都是工程師嗎？還是一群媽媽？或者全是超級富豪？因為他們都關心環境議題？這些特質又表示他們期望從講者身上獲得什麼呢？查莉的聽眾群中有教授（有人對她有所懷疑，有人歡迎她蒞臨），但大多數聽眾畢竟是學生；可想而知，對於知名色情片明星來訪校園這件事，許多學生展現的熱情顯然比學校當局更濃厚。荷爾蒙旺盛的二十多歲年輕人，就算沒辦法按發行日順序一口氣背出查莉的所有作品，也滿可能對她投入的這類影視媒體「頗為熟悉」。話說回來，即使學生個人對查莉或色情片認識有限，絕對還是熱切盼望她親身上陣（我是指親身穿著衣服上陣演講），聽聽她怎麼看待色情片裡常見的超假橋段，透過精采故事認識她這一路職涯做的種種抉擇。性積極女性主義是大家爭論不休的議題，聽眾之中想必有人是持相反立場，所以我們得努力說服這些人。但不管怎樣，年輕聽眾都能容許我們用更為大膽、較為淫穢的內容說明查莉的觀點。考量到台下這些年輕利害關係人的品味、接觸到的文化，我們其實可以在演講中引用流行文化、大學校園生活、時下當紅話題來說明概念或開開玩笑。

掌握了詳細資訊，掌握查莉演講的前後脈絡，我們便已摸清這回傳達訊息的關鍵手法，找到適當的語氣，設立好演講目標。這會是場打破禁忌的演講，要突破聽眾對性與色情設下的界限；得要有強烈的個人色彩，又要流露一股睿智世故；要富含教育意義，又要充滿熱情；要以大量人生故事為演講基底，並透過萬全的研究，將個人生平緊密織入歷史脈絡之中，帶入女性主義、賣淫、道德觀等重要主題，挑戰台下的教育者，同時教育學生；幽默中要帶有自我意識與謙遜，也要能大膽直接地挑戰聽眾思維。透過這樣一番梳理，我們已做足撰稿的準備，也很清楚撰稿過程中該援引哪些素材。

要是缺了一開始的創意啟動會，我們可能就沒辦法這麼有頭緒，會搞不清哪些題材最有趣，也不曉得該怎麼應用手邊素材。少了這道流程，我們再怎樣也寫不出後來那樣的講稿——誰會想到要在同一頁講稿上詳述查莉演出的雙屌一穴肛交戲，又一邊帶入同工同酬議題？雖然我敢說，就算沒有創意啟動會，納森還是會撥時間上 IMDb 把查莉的作品一部部查出來吧。

2

現在是怎樣？

實體環境和時代精神的影響

「我已經買好泳衣了。」進一步討論演講場合時，雪麗這樣告訴我。（你還記得前言提到的雪麗吧——就是那個提出ＧＰＳ理論的太空人。）協作專案後期，我也挺常跟客戶交換意見，聊聊演講該怎麼呈現——我非常樂意提供客戶穿著打扮的建議，告訴他們穿哪種鞋子最能避免從舞台上摔個倒栽蔥，或者哪種西裝最能讓自己感覺能量滿滿。但是，討論泳裝？這可就稀罕了。不過，雪麗演講的場景，跟一般的演講大不相同，簡直差了十萬八千光年遠。

分析活動和主辦單位的相關資訊和特質，雖能讓你對演講內容和基調更有概念，帶你往那場還不成氣候的演講更進一步，但我們還得將其他和演講場合有關的因素納入考量。以查莉為例：我們已經知道她要去一所大學演講，但要是進一步剖析調查場景環境，就會得知她要在學校的大講堂對一大群聽眾演講。在大講堂演講，跟在學生多元性委員會辦公室之類的地方演講，兩者是不一樣的——地點透露出許多資訊，點明了演講背後隱含的意圖。如果演講的場地沒那麼正式，我們規畫演講內容和基調的策略就會大不相同了。演講場合和目的這類抽象需求是一回事，演講當下所見種種有形實體的特質，就和抽象需求是完全不同的兩碼子事了。換句話說：你要想像實際演講的那個實體環境，實際演講的那一分那一秒，想想你就在彼時彼刻彼地——從這幅景象中，你會得到什麼資訊呢？你究竟在哪裡演講？會看到哪些事物？上台前一刻發生什麼事？你周遭又是什麼狀況？要是你和這空間有點關係，那是怎樣的關係？你得反覆思索這些細節，仔細玩味——假設你打算重新利用六個月前的演講內容，那更需要加倍琢磨其中的眉眉角角。許多活動的特邀主講人（往往不是產業先驅，就是某個領域的創始人），十年來講來講去都是同一套起源故事，這些人欠缺好奇心，從未停下來審視自己敘事的基調是否能與當下演講所處的新脈絡相輔相成。

我自己也曾如此短視眼盲。故事發生在好久好久以前，當年我還沒認真思考過自己的創作流程，也沒想過要將這樣的過程講清楚；那時有場科技業女性聚會的主辦團隊邀我演講，對方請我談的主題是「公開演說」。那次經驗一點也不光彩。我沒做好功課，誤解了演講場合，搞不清楚自己出現在那裡的目的，在台上大講特講預備好的段子，卯足全力說了一則關於高成就女性和哺乳訓練班的笑話。我後來得知，主辦團隊原先其實想要我以研習營形式指點大家的簡報技巧，這才發現不管是那個哺乳笑話還是其他內容，跟演講場合都完全不對盤——那是場在員工餐廳辦給二十多歲年輕人的研討會。我當初應該要先提出一些值得深思的問題，凝聚團隊參與意識、打造信任感，跟特地撥空來聽講的七位聽眾建立連結。結果我都打造什麼去了？打造恐怖噩夢吧。

回想起來，二十多歲的我就曾在職場上見過本章要談的創作巧思。我曾有任老闆是得過大獎的百老匯演員兼劇作家，當時是劇場界和非營利組織圈的當紅寵兒。她的單人劇大受歡迎，裡頭描繪的各個人物獲得梅麗・史翠普（Meryl Streep）、梅琳達・蓋茲（Melinda Gates）和蜜雪兒・歐巴馬（Michelle Obama）等人大力讚賞。我們甚至還去白宮舉行特別演出。她致力將才華投入更具社會意識的志業，還為這齣單人劇寫了外傳，由同一批角色上演一連串獨白，大談健保系統內的種種不平等。在日常演出間，她也到服務業雇員國際工會（Service Employees International Union）、全美各大醫院表演外傳。她演到哪，我就跟到哪。

我這份助理工作內容包羅萬象。我得和活動主辦單位協調、敲定演出合約、安排巡演行程，得要拖著她那超大一袋演出服到處跑，去機場、去飯店，還要確保演出當天服裝都熨燙得平平整整。我實在不太會用熨斗，從沒搞清楚怎樣才能熨好衣服又不燙傷自己，但也沒打算試用飯店的蒸汽熨斗；我會把衣服掛上飯店浴室的浴簾吊桿，放熱水放得滿屋蒸氣，一邊這樣燙衣服，一邊在房裡看免費有線電視看到爽——住飯店不就該這樣殺時間嗎？（反正我老闆的表演也不講環保議題嘛。）除了上述大小事，老闆對於旅行還有許多特殊要求（要帶天然鼻腔噴劑，要帶爽膚水、乳液），對於要投宿哪家飯店、表演當天她要做什麼或不想做什麼，也全都交代得仔仔細細，簡直吹毛求疵——不過我全都歡歡喜喜一一照辦。畢竟她飛到哪都帶著我坐頭等艙，我的飛行里程數那陣子暴增不少。而且，跟著她工作也讓我學了好多。雖然我前面冷嘲熱諷一番，但認真要說，跟著老闆工作最寶貴的報酬，就是我不只和她一同旅行，也和她一起雕琢劇本：過程中，我首度仔細認識了這個國家的社會經濟基礎結構，看見這國家在那結構上搖搖晃晃，看出那結構有多脆弱失格。我得承認，在此之前我自己完完全全不會碰觸這些議題。社會上有些族群未能得到充分援助，每天都要面對實實在在的挑戰，而我幾乎對此漠不關心；對我來說解決這些問題的辦法也太過複雜，我從沒弄懂。老闆向我描述制度性種族主義（例如：某些群體受警察過度監控、領著難以餬口的超低薪資）實際上會造成哪些健康問題，和我談他們的生活壓力如何沉重到讓人每天分泌皮質醇，也跟我聊到理髮廳這種場所有多重要、對當地社區健康又有什麼影響；我則從中學習，去理解對她而言在表演過程中與一群群不同觀眾對話有多重要——管他是日內西郡（Genesee County）那種小鎮還是路易斯維爾（Louisville）那樣的大城，她都會盡力讓表演與觀眾個人有所連結，讓人感覺她與觀眾共感同理。

每場演出前，她一定會要我去研究觀眾群和主辦單位，調查有沒有什麼歷史事件與表演場域相關又具有特殊意義，或是當地社群裡最近有沒有什麼新聞話題。每場演出裡，她都會細修每個角色的獨白，確保自己開口時能與台下觀眾建立直接的連結，確保自己一言一行合乎我們當下所處的文化氛圍。表演中第一個「現身」的角色都會稍稍介紹自己帶來談話現場的「朋友」。這段開場白中，她一定會向所處的環境致意：她會提到時下在地議題、在地人熟悉的地點、在地人常掛嘴邊的抱怨——她用那些角色的身分道出這一切。比方說，有次我們去夏威夷，她演猶太人時跟觀眾說，他阿嬤正在棕櫚樹下洗猶太桑拿（shvitz）。我老闆的表演大受歡迎，但卻從未因此就覺得自己不必尊重活動和觀眾，每場活動、每群觀眾對她而言都獨一無二，她總是卯足全力去擄獲台下眾人的心。

我陪雪麗研究泳衣要挑兩件式還一件式那回，已是離開那位老闆多年後（前述那場科技業女性研討會也已飄成黯淡雲煙），那也不是我們第一次合作了，我和雪麗早就聯手苦心打磨過許許多多演講，悉心評估過演講場合的種種要素，研究過現場聽眾，調查過實體環境。我和雪麗首度合作，是因為她獲頒一項聲譽崇高的科學界女性大獎，大會邀請得主發表主題演講。協助雪麗準備演講前，我早已做好必要研究，上網大肆人肉搜索，好好摸清這位漫遊太空的大人物底細；一如第一章裡查莉打破我對色情片明星的印象，雪麗的外型也教我大吃一驚——她一頭金色秀髮彷如瀑布，一身小麥肌洋溢加州海灘風情，遠比我預期的航太工程師形象更加耀眼迷人。我想大概是自己在成長過程中見過的理工科女性太少了，腦海裡才會一直惦記著那種帶眼鏡、沒女人味、科學宅書呆子的刻板印象。

雪麗的演講地點是一處著名的天文館。她高中時是個太空宅，都會開著爸媽的破爛老車去那邊聽講座。一問雪麗，她馬上就能描繪出自己走過的那段歷程，分享她怎麼從那個志向遠大的高中生，變成眼前頒獎盛會台上這位謙虛的受獎人。我們就是要在那頒獎台上，向一群來參加科技創新節的歐洲聽眾演講。領獎之後，她要在一處停機坪講話，對媒體和當地官員講述自己首趟太空之旅：當時雪麗協助設計一架民用太空梭，也搭著那架太空梭航向宇宙的浩瀚無垠——而那架太空梭此刻就停在一旁的機庫裡。雪麗每次演講，都有新的聽眾、新的場合、不同的環境場景。所以我們每次都得換個眼光看待她的演講，思考雪麗該講些什麼，又該怎麼講。

我們第五次合作，是雪麗去參加著名慈善家舉辦的非政府及非營利組織年度小聚，她被邀請分享自己出任務的故事。這場面聽起來可能很悶；實際上完全是很悶——的相反。雪麗說，她會在私人海灘豪宅住上幾天，其中一晚要演講。我們倆少女般咯咯笑個不停，閒扯著活動會多有趣，笑夠以後便開始討論這個場面背後的意義。活動進行到這階段，整群賓客已經共處了幾天，一起參加水上活動、跟著導遊冒險、品飲雞尾酒，大家都熟了，這時要對話就容易得多。雪麗會在露天涼亭談話：席上是一群非營利組織工作者，海風輕輕拂過，眾人身穿亞麻衣，陶陶然微醺——她最近剛和這群人交上朋友，他們一起騎著水上機車乘風破浪，坐在泳池邊品酒聊天，啜飲芒果黛綺莉（daiquiris）。

怎樣的敘述方式才能吸引他們呢？如果我們跳脫環境觀察這群聽眾、研究這個場合，可能會這樣臆測：這些人不是聽聽就算了，你不能隨便丟幾句口號應付。他們服務的單位都是 501(c)(3) 組織，按美國稅法規範免繳聯邦所得稅。這群人是會受邀擔任聯合國親善大使那種人。他們是為社會公義奮戰的非營利戰士。活動中其他講題包羅萬象，從難民危機一路涵蓋到風電未來；我們也很快就選好講題：雪麗的演講應該要關注私人太空旅行對全球關係、環境問題和人類有什麼影響。而考慮到實際演講場景，不管我們如何構築這些內容，等雪麗實際演講，這段講稿離開了紙面，就該特別展露親密感，不能太正式。雪麗不能像 TED 那些講者那樣，在舞台上來回走動，對聽眾下指示，敦促人們「想像一種前所未有的感受」。我腦海裡的畫面是：雪麗站在涼亭裡，甚至是輕鬆坐在高腳凳上，握著手持麥克風。不管她要分享什麼重要概念或核心論點，都要謙遜地包裝成個人直覺判斷，而不是大聲疾呼，高姿態預言未來。演講的語氣和基調，應該偏向真情告白，而不是大肆說教。拿備忘稿也沒關係，真的。不過她講述的題材要能讓自己說得自然順暢，這樣就不會像平時上台演講那麼依賴講稿。我後面還會跟你分享很多對看稿的想法。超超超——超級多。不過我現在想談的重點是：對選擇題材、應用題材而言，認識確切的演講環境絕對是關鍵步驟。

分析完你演講的實體環境，就能更精確地回答在「哪裡」演講的問題；不過你也該明白，場景環境這件事也包含當下的文化氛圍和歷史背景，這概念在講述故事的傳統中已行之有年。想想那種電影開頭的字幕卡：「一九四七年，開羅」、「昨天，倫敦」。捕捉了時代精神，就能將演講錨定在當下的文化氛圍，製造與當下時空的關聯，賦予其力量。例如：現在這個時間點說某條新聞是「假新聞」，跟二〇一六年美國總統大選以前說它是「假新聞」，兩者就有不同意涵；選戰之後，「假新聞」這個詞帶著新的暗示，先前可能都沒人這樣用過。

還有個絕佳範例：一九六三年，馬丁・路德・金恩（Martin Luther King Jr.）發表了那篇〈我有一個夢〉（*I Have a Dream*）演說；四年之後，他又在不同的時空背景下，和演講撰稿搭檔克拉倫斯・B・瓊斯（Clarence B. Jones）改編講稿的知名段落，傳達大為不同的訊息。一九六三年，金恩博士站在林肯紀念堂（Lincoln Memorial）前宣告：「有了這種信念，我們就能將國內刺耳的不和諧音變成洋溢手足情誼的美妙交響曲。」（With this faith we will be able to transform the jangling discords of our nation into a beautiful symphony of brotherhood.）這段講辭除了以「不和諧音」與「交響曲」的譬喻營造滿滿詩意，字裡行間還滿懷樂觀，迴盪著對未來的許諾。「我們就能」（we will）用的是將來式，表現出一股篤定感，這件事不只是「可能」而是「肯定能」。然而，金恩博士是滿懷熱血的倡議者，致力追求社會公義與經濟平等，對於非裔美國人如何參與社會、社會如何剝削非裔美國人，他有一套很明確的看法。〈我有一個夢〉過後四年，金恩博士又發表一場規模更大、範圍更廣的演講，嚴厲譴責美國在越戰中的所作所為。在這篇講稿中，瓊斯重引了「不和諧音」這句話，針對當下的新時空背景微調內容。這回，他改讓好搭檔金恩牧師說：「要是我們做出正確的選擇，就能將世界刺耳的不和諧音變成洋溢手足情誼的美妙交響曲。」（If we will make the right choice, we will be able to transform the jangling discords of our world into a beautiful symphony of brotherhood.）這句話現在是以「是否做出『正確的選擇』」為前提，而且直截了當地瞄準美國政府發話——如今是美國政府要為那些不和諧音負責，為全世界的不和諧音負責。曾鼓舞數百萬美國民眾的一句話，這時恐怕激怒了同樣數百萬民眾裡的許許多多人。我不禁想知道，金恩博士和瓊斯是不是故意用相同的措辭來測試聽眾，向他們問責？他們簡直像在說：「你先前覺得這話動聽，不過就是因為我之前是幫你講話吧？」無論如何，這段講辭都向我們展現：先前運用過的素材，只要審慎評估後再利用，就能重獲新生，在不同的時空與受眾中展現全新力量。

談到當下文化氛圍，那再來說說交友軟體 Tinder（我不是要把金恩博士跟 Tinder 畫上等號，就只是轉個場）：我開始替人家的婚禮寫講稿時，那些約會軟體都還沒誕生，假設新人是在交友網站 OkCupid 上認識的，這件事絕對不會被寫進講稿。而現在呢，大家的 Tinder 個人資料頁有一大堆能當笑話的素材，多到我反而盡量避免引用 Tinder 上的資訊，就怕擺進講稿裡看起來像是老哏笑話。我希望自己以後不用在哪篇講稿裡寫說，有哪對愛侶是在全公司 Zoom 視訊大會的畫廊檢視畫面上初見彼此，經歷多少曲曲折折後才終成眷屬。想起來未免太悶了吧！但我希望：如果哪天我閉上眼從自己寫過的幾百篇講稿裡隨機挑出一篇，那麼大家只要大概看看內容，就算不是職業偵探，也能透過文中指涉題材看出是哪個年代寫的稿子。

我有位客戶瑪雅是娛樂圈位高權重的管理人，幾年前我們曾一起準備在某 HBCU 畢業典禮發表的演講（HBCU 指的就是 historically Black college or university，傳統的黑人大專院校）。再往前幾年，我們也合作過一場慶生活動致詞，一切順利；但說到這次的畢業演講邀請，她就緊張起來。首先，當天還有位大名人跟她一起受邀演講；這嚇不倒瑪雅，可是她覺得自己淪為「配角」了。再來，瑪雅本人念的學校不是 HBCU，但她跟這所學校的幾位校友往來密切，因此覺得自己該對台下畢業生表達敬重，壓力又更大了。還有，這場演講有現場直播：畢業典禮是在場幾千位同學人生至今最重要的一天，她要跟這些人談話，一邊講話內容就一邊放送出去──瑪雅和大多數人一樣，想到這件事就渾身不對勁。

發表演講這件事，應該要帶你踏上個人成長之旅，所以，說來你大概也不吃驚：我寫的每篇講稿也都會帶我踏上學習之旅。這次畢業演講也不例外。我自己是在倫敦和布里斯托受教育的，跟美國教育體制根本不熟。如今要為了孩子的權益跟紐約市教育局來回角力，我才漸漸對這套系統稍有頭緒。但我也還沒搞懂八年級學生到底幾歲，或是學業成績平均點數（grade point average，GPA）要多高才稱得上還行。更關鍵的是：我是個白人，我本身固有的思想觀念，和客戶的思想觀念自然就對不起來。我不僅要認識她受邀去演講的大學、學校的不同學程科系、那天參加畢業典禮的是哪些學院的學生，還得超迅速把自己沉浸在這所學校和所有 HBCU 的歷史與種種傳統之中，細細咀嚼品味，深思熟慮一番。不用說，我自己壓力也很大，這場演講我得對瑪雅竭盡全力相挺，而且我心裡也清楚，用盡一己之力恐怕都還不夠。我十分依賴瑪雅的看法和觀點。此外，我還去找其他讀過 HBCU 的朋友和專業人士深入交流；該校樂儀隊廣受好評，所以我也看一大堆他們樂儀隊表演的影片；然後，大白天上班到一半，我看起碧昂絲（Beyoncé）那支《返校日》（*Homecoming*）紀錄片（我看第三次了），這都是為了研究，沒有半點私心唷。

最後，我們想通了，瑪雅人生故事的起起伏伏，正好能作為一個論點的例證，而我們可以把這個論點當成演講核心：有些地方看似非你歸屬，卻正是你尋得力量的所在，而那股力量能催生最宏大的變革。演講的重大精華就構築在她的個人經驗之上：瑪雅是娛樂產業管理人，任職的公司是業界巨人，產出許多眾人耳熟能詳、欣賞喜愛的大作，同學們應該對那家公司的事很感興趣；講述瑪雅如何克服重重不利晉身最高層，一定能讓畢業生聽得津津有味——大家也確實聽得如癡如醉。瑪雅後來轉告我聽眾的反應，院長和其他現場聽眾給出如此正向的回饋，她實在鬆了一口氣。

後來又過一陣子，時間來到二〇二〇年夏天，我為別的案子做研究時看了一場霍華德大學（Howard University）畢業演講的影片，於是想起了瑪雅的演講。我心想：數月以來，全球壟罩在新冠肺炎疫情之下；數周以前，喬治．弗洛伊德（George Floyd）被殺害的影片引發了全球反系統性種族主義的抗議運動──假設瑪雅是在此時此刻找我幫忙寫講稿，那篇講稿會長成怎樣呢？我們會寫出同樣的講稿嗎？我想十之八九不會。

光聽講稿裡提到哪些當紅藝人，就聽得出這是哪個年代寫出來的稿子。不過在二〇二〇年，「黑人的命也是命」（Black Lives Matter）運動席卷美國所有城市，大街小巷都有抗議者與盟友遊行抗爭；這時登高一呼，要大家堅持不懈、繼續「在非你歸屬之處現身」，這樣的訊息就會成為聚光燈焦點了，它在當前的敘事脈絡下遠比當年的畢業典禮演講更強大、更重要。基於時空背景，瑪雅的個人故事會為這主題鋪好路，但接著就會讓路給當下的種種運動與抗爭，讓路給事件背後更廣大的文化、政治、社會時局等基礎，讓路給彼時彼刻彼地台下學生自己的探索挑戰──他們會去把那些令人不適、非己歸屬的空間一一查找出來。

我還想到，如果瑪雅在二〇二〇年發表演講，她就得跟碧昂絲本人競爭，碧昂絲和巴拉克・歐巴馬都錄了致詞影片，兩人的講詞都透過線上影片對全體二〇二〇年畢業生播送。全世界都躲在家，視訊演講影片就變成公開傳達言論的唯一方法，霎那間好像打開潘朵拉的盒子，前所未知的挑戰一個個都冒出來了：要有多少個攝影角度拍攝效果才最好？背景該長怎樣？講者要在畫面上哪個位置？全球疫情剛興起時，邪典電影導演約翰・華特斯（John Waters）就透過影片為紐約市視覺藝術學院畢業生演講，演講內容很逗趣。拍攝的時候，華特斯拿著備忘稿走上講台，一層天鵝絨簾幕被投影在講台後的背景綠幕上，拍得好像華特斯眼前就有一群聽眾，他在對現場聽眾演講。不過，碧女王（Queen Bey）[*15]和歐巴馬總統就是對著鏡頭說話了，一旁藏了提詞機，這樣他們就能直視觀眾，視線清楚穩當。現在的視訊演講影片，可不只是把講者上TED舞台演講的樣子錄下來，然後再傳到網路上去。如果你不是對現場觀眾講話，而是對著攝影機，演講就有無限可能了。

15 譯注：碧女王（Queen Bey）為歌迷對碧昂絲（Beyonce）的暱稱。

影片也不是什麼新鮮事了，但我相信作為對受眾溝通的模式（不管是一大群人還是一小撮人），它還有許多潛力都沒被好好開發利用過。幾年前，我發現對全國放送的女王（這次是在說英國女王）年度耶誕演說影片風格大翻新，印象特別深刻（這可是備受八十歲以上民眾期待的節目）。那年播送的新版影片，畫面會跳離坐在書桌邊的女王，秀出過去一年所有皇室婚禮、皇族出生等事件的影像片段，剪輯成像短片那樣播放。二〇一九年，柯瑞·布克（Cory Booker）宣布他要投入美國總統選戰時，也透過類似的方式和美國選民溝通。布克沒邀媒體報導自己上台現場演說，他的做法比較像投放數位廣告。布克團隊彙整許多照片和影片剪輯在一起：鏡頭外響起布克滿是活力的嗓音，觀眾便隨他的旁白一路看過他的童年、家鄉社群以及從政經歷。前不久我花了許多時間研究饒舌歌手梅根·娣·史塔利昂（Megan Thee Stallion）在《紐約時報》（*New York Times*）「觀點」（Opinion）專欄發表的內容——隨文附了短片，由作者史塔利昂朗讀旁白，搭配藝術感滿點的影像，講述著她要傳達的重要訊息：美國有色人種女性面對的現實生活。

「媒介即訊息」（The medium is the message），這是加拿大傳播理論家馬歇爾·麥克盧漢（Marshall McLuhan）的名句。麥克盧漢這句話提示了我們：每種媒介都會打造新契機，帶來不同的故事講述手法。例如：將書籍改編成電影，必然得重寫書中故事，而把書改編成廣播劇跟改編成舞台劇，兩者的編寫方式也會不同——同理可證，要對觀眾發表的演講和一篇落落長的文章，就算講的主題相同，編寫與呈現的方式也會不一樣。影片這種媒介，就是這樣為演講創造出全新環境。影片既不像舞台也不像麥克風，因此如果演講要以影片方式呈現，那麼在剛開始準備演講的階段，千萬不能忽視媒介本質上的差異。

雖然你跟觀眾的實際距離很遠，但卻有可能透過影片進入更為私密的場域；如此看來你和觀眾就很親近了，前所未有地近。這對你傳達訊息的方式又有什麼影響呢？這表示你說起話來可以更隨興、更像日常對話嗎？或者，在這種狀況下，觀眾更難集中注意力，你講話得言簡意賅、直截了當？演講長度呢？你會不會配合著觀眾縮短說話時間？畢竟，比起在台下聽講，他們此時處在較為個人的場域，能維持注意力的時間有限。要是你不調整演講長度，又要怎麼讓觀眾從頭到尾全神貫注？觀眾會期待在影片這種媒介裡接收到什麼？圖像？音樂？假設你只是坐在螢幕前說話，這樣能讓觀眾不分心去滑手機、刷照片嗎？

有位做廣告的朋友，他們公司將內部會議和對客戶簡報全面線上化，一切都在 Zoom 上進行，結果他最近發現有些年輕同事的表現不一樣了：這些人過去做現場簡報時活力十足、敏捷無比，到了線上卻全都死氣沉沉。我朋友抱怨，現在這些同事在家都「躲」螢幕後面，簡報看起來都是先寫了稿再照本宣科，這樣一來，就少了過去那種隨興自然、與人連結的感覺。他覺得大家實在有失專業素養、欠缺想像力，於是問我有沒有什麼建議能讓他轉授同事，改善他們的線上簡報技巧。就我觀察，把要發表的內容寫成稿根本不是問題。問題是他們懶。這些人不努力在新媒介上多費點心思，沒思考視訊時怎麼跟螢幕那頭的觀眾建立連結。視訊演講和現場演講一樣，重點全在講者展現的能量、講者和受眾的連結，你得用盡手邊能用的技術把這一切傳達給觀眾——再加上你在畫面上還是身首分離的狀態，技術就更重要了。要是你超不會用麥克風和攝影機，就算認真寫講稿也是沒用的。管你的簡報是不是優秀到驚天地泣鬼神，一樣沒屁用。

大家對視訊溝通有個迷思，以為透過 Zoom 講話和實體交流不一樣，得稍微收斂、冷靜一點。如果你這個人現場演講時都活蹦亂跳，上線後可千萬別改掉自身風格！但為了不被視訊耽誤，你或許可考慮換個高解析度鏡頭、收音好的麥克風。這樣至少你高聲暢談「Z 世代最在意什麼」時，大家不用忍受筆電破喇叭傳來的古怪噪音。或許你還可以稍微打點演講環境，換個有設計感的背景，透過畫面告訴觀眾你是誰、想打造怎樣的氛圍。

不過，假設你是單槍匹馬在家演講，沒有什麼專業線上活動團隊派出幹練的技術人員來幫你準備提詞機，那最重要的一件事，就是研究備忘稿該放哪了。這個細節很關鍵，因為無論是直播簡報還是預錄演講，要和螢幕那頭的觀眾建立連結，幾乎全得靠眼神，你雙眼怎麼和觀眾接觸、目光投向哪裡，都會影響觀眾的感受。你這時人在鏡頭前，坐得離螢幕那麼近，眼珠只要稍稍一動就會被發現，除非你戴墨鏡，不過墨鏡……好啦墨鏡搞不好可以——假設你是要去跟邁阿密旅遊局簡報的話。視訊演講的時候你離觀眾這麼近，不管是偷看投影片下面的備忘稿還是偷瞄桌面上的筆記什麼的，看起來都會超怪，給人一種躲躲藏藏的感覺——會很像小孩扯了貓咪尾巴又打死不認，說謊騙人又良心不安。那要怎麼解決這個問題呢？我強烈建議你裝幾個外接螢幕，要看講稿或備忘稿演講時，把提詞的螢幕裝得離鏡頭越近越好，這樣就算你用分享畫面的方式帶著客戶看 Prezi 動態簡報，沒辦法直接盯著他們的臉，也能確保自己的視線跟觀眾的目光對到。再來你可以多擺一台螢幕顯示觀眾的畫面，靠著提詞螢幕，放它旁邊或後面都好——反正你能瞄到觀眾反應就行。重點就是要用可行的方式打造居家攝影棚，讓自己在這個環境裡講話能講得舒適自在。要多自在？假設你在研討會面對上百聽眾演講前，會先把講台高度、麥克風、影音設備規格都好好確認檢查過，這樣情況下你能多自在，那在居家攝影棚就該多自在。

這件事想要做到精，可能要測試超多遍；但總之，研究視訊這種演講媒介、思考它對你演講策略有何影響時，別忘了：雖然你可能是坐在獨立的房間、離觀眾遠遠的，可能會覺得現在壓力不用那麼大、不用那麼認真，但你的狀態其實跟獨處差了十萬八千里，觀眾還是會期望畫面上的你跟ＩＲＬ[*16]的你一樣，看起來要活生生，表現得精采絕倫。（我忍不住要講個術語秀秀自己對技術這檔事多有誠意。）

雖然很多人對視訊這種媒介反感，但我不認為用影像傳達訊息會限制演講表現；我反而覺得視訊為公開演說開拓了新境界，為演講帶來創新的可能，線上活動的籌辦單位也該好好思考這個新媒介的特質並加以應用。我的線上大型活動和研討會經驗豐富，所以明白：「演講中和各場演講間，觀眾看到什麼、聽到什麼」是一大重點，針對這些事好好規畫決策，就能大幅提升整體活動體驗。其實，我參與的一場線上活動，本來是要在雪麗演講的同一座小島舉行，結果因為 Covid-19 疫情只好取消。主辦團隊費盡心思想在線上重現這場小島高峰會。不過，我和合作的設計團隊點出：想在電腦上重現「加勒比海小島涼亭裡的高腳凳」這種演講環境，未免太癡人說夢，他們才放棄這個念頭。面對在鏡頭前公開演講的挑戰，講者也應該要同樣著重細節，像在小島上演講那麼用心。泳衣可以下次再穿，不急。

16 譯注：ＩＲＬ為 in real life 的縮寫，指的是「現實生活」。想刻意區隔現實生活與線上遊戲、社群媒體、電視戲劇等非實體或虛構事件時，便可使用ＩＲＬ來強調自己指的是生活實況。

3

我思故我在（演講裡）

選好敘事中的主要人物

「我不想談自己崩潰的事。」瑪姬這麼告訴我，語氣尖銳又直接。瑪姬要在一場大型晚會演講，主辦單位是紐約市最有聲望的文化機構——這所博物館能成立，她也出了一臂之力——為了在討論中破冰，我隨口問她過去三年都在忙些什麼。瑪姬告訴我，她跑去歐洲放逐自我；因為多年來她為了博物館努力不懈投入一大堆勸募活動，四處找錢找人力，結果落得筋疲力竭、憂鬱不已，她得讓自己從那場大劫中恢復過來。

我們達成共識：這場演講不是非談她精神崩潰不可。對於台下的捐款人來說，這件事背後的訊息不太正面。但瑪姬閉口不談這件事，並不只是想保有隱私。她是自己故事的英雄，卻又當英雄當得不情不願，費盡心思想把焦點從她的個人生活上移走，希望一絲關注都不要留。

以傳統方式講述故事時，要是想把主角（protagonist）、主要人物（main character）、英雄（hero）這幾個概念拆解區分開來，那簡直是自找麻煩。有一大堆寫作大師班課程都在討論這幾種角色的定義，還有它們相對於彼此各自又有什麼重要性。我來給你翻譯翻譯這些大師的理論，用最簡單基本的方式來說：主角這種角色的決定會推動故事向前發展；主要人物（同時可能是主角）是會被主角的決定影響的角色，我們也經常從主要人物的視角體驗故事；而英雄這個角色（同時可能是主角和主要人物）則會在旅途中經歷重大蛻變。要是連這個解釋都讓你摸不著腦袋，別太擔心。我之所以花力氣談這套理論，是因為在準備演講的某刻起，「你**為什麼**要演講」這個問題的重點，會變成「**你**為什麼演講」；準備講稿時，你就是要建構一套敘事，而就從此刻起，你在敘事中扮演什麼樣的角色，變得至關重要，絕對不能出錯。

演講不是說故事。演講是個敘事框架，框架裡有許多小故事、想法和片段，結合在一起組成更宏大的事物。（別搔頭了；我晚點會再解釋這個概念。）你是講者，也是這個敘事的作者。一板一眼的人或許會直接判定，這表示自己要不是主角就是主要人物了。可是分享觀點或想法，未必表示你的感受、故事和經歷是敘事核心。因此，建構框架時，從一開始就得搞清楚你的角色到底有多「主要」，這樣才知道演講得援引哪些題材當內容。你在推動敘事的行動中，扮演的角色很可能不如自己想得重要——我有許多客戶接收這個概念後鬆了一口氣，另一些客戶則大吃一驚。很久以前，我曾為這問題寫電子郵件給一位新郎的母親——我們合作時，這位女士不斷搬出自己的八點檔般的婚姻往事，想要加到講稿裡。我認為自己做的事值得稱道：我很溫和地解釋，這段致詞的重點不是她，她不需要自以為自己犯下了錯，然後在稿子裡花一堆心力不斷為這些破事道歉、找藉口。我寫信給她以前，我們處得還不錯，她覺得合作起來滿意愉快。我寫信後，她卻粗魯地大罵我一頓，話講得很難聽，還要我退她錢。

我在演講實驗室給新人撰稿師的培訓初期，早早就會釐清兩種演講的差異：一種是關於人的演講，另一種是關於事物或想法的演講。「關於人的演講」，演講主題打一開始就定調了，是「別人」。這樣設定好，講者扮演的角色就再清楚也不過了。這是談「別人」的演講！無論那個「別人」是新娘、死者，還是結婚四十年的老夫老妻（超勇的），你演講的目的都是要稱頌他們。你之所以能勝任講者，單純是因為你比台下多數聽眾更熟悉他們，或者你認識他們的來龍去脈跟其他排在你之前演講的人都不一樣——就這樣，沒別的理由了。能當上伴郎，你或許在新郎的諸多趣聞軼事扮演要角，可能還對新郎可取的特質、不可取的癖性自有一套理論，但伴郎講這些小故事的重點，是要襯托新郎的人格特色、怪癖特徵。沒人在乎你認識新郎多久、你們的關係有多特殊；他們感興趣的是，你究竟知道新郎些什麼事。聽眾才不管你們周末有沒有一起踢足球；但他們一定會想聽你說，新郎有件羅納度簽名球衣，每上球場必穿卻又從來不洗。**談「別人」的演講，絕對不能變成談「你」的演講**。

不過，有件事會把這一大重點搞得有點複雜，就是講者想藉由這個「別人」對自己的影響，證明對方的非凡價值，例如：丈夫想談妻子如何與自己結縭二十五年，或者悼念者想談亡友對他的影響如何歷久不衰。當然，談別人的演講也是有點空間能擺下你，讓你聊聊他們付出的愛在你人生中刻下什麼印記，但要談別人對你的影響，重點最好還是要反映出對方的人格特質，而不是細細講述你個人的改頭換面之路。想知道怎麼在兩者間取得平衡，可以看看那些準備寫結婚誓詞的伴侶，不管他們打算怎樣立下親密誓約，都是絕佳範例。

我會和準新人合作，幫助他們以自己獨特的方式對彼此許諾，合作的方式有幾種。有個方案，我簡單稱之為「個人版」，也就是我和準新人一方或雙方合作，撰寫獨具講者特色的誓詞，不管內容或結構都和另一方的誓詞無關。這樣撰稿的時候，誓詞的內容重點是談對方的特質，但也會帶著個人省思，漫談對方如何讓自己的人生變美好，還會宣告自己對婚姻生活的願景，藉此回應另一半帶來的影響。聽起來可能很像在訂契約還是在打訴訟，其實並非如此。我的意思是，這樣的誓詞透過某種方式，和傳統誓詞一樣道出準新人對彼此的誓約或種種承諾。如此一來，與新人在婚宴上的致詞相比，結婚誓詞的內容確實更關乎講者自身。想想也確實有道理，畢竟誓詞針對的聽眾只有對方一人而已。賓客都只是見證人，是親密對話的旁觀者，並未參與對話。這個關鍵差異使得講者態度開放起來，願意坦然表達自己的感受。儘管婚姻有公之於眾的性質，但人們寫結婚誓詞並不會將聽眾列入考量。雖然結婚誓詞如此特別，但我還是喜歡在誓詞裡加點幽默，畢竟有群人得乖乖聽完這段話，何不也帶給他們一點樂趣呢？

「個人版」的替代方案是同時為兩篇誓詞設計一套結構，在同樣的框架下客製化內容。我跟安德里雅、蘇綺合作時，就是用這款方案。安德里雅是位火辣的舞蹈老師，生性自由奔放。她未婚妻蘇綺相對傳統，樸樸實實平穩度日，是普通的上班族。兩人琴瑟和鳴，不僅因為她們有共同的價值觀，也因為彼此相異之處——我們力求在整場婚禮的每個關節都彰顯這個概念。我也和她們朋友一起擬主婚人講稿（當然不是由神職人員主婚，都二十一世紀了），內容便援引了兩人大相逕庭的特質：

要是你問安德里雅：和蘇綺跳舞感覺怎麼樣？她會告訴你，蘇綺喜歡當領舞者，她生來就是要當帶頭的那個。安德里雅還會告訴你，讓蘇綺領舞也沒關係，因為蘇綺一直很清楚該怎麼擁抱她、牽引她，而且不知怎地就是能讓兩人每次共舞都和第一次一樣浪漫。

如果你是問蘇綺，和安德里雅跳舞感覺怎麼樣。她會講的話，我想大概就不宜在婚禮上轉述了。

談到誓詞，安德里雅很樂意讓我寫她和蘇綺兩人的誓詞，我們也都同意雙方最好對彼此要講的內容一無所知，這樣才能在婚禮當天發揮最強效果。

所以我分別和兩人討論，將講者個人問卷分開寄給她們。我以兩人的答案為基底打造誓詞骨架；她們也和我分享了關於彼此的細節，我便用那些細節當填補骨架的血肉，讓內容更為充實圓滿。這樣的結構讓兩人能很具體地談論對方的特質，然後以第一人稱的角度發表誓詞來回應那些特質。例如：

安德里雅，過去的一千三百六十四個日子，你讓我覺得自己是你世界上最重要的人。我說我喜歡什麼料理，你立刻就訂好餐廳。我提到哪個表演，你一下就買好票。我在店裡看衣服，你馬上就訂了我穿的尺碼。所以我試著盡量別太常講那種話。

我向你保證：我會永遠用你聆聽我的方式傾聽你，關注你的需求和願望。

當然，婚禮致詞未必都如此謙遜。我曾遇過一些合作對象，他們對新人表達感謝的方式是先講自己的故事，一講就講上十分鐘。以自我為中心講故事這種惡行，如果要我點出誰是罪魁禍首的話，那想都不用想，當然就是新娘的父親。如果他剛好成功又有錢，那就更慘了。我從一次次的經驗裡發現一件事：傑出男性完全無法讓他們的成功與孩子靠自己取得的成就脫鉤。

要舉這種沙文主義者的例子，我最愛拿保羅當範例，他在致詞裡講的故事，比起在自家女兒婚禮發表，更適合拿到純男性鄉村俱樂部的更衣室去說嘴。納森和我去保羅辦公室見他，辦公室牆面是木質鑲版，裡頭點綴著全家搭遊艇度假的照片，還有他在運動賽事中贏來的獎盃。保羅迎接我們就座沒幾分鐘，就開始拿他女兒出生的故事當迎賓話題，我們這時已成了他俘虜，只好乖乖地聽。他說他在看紐約大都會隊（New York Mets）比賽時，太太打電話來說她要生了，人在往醫院的路上。該死，他心想，比賽正開始精采呢。所以他先按兵不動，一直等到第二局下半，一邊期望產房那邊進度飛快，他等人打來通知他去看小孩就好。後來他太太宮縮越來越厲害，咬牙切齒地喊著他名字破口大罵，要醫生打電話找保羅過來。保羅這才跳上車到醫院。（我其實不確定他太太生小孩的體驗如何，搞不好她打了止痛藥，對發生的事一點知覺也沒有；但我身為兩個孩子的媽，把生產的劇痛記得一清二楚，對兩性生理負擔分配不公又頗有微詞，稍微發揮創作者兼母親的特權，編編故事求效果也不為過吧？）然而，太太哀號著生孩子時，保羅不在產床邊，卻在候診室死盯著電視追球賽。嫩嬰呱呱墜地那一刻，他剛好來得及抱抱新手媽媽和寶寶，看看小女娃有多「美麗動人」——畢竟還是他的孩子嘛——然後趕回皇后區看九局上半。他的球隊贏了！這個故事讓我聽得半信半疑，等到我回過神來便問保羅：「你和你女兒的媽還在一起嗎？」答案一點也不出人意料：早分了。

就技術層面而言，故事本身非常有力：開頭佳，中段好，結尾強，情節夠緊張刺激，故事結束時角色都蛻變了，是不可逆的變化（母親這個角色尤其如此，唉！）——但我可不能建議保羅往這方向發展。聽上去會讓人覺得他自認英雄主角、完美體現怎樣才叫「男人中的男人」——事實上人家會覺得他是個自我陶醉的混帳。然而，他堅持要講這個故事，從初稿開始每次寫稿都要一再把它加進去。寫到二稿後，我們終於因為看法相左而分道揚鑣，對這個故事和保羅提供的其他題材都是如此；題材中有個故事是說：他女兒小時候根本是約會破壞王，因為每次夫妻倆帶她去高檔餐廳吃晚餐，小女娃就會爆哭，一路哭到她七歲才能好好在餐廳吃飯。講真的，我一點也不訝異。畢竟保羅也讓我想哭。

保羅犯了致命錯誤：他的故事並未烘托演講該談的對象和主題，只是講來自爽而已。搞成這樣，大可不必。要是設定好演講目標，同一套故事也能發揮妙用。有一招既能讓你用第一人稱寫故事，又能讓演講談的對象擔綱主要人物。外祖母九十大壽時，我曾在她生日晚宴上演講，用了非常第一人稱的故事開場，但又完美達成烘托主題的效果。我是這樣起頭的：

當時我小小年紀，住在肯辛頓大街，很愛把一些事拿出來跟朋友現寶。全校只有我戴牙套，這絕對是我個人數一數二的成就。還有，我是二月二十九號生的，這件事講出來當然能讓人眼睛一亮。不過最重要的是，我超愛跟別人說我外婆幾歲。就算對方沒問，我也會告訴他們：「她六十四歲了。」「而且她不是普通的六十四歲老奶奶，」我會繼續說，「她像二十一歲那樣有活力。」我那時候其實不認識哪個二十一歲的人，也不知道人家到底多有活力，可是我聽過媽媽這樣說，覺得聽起來很順耳。相較之下，我朋友的奶奶都是病懨懨的老太婆。我們家外婆像鞭炮一樣活跳跳，是一秒幾十萬上下的蘇格蘭鋼鐵阿嬤。她每天都會走好幾英里的路，踩起腳踏船快得好像要參加奧運，不斷在廚房和餐廳間跑來跑去——連卡洛琳整天跑文青有機超市 Whole Foods 的次數，都還沒外婆一整天在廚房和餐廳來回次數的次數多，你就知道有多頻繁。

對我來說，外婆一直都是六十四歲上下，而且形象還跟披頭四那首〈等我六十四歲〉（*When I'm Sixty Four*）歌詞裡的老人家差很多。外婆身心永遠青春不老，所以我也沒在注意她在法律上到底算幾歲。好久好久以後的某一天，都過了二十年有吧，我才終於問我媽：「所以外婆到底幾歲啊？」

這個故事是我的回憶，推動敘述的是我，但故事的精華絕對是我外婆有多長壽。我寫這下這段文字的時候，她已經九十三歲了……還是九十四歲啊？我外婆的可愛之處很多，我也敢說，她對我個人乃至所有家人而言多重要，我在這段演講中描述得一清二楚。不過，就算是在親密的家族晚宴場合致詞，我的感性指數也僅僅如此。要你聽到我在演講中表達對某人的情感，那表示我事前一定花了超多力氣，好好梳理出這人之所以特別的種種理由。你要叫我沒血沒淚的英國人也可以。我沒差。反正我知道自己看了精采的音樂劇會落淚。不過我認為，如果你想淚眼潸潸地宣告對某人的愛意或景仰，要講的話卻又不涉及此人的高尚品行或人格特質，那就沒必要在演講上談，不如等夜色稍深再躲到廁所談心，兩人共用一盒衛生紙來場真情告白（假設你平常會來這招的話啦）。

真相很簡單，我們還是好好面對吧：演講是講給聽眾聽的，不是只講給你談到的那位朋友聽，也不是要拿來向朋友證明你是全世界最愛他們的人。演講裡的重罪，就是以老哏之言談自我滿足之實，例如：明明新娘才是婚宴的焦點，有些人致詞時嘴裡卻講著「她就像我的親姊妹」，把故事說得好像新娘繞著講者自己轉。我也明白，人有時就是會想展現彼此的親密關係，但我更清楚：我的職責在於讓講者自覺傳達到情意，又避免用陳腔濫調騷擾聽眾。我總是告訴孩子，「行動勝於雄辯」。怎樣，很劃時代的教養觀念吧？其實這句老話拿來套在演講撰稿也適用。若想表達愛與感激，花時間撰寫一篇精采非凡的講稿，描述你的手足摯友有多優秀美好，就是種極為純粹真摯的方式，可別拿自爽又情緒氾濫的胡言亂語來把這場演講降級。

我先前說過演講有兩種類型。說到關於事物的演講——不管是要談雞尾酒、監禁、背叛、遠端學習還是航空旅行的未來——難就難在琢磨出講稿裡的題材要多個人化，摸清要個人化到什麼程度才能獲得聽眾的喜愛、將他們變成鐵粉。演講和婚禮誓詞不同，它不是獨白，狀況比較類似對談時大部分的話都被某人講走。英國血統使我不願流露過多情緒，這點在寫關於人的講稿時大有益處；但在許多場合，隱瞞個人經驗有損講者與聽眾的關係。自謙自嘲自貶（又是我透過文化繼承的另一種特質）有時可能惹人愛，但要是這件事讓你無法在情緒上與他人建立連結，那就不討人喜歡了。

為了替這些唯我獨大的客戶釐清演講定位，我會重新檢視他們告訴我的所有活動資訊、主辦方期望、活動宗旨。檢視主辦方提出的邀約和任務內容，就看得出對方對演講的期望，這些期望也點出講者在這個敘事架構裡扮演什麼角色。例如，要是有位創意總監受邀談電子商務的興起，那沒人會覺得他該把自己當成講題裡的中心人物。假設是歐普拉受邀發表演說頌揚少數族裔企業領導力，大家或許就會期待她將個人經歷和講題連結在一起。不過，如果歐普拉是上台領終身成就獎，她的感言想必更會展現對自己人生故事中其他人物的敬意，或者對為她獲頒此獎而感動的人流露敬意。若要口中稱「我」，時機必然只限於致謝致意。

演講目的是條重要線索，有助你判斷面對龐大的主題或論點時該分享多少自己的個人故事來搶風頭——但令人沮喪的是，就算你明白演講目的，仍得留心其中許多鉅鉅角角、細微差異。因此我除了觀察活動的基本資訊，還會檢視當下講者與聽眾之間的關係和互動變化。有時演講者可能已經構思好主題，認為能給演講增添令人驚豔、力度十足的概念；但我聽到這些主題總會先探討，講者的題目是否能滿足在那特定時刻來到那特定場合聽講的人。珊達・萊姆斯（Shonda Rhimes）[*17]是位優異的電視製作人，二〇一四年她獲頒雪麗蘭辛領袖獎（Sherry Lansing Leadership Award），當時的受獎演說被我列入史上最愛女性成就相關演說名單。可是，她二〇一六年在TED舞台上的表現就非常令人失望。我想她是打算藉由TED演講透露自己並非完美家長，邀請聽眾和她建立聯結，但她卻沒真的暴露育兒的痛苦或衝突，半點也沒有。該談的不談，她偏偏要談一個非原創想法，以〈我的「沒問題」一年〉（*My Year of Saying Yes*）為題，用自我滿足的姿態講述自己在好萊塢的大人物生活，讓人聽得渾身不舒服。講這話的我，還是個超想幫她寫講稿的大粉絲呢——不過寫到這裡，我想應該是沒機會了。珊達，對不起啦。打來聊聊好嗎？

17譯注：珊達・萊姆斯（Shonda Rimes）是知名電視製作人兼劇作家，代表作品有《實習醫生》（*Grey's Anatomy*）、《醜聞風暴》（*Scandal*）、《謀殺入門課》（*How to Get Away With Murder*）等。

產業領導者的個人故事要是能帶來啟發、使人同理共鳴，那就有機會讓他們的想法或理論化為現實。講者如果是名人，那個人故事當然能滿足聽眾，因為聽眾會渴望獲得內幕消息，或者希望了解仰慕之人的思想和生活。然而，我一邊穿著講者的鞋去蒐集演講題材、構思初稿的同時，也會一邊將自己擺到台下聽眾席，我會自問：「這是今時今日此刻此地，我想從這位特定人物口中聽到的話嗎？」TED聽眾渴望著智性的成長，他們期待聽到的內容和企業自強活動演講聽眾想聽的不一樣；萊姆斯以個人故事構成的演講，或許就比較適合後者。在另一類活動中，講者可能代表著更宏大的事物——公眾運動、志業或族群。這種狀況下，與其稱「我」，講者登高一呼時可能會頻繁呼喊著「我們」。個人化為集體。有時，聽眾可能也不太關心講者是誰，他們更關心講者所學所知。

舉兩位實境秀明星為例。就叫他們班和肯（Ben and Ken）吧，聽起來滿順的。班和肯都是生活風格領域的網紅，各自被邀到不同活動擔任特邀主講人。班受邀到某大型企業的年會演講，這家公司所屬的產業和他的專業領域無關。主辦方表示，班愛講什麼就講什麼，但希望這場演講能激勵人奮發向上——因為台下聽眾一如過去的班，正努力想在公司裡出人頭地。所以我們判斷，按時間順序重述他成功的歷程，差不多就能撐起這場演講的全局。班的故事正好波瀾壯闊，情節刺激曲折，角色荒謬離奇，宛如蓋・瑞奇（Guy Ritchie）[*18]的電影，我們認為只要鋪陳技巧高超，故事最後再點出中心德目「逞強直到變真強」（faking it till you make it），這樣就夠了。

我跟肯合作的時候，他也是自身領域赫赫有名的人物，不過當時他沒上現在這個超人氣實境秀，還不是螢幕明星。邀他演講的是場針對同行專業人士舉辦的活動。比起肯的名氣，他對這領域的所知所聞，對同業來說更為重要。肯的個人故事同樣引人入勝，我們便用他的故事鋪墊出主題，剩下的七成演講時間則拿來談他在故事凸顯出的事實、數據和觀點。班和肯做的是同樣的事，但在英雄光譜上卻站在不同的位置。要是我現在能再和肯合作，一起擬出像班那樣的名人奮鬥史，寫下無所不談的豐富個人故事，那就太好了。肯的經歷中，有很多精采橋段能展現他的足智多謀、獨具創見、在職涯路上的無懼衝撞；

18 譯注：蓋・瑞奇（Guy Ritchie）為英國導演、製片人兼劇作家，其電影風格以快節奏、情節架構複雜、非線性敘事、人物鮮明有特色等特質聞名。

這些元素湊在一起，只要找對聽眾，這場成功經驗談一定讓他們聽得如癡如醉。我也超想問他對班的看法——他們究竟算是朋友，還是在《人物》雜誌頒獎典禮（People Magazine Awards）紅毯爭風頭的勁敵？

再來談談畢業典禮演講。雖然各校對講者的期望都一樣，卻更能清楚展現拿捏建議中要融入多少個人經驗有多難。「演講撰稿這件事，從來就沒有標準作法。」我到死為止都會這麼說，而畢業典禮演講就是完美例證。對我來說，畢業演講的講稿最難寫，因為這類演講預設講者會講一些深思熟慮、鼓舞人心又聰明絕頂的話（你也知道，畢竟台下聽眾剛畢業），還要有趣（畢竟聽眾正處在歡欣鼓舞的狀態），長度則是在十到四十分鐘間不等。這要求很高。我寫畢業典禮講稿時，得不斷拿 J．K．羅琳（J. K.Rowling）在哈佛畢業演講說的話提醒自己。（那是二〇一一年的演講了，大家當時還喜歡她，而那時《哈利波特》和 LGBTQ 社群也只有兩個共通點：巫師和角色扮演。*19）羅琳說：「在畢業典禮演講算是重責大任，我原先是這麼想的——直到我回想起自己的畢業典禮。那天畢業典禮的講者是著名英國哲學家瑪麗．沃諾克女男爵（Baroness Mary Warnock）。寫這篇講稿時，回想她的演講對我很有幫助，因為事實證明：搞了老半天，她講的內容我連一個字都想不起來了。」

說到我鍾愛的畢業典禮演講，美國女子足球冠軍艾比・瓦姆巴赫（Abby Wambach）在巴納德學院（Barnard College）發表的演講就名列其中。這場演講的組織架構方式令我深深激賞，看過以後我真希望那篇講稿出自我筆下：它像那種超酷炫的摺紙風鈴，從盒子裡拉出來便開展成精妙無比的雕塑藝術——摺紙一個接一個串連，接連出現五花八門、形狀各異的元素，卻又透過中央的主線緊密相合。瓦姆巴赫的演講穿雜個人軼事、童話隱喻和科學新發現，她在其中流暢地穿梭，有論點也有硬數據，有積極勵志的口號宣言，也有與聽眾一來一往的對答互動。艾比在演講中談了許多自己的故事，每段回憶和軼事

19 譯注：二〇二〇年，J・K・羅琳曾於推特針對放寬性別認同政策發表意見，其立場被抨擊為「排斥跨性別」。文中提到「巫師」與LGBTQ社群的關聯，應指一九三九年上映的小說改編電影《綠野仙蹤》（*The Wizard of Oz*，即「奧茲國的巫師」），故事講述堪薩斯州女孩桃樂絲・蓋爾（Dorothy Gale）與夥伴在魔法國度奧茲國的冒險。雖然原著與電影並未明確涉及LGBTQ議題，但角色與故事引起了LGBTQ群體的共鳴；並隨著時間推移，《綠野仙蹤》成為一種公認的文化象徵，用以探討自我接納、身分認同與追求更為包容多元群體的世界。

裡，都有一則要跟學生分享的小啟示。她在演講裡會切換主詞，從「我」轉為「你」，也不時變成「我們」。她的演講具有包容性，也兌現了所有聽眾的期望：大家都會希望他們的英雄偶像帶來建議和切身啟示。瓦姆巴赫就立於敘事中心，她是第一人稱敘事者，以自身經歷為骨幹，建構出有血有肉、充滿女性力量與同志情誼的豐富信息。

不過畢業典禮演講上，也有像普林斯頓大學（Princeton University）教授基恩佳—雅瑪塔．泰勒（Keeanga-Yamatta Taylor）這樣的講者：在漢普郡學院（Hampshire College）這個平台，泰勒以激動人心又挑釁的方式描繪世界景況，提點新一代畢業生能在哪裡找到促使自己創造變革的靈感、希望和渴望，號召他們投身行動。泰勒以詼諧的自白開場，她提起自己高中要畢業時申請了漢普郡學院卻申請不上。「終於能進漢普郡學院真是太好了。」她笑著說。不過演講內容很快就嚴肅起來，她開始痛斥時任總統唐納．川普，她認為這個國家正在走險路，大力批判一番。泰勒不單純是來亮相說說話；演講裡傳達的想法和觀點都是她自己的，但泰勒把這些要點當作事實來陳述，而且用第二人稱的「你」來向聽眾闡述演講內容。她其實還把自己的對演講的規畫亮了出來：「我不是要來告訴你怎麼過你的人生，但我會就自己的想法告訴你，要在我們現今生活的世界裡生存需要些什麼。」接著她繼續描述世界的樣貌，再向學生分享想法，聊他們能在這世上做些什麼。泰勒是社運組織者，她談論的主題較廣泛，是代表全美有相同感觸的社群發聲。她不是以名人身分來散布自己所知的祕辛，泰勒談話的角度是擔憂未來發展的公民，她以這樣的身分與聽眾交流。雖然她的演講基調和表達方式熱血滿溢，明明白白顯露她個人為了遠大理想做了多少犧牲，但這場演講的敘事絕非圍繞著以她為中心人物的故事轉。

如果我們以足球來比喻前述兩位講者占據敘事中心位置的方式，瓦姆巴赫就是中場球員，秀了幾招引觀眾讚嘆的高超步法，然後把球傳給隊友去射門得分；泰勒則代表著後衛老將，讓對手沒機會控球進攻我方球門，捍衛團隊的勝利，犧牲彰顯個人拚搏的光彩榮耀。兩者都為比賽帶來同等價值，無從論斷孰優孰劣。球場上也是有那種愛賣弄的前鋒，持球過久，自以為能射門得分，結果最後一秒才發現自己辦不到，想傳球出去又為時已晚。

我先前看了系列紀錄片《向未知探索：冰雪奇緣2大解密》（*Into the Unknown: Making Frozen II*），有陣子對迪士尼首席創意官暨編劇珍妮佛・李（Jennifer Lee）大為癡迷——不幸的是，她在新罕布夏大學（University of New Hampshire）畢業典禮演講上，就當了那種愛賣弄的前鋒。我要先說清楚：我不是迪士尼狂粉，不會每年都去迪士尼主題公園，還要辦米奇米妮快閃活動慶祝迪士尼的重大里程碑。我其實從沒去過迪士尼樂園，不僅沒去過奧蘭多的迪士尼世界度假區（Disney World），連普通的迪士尼樂園（Disney Land）都沒去過，而且我還希望這輩子都別去。反正小孩最後就是會討厭父母，就算去了迪士尼樂園，他們還是會找到其他理由討厭我，那還不如省點事樂得輕鬆。但我認為，不管是誰都會欣賞他們製作《冰雪奇緣》這類電影時，投入的大量心力與才華，尤其我自己是文字工作者，對創作過程特別有興趣，看他們怎麼組合動畫、音樂、故事線這些不同元素，最後打造出宏偉大作，實在讓我深受啟發。

除了繁複的技術和藝術，我特別著迷於珍妮佛．李身上的能量——她看上去那麼的沉穩親切。例如，她接受採訪時特地與採訪者交換座位，而非高高在上坐在辦公桌後。我看了心想：真是謙遜的姿態，這在好萊塢大人物的紀錄片裡可不常見。這位女性承擔了規模龐大的工作與責任，成功引導眾人完成任務；其他許多扮演類似角色的女性，似乎都不得不穿上一層堅硬的鎧甲，武裝成討人厭的女強人，珍妮佛．李卻非如此。

所以我一看完紀錄片最後一集，立刻就上網搜尋她的演講，畢竟我是靠這行吃飯的。

我找到她在二〇一四年發表的畢業典禮演講，她當時講了一段很長的個人故事，描述自己在成長過程中和成年以後如何與自我懷疑搏鬥。珍妮佛．李經歷過種種考驗磨難，而《冰雪奇緣》女主角艾莎（Elsa）在故事中也努力與自己纏鬥，既要駕馭強大力量，又得克服欠缺自信的弱點，在雙重挑戰間求取平衡——不難看出兩人的處境有多相似。有些人或許會覺得這樣的演講真誠動人，但我——在此得要冒著以後甭想做電影產業生意的風險說實話——我覺得考慮到現場聽眾和活動場合，講這些內容未免有點自我陶醉了。畢竟台下眾多同學是來慶祝自己取得學位，結果卻要聽她說自己如何受苦受難。

不過演講第七分鐘左右，有段話讓我雙耳為之一豎，假設這是她開場第一段話，那演講可就精采絕倫了（當然，要是讓我們演講實驗室稍稍修補打磨會更優）。珍妮佛．李說：「上了電影學院，你首先要學的課題就是角色。你會發現沒安全感、自認不夠優秀的人物不太有趣。他們沒辦法鼓舞人心、帶來希望，沒人想看這種角色。唉。不過，還有什麼角色比沒安全感的人物更糟呢？那就是完美先生和完美小姐。這些角色毫無生氣，又無聊又普通，看起來一點也不真實。」然後她解釋——我要來幫她換句話說，因為等她鋪陳到重點實在講太長了——最好的角色，那些讓我們認同的角色，既有缺陷又獨特。

就是這個！看到這裡，我腦袋鈴聲大作。她的演講應該從這裡開始才對。這是聽眾不知道的事。這是個人故事。但又能立刻為她創造切入點，讓她有機會描繪出更令人振奮的角色，描繪出有缺陷、有很多東西要學的不完美人物——恰恰就像剛畢業的學生。如果從這邊切入，她在這個新的敘事架構裡還是可以談個人奮鬥史，但不用按時間順序一個悲劇又一個悲劇地把自己的人生私事都洩漏出來。偏偏她的敘事手法是後面那一套，滿口悲劇堆疊之下，她正好就變成自己口中那種自認不夠優秀、無法激勵人心的角色了。要是她擬講稿時不被那些經驗故事滿場帶著跑，而是拿在電影學院所學知識當綱領，再流暢地轉入自己在皮克斯共同編劇過程中所學，談談她如何漸漸明白評論與批評的區別和價值，她就能運用自己的人生經驗撐起這場演講的主題了。

要掌握自己在演講中占多重要的位置，實在很難。政治人物就常常在這個問題上進退兩難。什麼時候該讓選民成為演講的核心焦點？聽眾會期待候選人在哪個時機談點自己的事？明白自己在敘事中該站的位置、及早確立定位，對於演講來說十分重要，因為這件事對你的演講策略大有影響；弄清楚定位，你才知道自己該去記憶的大海裡探索，還是要去四處搜尋數據和其他案例來撐起論點（例如近期事件中其他人物的故事，或是世上其他地方的儀式習俗）。弄清楚定位，你才知道該引述哪些故事，又要怎麼應用這些故事。沉浸於自我是個陷阱，我們絕對要避開；而且我們還要努力跟聽眾建立人性連結，藉此把這個陷阱拆除。

我明白我客戶瑪姬不想談自己精神崩潰的事，可是她提供的一頁頁素材裡只談了職涯、談了參與過的慈善組織，堆疊起來不過就是份履歷而已。我告訴她：「瑪姬，我知道你做過哪些事了，但我現在得知道你為什麼會做那些事。」我想從清單上一串串瑣碎事實和成就中發掘情感層面的真相。在我堅持之下，瑪姬終於開始描述自己幼年回憶與家庭背景，童年種種促使她選擇腳下這條路；正是有了這些軼事當題材，我們才能在演講中織入幾則談社群參與和犧牲奉獻的美麗隱喻。瑪姬不必當主要人物，但她當然值得一個配角的缺。

題材

PART TWO
THE MATERIAL

第二部

4 盤問

挖掘你還沒意識到的素材

你有思想、有經驗，還有想法與知識，腦中已坐擁大量演講題材（有些素材可能在助理幫你整理的電子郵件和文檔裡），就這麼挺身接下講者這份任務。你可能不知道該怎麼處理這些素材，但反正你手上有題材就是了。我懷疑，許多人之所以害怕寫講稿，有個原因就是他們擔心動筆寫稿後會發生什麼事。確切來說，他們怕的是：要是什麼都沒發生怎麼辦？但有時候，你就是得趕快將腦袋裡那些模糊的初步概念寫下來，先別去擔憂口才和影響力的問題。我敢保證，要是你寫稿時放手讓自己隨心所欲、反覆無常，甚至自由發揮，沒頭沒腦地把事物串聯起來，那麼你的筆記裡就有七成的演講內容了。讓大腦洩洪（brain dump）令人自由自在，但你得容忍自己笨手笨腳、自然而然把話講得語無倫次——反正你現在只是在卸貨啊。我準備講稿初期的筆記根本就像天書，讓人連看都看不懂，更遑論要理解了：東缺一字西少一字，句子都沒寫完，點列式記下一大堆東西，還有稍晚要再回頭看的問題。

你或許會拿著筆和筆記本，兩腳盤在沙發上就開始寫。或許你會更想找個安靜的房間，對著螢幕上一片發光的空白開始打字。不過我為自己的演講和別人的演講打初稿時，發現拿筆寫字才能打造出那些隨機的連結。我感覺要是自己在打字，就很容易因為自我挫敗心態或自我意識，把「不正確」的想法都刪除掉。寫這本書的時候，我在電腦和螢幕周圍的桌上放了幾本大大的可撕式筆記本，桌面也散著一頁又一頁的筆記；這麼一來，我梳理各章初步構想時，就能撕下筆記，把他們搬來又移去。我桌上沒剩多少空間能擺東西，所以大部分的筆記都沾了早餐的杏仁醬、咖啡和獨門「速成沙拉醬」（每次都做得太酸），斑斑點點髒成一片。看頁面沾到哪種食物的污漬，搞不好就能看出是我什麼時候寫的筆記。嗯，或許我該把這段細節刪掉才對。

說到讓大腦洩洪，我跟講者合作時，會在創意啟動會後半段開始做類似的活動，之後我會再用「二十個問題」（The 20 Questions）跟進，使概念更為凝聚。二十個問題是我創作法的基石。你或許聽過小朋友玩的「二十個問題」遊戲：主持人得想著某種動物、某行職業或某個國家，其他玩家得透過是非題向主持人確認謎底特質，設法在二十個問題內推斷出答案——演講實驗室的「二十個問題」可完全不是這麼回事，這些問題的意圖很明確，是要引出深思熟慮、詳盡仔細、清晰無比的答案。我把「二十個問題」當成慣用的訪問技巧，持續頻繁使用，要說我對它的忠誠度到近乎信仰的地步也不為過。（納森和我是猶太人沒錯，但納森發表的逾越節哈加達〔Passover Haggadah〕[20]擁戴外星人入侵論，讚揚歌手吐派克〔Tupac〕[21]，還說希伯來先知以利亞〔Elijah〕是重金屬之神，嗯，總之故事就是這樣啦。）

每位客戶都會收到我寄的「二十個問題」。在我歸檔的成千上百份「二十個問題」裡，雖然從沒哪兩份長得一模一樣，但我精心寫下這些問題的目的卻都相同：我要跟深入鑽研創意啟動會時浮現的那些主題和概念，揭示出人意料的細節、不為人知的故事、未能盡善盡美的意見、罕為聽聞的事實——就我的創意簡報來看，我知道這些內容能為敘事增添質感、原創性、真實感與人性。你問為什麼是二十個問題？因為有了二十這個數字，目標就很明確，一切都有了目的，這讓我不得不小心謹慎地列出每一道問題，把題目寫得精精確確。我們演講實驗室不問浪費人生的問題，也不問打混偷懶的問題。而且，要是有份問卷的問題少於二十個，要怎麼稱呼它才好？「問題」？「一些問題」？「你的專屬問題」？我覺得這樣未免太籠統了吧！哪算得上什麼問卷標題？

每位講者來到演講實驗室時，對演講的準備程度都不同——而程度的差異通常（雖然也未必）取決於他們對登台演講的渴望。有的人可能是受邀去講講話，便覺得自己有義務演講，有的人可能是在積極尋找登台機會；他們對演講的感受也都不相同，從不安全

20 譯注：逾越節（Passover）為猶太教節日，紀念耶和華降災於古埃及，殺死埃及頭胎生物及埃及人長子，但越過以色列人的房屋。逾越節節期始於逾越節晚餐（Passover Seder），晚餐時需朗讀「哈加達」（Haggadah）。哈加達闡述了逾越節規定、逾越節晚餐的儀式與流程，以及以色列人解除奴隸身分出埃及的故事。

21 譯注：吐派克．阿瑪魯．夏庫爾（Tupac Amaru Shakur，一九七一—一九九六，藝名又簡寫作 2Pac），是非裔美國饒舌歌手，歌曲觸及警察暴力、黑人社群、種族主義、幫派文化、貧窮等議題，充滿反抗意識。

感（我到底要說什麼？）到過度自信（我完全清楚自己要說什麼）都有。講者對演講的感受不一，未必對自己想分享的觀點有把握，但有件事我倒是有十足把握：講者來找我的時候，沒有誰完完全全清楚自己要怎麼把一個概念（或不只一個概念）轉化成五分鐘、十分鐘或四十分鐘的演講。而「二十個問題」能為我們好好梳理這道難題。啟動會聊到的大部分內容，會成為建構二十個問題的基礎，也是我以問題深入探究的對象；不過，這二十個問題的實際功用與演講類型息息相關，要看這次打磨的是哪種演講而定。

若檢視演講實驗室的內部工作安排，就會發現我們從頭到尾、方方面面都把「關於人的演講」和「關於事物的演講」分很開。我很少讓同一位撰稿師跨足兩種不同類型的稿子，這兩種講稿的寫作訓練也大不相同。而且我還堅持：撰稿師負責的如果是「關於人」的演講，就要穿紅色，象徵愛與溫暖；要是負責「關於事物」的演講，那就要穿藍色，代表藍天般的創意思維——剛剛講的這段當然是開玩笑啦，完全瞎扯淡。不過，這種分工方式裡有個重點，就是擬定二十個問題的視角，會依據演講類型有所不同。一個視角要求講者內省，向內觀望，眼界深遠，無窮無盡。另一個視角則要求講者抽絲剝繭，細細拆解分析，鉅細靡遺。

正如前一章說明的，如果你的演講主題是人，光把對方變成敘事裡的主要角色還不夠。你講的內容要非常具體。聽眾會期待，在婚喪場合的致詞裡聽聽至親好友的行止軼聞，痛痛快快笑一回或哭一場——講的是他們早知道的事也好，是他們從未聽聞的事也罷。但這不表示他們想聽你說新娘熱愛瑜伽、是《鑽石求千金》（*The Bachelor*）的狂粉。我們把話講明了吧：一畢業就找到工作的千禧世代都會女性，幾乎沒幾個不是這樣。聽眾會想知道新娘為什麼會有這樣的興趣，想明白這些事又如何展現她的性格特質。她練瑜伽的方式和別人有什麼不同嗎？有沒有什麼趣聞軼事？例如，她會不會練完瑜珈又不洗澡？她做戰士二式（Warrior Two）的時候，是不是跟我一樣頭老是轉錯邊？還有，她為什麼不看《與卡戴珊一家同行》（*Kardashians*）或《酷男的異想世界》（*Queer Eye*），或另外那個叫什麼的……那個所有參加者得穿泳裝和比基尼又要努力戒色禁欲的實境節目[*22]？這類小觀察會揭露新娘獨一無二的特質，而大家可能還不知道這些事。婚禮、成人禮和其他代表人生里程碑的儀式，大家三不五時就要跑個幾場；有鑑於此，講者的首要目標，應該是為主

22譯注：此處指的應是英國真人實境節目《欲罷不能》（*Too Hot to Handle*）。

角打磨出專屬致詞，獨特到下周末在同一場地結婚的新娘親友絕對無法照抄。

當年我正在規畫自己婚禮，有個住紐約的女生跟我聯絡：她要接連參加兩場婚禮，兩位新娘都請她當伴娘。第一次電話聯繫時，她這麼問：「能不能就寫個萬用的伴娘致詞模版給我，讓我兩場婚禮都能用？寫得超模糊超空泛也沒關係呀，我們也不是非得搞什麼創意啟動會還是二十個問題什麼的。」我簡直氣炸了，那個周末還跑去找我姐卡洛琳發洩，大罵那女人一頓：竟然會有這種大白癡來找我！怎麼會認為自己能在兩個不同新娘的婚禮上講同一篇講稿，甚至還覺得她連跟我聊一下都不用？卡洛琳說她也覺得很瞎。真的很白癡欸，到底在想什麼啊？幾周後我結婚了，卡洛琳以首席伴娘的身分發表了一段動人致詞，接著告解一番：她本來想搞搞笑，找了那個「大白癡」假裝自己缺講稿，幫她打那通電話。卡洛琳想讓我寫篇談我自己的伴娘致詞，她要在我婚禮上發表，然後告訴大家這是演講實驗室的產品。要不是被我們縝密的創作流程所礙，這還真是妙招。

培訓新手撰稿師時，我們常討論問題要怎麼問才高明，才有助打造獨樹一幟的演講——討論關於人的演講時尤其如此。我們這些訪談者問得愈具體，就愈能把客戶往成功的路上推進。要是我們能為講者描繪出某個場景，或讓他們把注意力集中在某個時刻，講者回答起問題就更容易。我們都是按初次接洽客戶時的創意電訪（Creative Call）談話內容客製二十個問題。不過我畢竟也創業十二年了，明白哪些問題最能引人說出最合適的背景資訊，所以我們也有個題庫，會從那些長青題目裡挑問題來問。例如，要講婚禮致詞、成人禮敬酒詞或喪禮悼詞，可能就會收到以下問題：

回想一下……你女兒十五歲時，臥室牆上掛著什麼？

你兒子的學校成績單上，有沒有哪則評語會反覆出現，讓你每次看到都超級詫異？

你女兒十三歲前做過最有趣的是什麼事？

假設現在是星期六中午，你急著要找你母親——那會先去哪裡找？

臥室牆壁那則問題，引發我客戶華特一段特別的回憶：他女兒在床頭牆上貼了一張瑪丹娜海報，父女倆為此大吵一架。吵到氣頭上，華特就衝進臥室把海報扯下來。華特被尚・保羅・高堤耶（Jean Paul Gaultier）設計的胸罩激怒了（簡直離經叛道！），覺得那張海報很不得體。他女兒則認為那是她的個人空間，可以隨她裝飾。她有好幾個禮拜都不和爸爸說話。華特說女兒至今一如往昔，是位性格剛烈、擇善固執、獨立自主的年輕女性——這段故事恰好能映襯這番特質。如果我們只問華特記不記得女兒十幾歲的樣子，他可能根本就不會想起那張海報，那麼他對女兒的描述，聽起來八成和其他十幾歲的女孩差不多。

關於事物的演講，聽眾通常是同業和其他專業人士而非親友，那麼我們的二十個問題就會因講者與題目制宜，較為多變。我前一章已談過：若要將個人經驗融入演講，撰稿時一定要維持一定程度的客觀，才能決定要講多少、什麼時候講——在這章裡，這種客觀視角可是必要條件了。就算我的合作對象是口腔外科醫師，再假設他的聽眾是滿屋醫療從業人員，人人都對溫度與連結這些事不怎麼感興趣，反倒殷殷期盼要聽到某台醫療儀器的最新發展，那機器的名字裡還有一大堆連字符和數字——我仍會試著在講稿裡營造一點人性化的橋段（雖然要辦到這點可能跟拔牙一樣痛苦艱難）。

大家之所以會引用名言，不是因為喜歡背書，而是因為他們記得自己第一次聽見這句話時的感受。TED總裁克里斯・安德森說，講者不該操縱聽眾的理智與感情。我也同意，但你還是得和聽眾在情感上建立連結，而建立情感連結和操縱感情往往是一線之隔。不管講者打算讓自己與演講敘事離得多遠，過去十二年的撰稿經驗中，我常常花費心力設法在講者的敘事裡加入個人元素，這些元素對撰稿成果來說極為關鍵，沒幾篇講稿能不受影響。即便講者與聽眾的情感只在轉瞬間暫時糾纏，即便這麼做可能顯得自溺自憐，即便講稿文本不直接點名你與對方的互動關係，建立自己與談話對象間的親密感，總是能激發出最真的思想。大家常說講話要「真」，說歸說，卻沒弄懂其中的鋩鋩角角。「真」不只是要真誠，還要讓自己置身於敘事之中，即便你在事件裡扮演的角色沒那麼顯眼。要讓演講有個人元素，不代表你一定得是故事裡的英雄人物。

你還記得讓我落淚的比基尼太空人雪麗嗎？我們第一次合作那場天文館演講時，雪麗完全不曉得自己想談什麼。要是你受邀演講，不管是商務研討會、募款活動、開幕式或年會，通常都是因為你知道某件事、經歷某件事、做過某件事或準備要做某件事，而人們對你的評價很高。但就雪麗的案子來看，她是因為「一整段」人生經歷才登上那座頒獎台——包含她擔任工程師達致的成就，包括她培訓太空人的貢獻，也涵蓋她對規畫民間太空體驗的投入。

我當時正好在培訓一位撰稿師，於是就建議由那位新同事負責創意電訪，再讓她針對二十個問題的內容向我提案。我們初步探索、梳理創意簡報的過程中，明白聽眾會期待雪麗多多少少分享一點職涯故事，而且她領的還是女性科學家獎，大家可能想聽聽她身為女性航太工程師的經歷。我們也假設聽眾渴望聽她談自己對太空旅行的見解。所以我們問了一大堆問題，想了解她的所知所聞、認識她的專業領域，因為「成為專家」也是我們職責的一部分。不過，替我們挖出演講主題的問題跟工作無關，我們問她，在職涯以外，她人生中有沒有什麼事件特別令人難忘？問問題的時候，我們也提了她近期在民營太空旅行領域的工作：

對你服務的這群人而言，你帶給他們的體驗肯定是他們人生中數一數二難以忘懷的經歷。對你而言，有沒有哪件事在你人生中是特別關鍵呢？初吻？生小孩？畢業？出車禍？還是看到外星人？

她答道：

有幾件事對我來說特別有意義：我的婚禮、我女兒她們出生，還有第一次參觀格林威治皇家天文台，天文台背後的深刻意涵讓我震懾不已。我解釋一下格林威治的事好了——你想想，世界上有多少事情能讓全世界「同意達成共識」？我們沒有一致的語言，沒有一致的曆法，也沒有一致的精神信仰，大家意見不同的事數也數不清。但不知道為什麼，我們卻定義出同一套座標系來描述地球：赤道、兩極和本初子午線。因此伊萊子午儀（Airy telescope/Airy Transit Circle）的十字準線對我來說簡直有魔法，能為全人類定義座標系的魔法——畢竟所有工程問題都要先從定義座標系開始。格林威治之行讓我體驗了一種純粹的魔法——從定義全世界的共同座標系這件基本的事情裡，我感受到自己和人類的力量與未來願景，有著確確實實的聯繫。

中了！她的回答讓我們明白，這場演講要談的不是女科學家，也不是太空人。雪麗要談的是，遙遠的星系裡是否存在著和諧一致，以及這件事對於地球上的和諧一致又有何影響。我們詢問她人生是否有什麼關鍵事件時，本來也不確定雪麗會不會列舉到婚禮就沒下文。幸好——對於她的演講和本書的開場白來說都是萬幸——雪麗沒有停在婚禮而已。

我們也不是刻意要讓她講去天文台的事，而是想以她的方式去認識、理解世界；要想辦到這點，唯一的方法就是拋給她一連串問題，問一大堆看似稀鬆平常的事。我說深入內省總能發掘最真最有趣的素材，就是這個意思，這些素材會成為堆疊敘事的積木。

如果將問題剝去皮肉形體，展露骨幹精髓，就能看出：我們其實是透過點出雪麗職涯中情感層面的真相（規畫民間太空旅程的乘客體驗，能夠改變他人人生），讓她發掘自己生命中有什麼事件能呼應這種轉折。本來我們也不知道，雪麗分享的難忘時刻會如此巧妙地與她的工作、她受邀演講的原因相互聯繫。如果雪麗跟我們講另一個完全不相干的故事（例如：她跑去參加禪修，從此決定不再殺蜘蛛），那我們就會用這個故事來打造不同的演講效果，或者就直接把它放一邊不管。我們問下個問題時，本來預設雪麗分享的內容可能會是一段波瀾壯闊的故事。結果她的答案很逗趣，正好拿來當引子為演講破冰。

你記不記得，是誰或哪件事讓你迷上太空？她回答：

我媽媽很愛話當年：我還是小嬰兒的時候，她看到一則談太空任務的新聞提要，心裡默默想著，「喔，希望她這輩子都不會去做那種事」。

還有個提問策略很實用：也就是抓著那些與演講主要題目直接衝突的個人經歷好好盤查，就拿喬治來舉例好了——喬治自稱書呆子，他要到畢業典禮演講，打算談論自己如何受書籍激勵；但我們很快發現，就激勵這個主題而言，喬治參與高中和大學體育活動的慘痛經驗，其實會為演講帶來更有趣的闡述方式。

科技業現今有幾家巨頭，喬治曾任職於其中某公司的創始高階主管團隊（這家公司後來就往統治世界之路邁進了）。喬治離開這家公司後的幾年間，決定利用自己的財富、影響力和對閱讀的熱情成立一家教育性質的非營利組織。

我們首度和喬治合作也是幾年前的事了，當時他要為一位家庭成員獻上生日賀詞。他邀請十五位朋友帶著孩子一同旅行，費用他全包。旅程中不僅住在全球頂級飯店，還去了好幾處世上最引人入勝的景點，參加專屬的非公開導覽、從事極限運動。別羨慕——我最近一次生日派對在飯店酒吧舉行，主題是虛構的佛列德・薩維奇（Fred Savage）影迷俱樂部聚會；活動前，我先生瞞著我偷偷創了線上商店，販售他訂製的佛列德・薩維奇周邊產品，請參加派對的人都要購買，而且至少要穿戴一件出席。他用照片拼出我和佛列德的合影，連帽上衣、腰包、T袖、鴨舌帽，全都大喇喇印上那張圖。這些事在曼哈頓就辦得到了，根本不用像喬治那飛過大半個地球，瞭？

這次合作，則是因為喬治受邀到他母親的母校向畢業生演講；喬治在電子郵件裡寫道：他打算談母親對自己的影響、藏書癖，「尋找推動你的燃料」。我讀到最後一項實在有點怒——實在太老套——可是我相信喬治應該願意讓我幫忙重新構思一番。畢竟這是場畢業典禮演講，所以他想在講稿裡灌點勵志雞湯也不足為奇，不過喬治和我也熟了，但願他能信任我的決策力，明白我會做出好決定。「我有幾個點子，」他信裡寫道：「但還沒寫成講稿，我很希望用對畢業生有幫助又能鼓舞人心的方式，把自己的人生經歷融入演講裡。」聽了真欣慰。他很清楚自己身為畢典講者的職責，還願意提出想法，就算這些構想只有雛形，也能讓我找到方向，知道如何探查得更深更遠。

幸好喬治也已經知道二十個問題是怎樣一回事了。私生活方面，我有求於人家時，恐怕想當個好人想得太用力。電子郵件寫得太長太仔細。打客服電話時，我會跟對方裝熟談笑，想要展現魅力。我喜歡討人喜歡。但在要問講者二十個問題的關頭，我不當好人不裝乖也沒關係。我會抓緊所有時機提醒講者，要是他們不用心答完二十個問題——如果有哪題空白，或者是漫不經心從助理草擬的演講要點隨便抄抄——把演講搞得平庸無趣了，後果可是要他們自己擔。我很重視講者和撰稿師間的協議。在這段合作關係中，我不過是代表他們創作而已。我們再回頭用前面那個料理的譬喻：如果我們要做咖哩，我開的食材清單你卻只買來一半，咖哩當然就淡而無味了。要是你去小農市集、去高級食品行尋找當地食材，我就做得出全場賓客吃過最美味的咖哩。不過現實生活中，我做的咖哩就不太好吃了。實在是說得比做得好聽。

跟喬治初次合作我就得知，他是埋首書堆裡長大的，天天都躲在圖書館的奇幻文學區。於是這回我在「二十個問題」裡，要他回想高中時期和體育相關的最糗經歷。我假設喬治不太算是運動型的人（事實也證明如此），很想知道他的缺點、痛點和長處。

有時我會在問題裡刻意跟客戶唱反調，有的人回答這些題目就強調「這跟演講又沒關係」；每次聽到這種話，我就快氣瘋了——你來是求助的，卻又指手畫腳說對方做得不對，那幹嘛要找人家？我父親上餐廳就會做這種事情——我都已經四十好幾了，他還是最愛用這招讓我在外頭難堪。他會先問服務生，調酒師懂不懂怎麼調一杯「上好」莫西多（mojito）。好像服務生有可能回他：「偷偷告訴你啊，其實調酒的基斯根本就錢領太多又太遜。」如果服務生回答「他懂」，我爸就會用一副自己是在給店家施恩賞光的方式點上一杯。等調酒端上來了，他就要慢慢試味道，品嘗許久，最後不屑地哼一聲，碎碎念說這酒根本「還可以」。講得好像這輩子他成功調過哪杯酒，好像他真的懂「上好」的莫西多嘗起來是啥滋味。每次有人說「這跟演講又沒關係」，我就會想起爸爸點的莫西多，繼續堅持逼問下去，非要問到答案不可。跟你說過了，我很重視這件事。

喬治的答案果然提供了我想要的素材。他回傳的答案寫得很長，知無不談，內容迷人有趣；其中一題，他談到母親送他一條單車短褲當畢業禮物。（他當然愛騎單車。很合理啊——單車之旅正適合單人上路，還有哪種活動更合喜歡沉浸冒險中的小書呆？）那條單車短褲變成討喜的演講開場，也順利為演講後續的主題鋪哏：

開始談話前，我想為各位〔畢業生〕用力鼓鼓掌，大家也一起給自己來點熱烈的掌聲吧。這一刻是你們的重大里程碑。一路走到這裡很不容易，但願各位現在都感到無比自豪。我畢業好久了，所以對畢業的印象有點模糊。但我記得清清楚楚，為了紀念我畢業，母親在畢典後不久送我一樣很特別的禮物。

一條單車短褲。

你沒聽錯，短車褲。不用說大家都知道，單車短褲當然不是啥酷玩意；那條短車褲上面甚至沒有一道炫勾勾，也沒有那種讓我看起來很專業的臀部剪裁設計，不過就是L.L. Bean[*23]的單車短褲。L.L. Bean，真令人懷念啊——沒錯，他們有做彈性緊身短車褲。那條短車褲最引人注目的是：它是卡其色的，所以看起來就好像我什麼也沒穿。我還真希望它是L.L. Bean的招牌紅格紋——沒想到有天我竟然會想穿紅格紋。

可是這條單車短褲真的很特別。因為我一穿上這條短車褲，感覺就像走進魔衣櫥，要前進魔法國度納尼亞（Narnia）[*24]。那瞬間，想冒險的熱血、想四處探索的好奇心蔓延我全身。我一心只想上路，立馬跳上單車奔馳——我這樣講只有誇張一點點：我還是有打電話感謝我媽挑了條顏色這麼讚的車褲，接著立刻跳上單車，一下就是兩百英哩長征，

23譯注：L.L. Bean（中文公司名為「里昂比恩」）是創立於一九一二年的美國經典戶外活動服飾品牌，以製作狩獵靴起家。

24譯注：典出英國作家C・S・路易斯（C. S. Lewis）的系列奇幻小說《納尼亞傳奇》（*The Chronicles of Narnia*）。該系列第一本發行的《獅子、女巫、魔衣櫥》（*The Lion, the Witch and the Wardrobe*）中，主角四兄妹於二戰時由倫敦被疏散到鄉間一位老教授的宅邸躲避空襲，意外發現走進衣櫥抵達魔法王國納尼亞，後來協助納尼亞居民打敗惡勢力並登上王位。

從波士頓一路騎到緬因——完全就是隨興而至，沒有計畫、沒有想法，連自己要怎麼騎到終點都不知道。

母親對我的影響絕不止於那條短車褲，她的教誨悠遠綿長，延伸得比彈性緊身褲還長。她聽到這番話想必會很欣慰；其實她今天也在現場——嗨，媽！她總是告訴我：自己當下覺得怎麼做正確，做就對了。她也身體力行，小時候我受了如此身教，這套處世哲學就像腳踏車潤滑油沾滿我全身，抹都抹不掉⋯⋯

我今天就是為此而來的。我今天來這裡，除了要恭喜各位追隨〔大學校名〕精神一路奮鬥至此，還要告訴大家，接下來的路就沒人指引你了，一切都要靠自己，都要靠你跟自己說：「管他的，這樣做感覺沒錯——做就對了。」

我不過是問了個跟喬治書呆生涯有關的問題，整篇講稿就這樣自然流瀉出來了。

前幾天，有位花旗銀行的重要利害關係人告訴我，回答我的問題，感覺就像是坐在心理分析師診療室的椅子上。我從很早以前就說我的訪談過程是在模仿心理治療，雖然那時我根本也不曉得真正的心理治療長怎樣。我現在曉得了，謝天謝地，我說的沒錯，太好了！（不過我現在還多了治療師的帳單要付，這就不怎麼好了。）訪談過程涉及諸多隱私，而且可能讓人坐立難安，但就像心理治療一樣，要是你不克服心中不適就不會進步。要是你有空間能傾訴心聲，能表達自己最情緒滿溢的想法和感受，要是你被誘導著往更深處去，那自然而然就能發掘出更有趣又有幫助的事物。前幾天我聽了一個podcast，製作人告訴來賓：「來聊聊這件事吧，你一路講我會一路逼問到底。」我心裡想：就是要這樣！重點就是把受訪者往正確的方向逼。我們懷著記憶、理論、智慧、經驗、軼事、信念和觀點行走人世，但卻認為這些東西不重要，暗自封藏心底，某天有人問了對的問題，這些事物才終於流瀉而出。

但你可能會問，如果你就是那個要問問題的人怎麼辦？人要怎麼心理分析自己？（不會很怪嗎？）要是我說，我能開個小測驗處方箋給你，適用於所有演講——這就太假了。不過，如果你已下過一番工夫，根據「在哪、為什麼、誰」整理出創意簡報，那你就有套標準，知道怎麼評斷手頭的素材了。調出你所有的筆記，回顧你為自己和聽眾設定的目標，自問你大腦洩洪倒出的素材是否能協助你向目標邁進。有沒有充分透露私密情感，能夠滿足聽眾？有沒有能震驚四座或讓全場讚嘆的元素？有沒有什麼智識或教誨，能讓聽眾在演講後應用實踐？有沒有滿懷野心熱血的訊息，讓人感到充滿能量？或許聽眾在尋求某種智性啟發，希望離開時感覺自己已做足準備，就算感恩節聚餐家人聊起政治脣槍舌戰，也能處之泰然不必心驚膽顫。他們也可能在追尋歸屬感。聽眾來聽講，是想找尋指引領導呢？還是在尋覓盟軍夥伴？簡單來說，素材裡還缺什麼？

我或許無法精精準準告訴你，什麼問題才是屬於你的完美問題；但我能給你講個故事，幫助你思考如何質疑自己的思緒，才能得到更深入更豐富的題材。

前不久有段時間，我（和全球數百萬家長）每天都得放下手邊的事，幫我們家二年級小朋友上傳寫作作業到遠端教學應用程式。我女兒的學校是用 Google Classroom。我知道自己的職責範圍只到「拍照上傳」，剩下的該讓老師處理。唉，我也很想這樣做就好——畢竟我年少時曾夢想成為律師、飛行員和演員，就是沒想過要當老師。但我是文字工作者，心裡的作家魂總會忍不住讀起女兒的作業，然後想幫她把答案改得更好。她每次都回那種寫起來最快最省力的答案。問題如果是：「這個角色的超能力表現出她的什麼特質？」她會回答：「堅強。」諷刺的是，我們家小朋友上街的時候，對路人可是遇一個就攔一個，她會把這些人攔下來問問題，問他們狗狗的事、他們朋友的事，不然就是他們為什麼把頭髮染成粉紅色，或者是他們為什麼要在身上那個地方紋身，又為什麼要刺那個圖案。我最愛的經典問題，就是她會問路上的夫妻情侶有沒有住在一起。

所以每次上傳作業的時候，我就會坐到女兒身邊，請她放下手上的功課和我聊聊。我背誦了她給我的答案，然後我學她平常對路人那樣審問一番，問的就是最基本簡單的問題：她為什麼那樣回答？她認為書中的角色為什麼會去做那些事？孩子的人生歷練不長，但也有一套自己的經驗和見解，一個小小的「為什麼」就能讓她往內在多走一點點。

或許分析自己很簡單，只要把我們內在那份童稚好奇心召喚出來。我們以自身專業的極致為演講羅列了題材、故事和數據，再來就要針對每件事勇於提問：為什麼？為什麼我會這樣想？我怎麼知道這件事是真的？我對這件事的經驗如何？我已知的哪件事能點出自己所知有限？

二十個問題不是每次都能幫我蒐集到演講所需的題材。有些人不願投入配合，只能提出那種一個字的答案。實在令人灰心喪志。遇到這種情況，我會進行「再問四題」（Four More），也就是看看初步蒐集的二十個答案，看看能在哪四個答案上找出小縫隙，然後提出上面那四個稚氣的問題，設法把縫隙敲得更開，挖出更多題材。「給我更多細節吧！」我苦苦哀求。我還要求求你，不要自我審查、自己埋藏資訊。開放一點，說不定你那條單車短褲就藏在自己本來想繞過的地方呢。

5 調查

讓研究豐富你的敘事

我記得曾在《紐約雜誌》（*New York Magazine*）上讀過一篇談知名私家偵探瑪麗·薛布里（Marie Schembri）的文章，內容十分有意思。過去是前網路時代，薛布里調查案件時會偽裝成各種各類人物監視目標。她為了掩飾真實身分花招百出，戴假髮、嚼口香糖、假裝抽搐，用盡各式方法接近調查的可疑對象。薛布里表示：如今不管是跟蹤狂還是出軌的另一半，她只要坐在家中電腦前就能完成所有調查研究。各式檔案、紀錄和錄影畫面她都細細篩過，讓好奇心帶自己跳進兔子洞，四處搜尋假帳號或祕密住所。基本上和我蒐集講稿素材時做的差不多。我好奇薛布里做研究時會不會戴假髮、變裝——我會。

我得澄清一下：我和薛布里不一樣，我不會在公開紀錄裡翻找私人資料和數據，侵犯客戶隱私。不過就取得核心資訊的方式，我和薛布里的確有同一套訣竅：信手拈來一句街談巷語或一條資料，然後就盡全力翻箱倒櫃徹查一番。這絕對是我準備講稿時最愛的階段。幻想自己是薛布里或帥氣的軍情五處調查員，正在調查案件，實在樂趣多多。幾年前我把納森（Nathan）的電話存進手機，就把聯絡人名稱設成 NATO（因為聽過他繼母帶著濃濃的以色列口音喊他 Nato）。在此招認：叫 Siri 打給 NATO，不時讓我心裡一陣雀躍刺激——要是有人不小心聽到了，搞不好會以為我在跟什麼神祕軍事組織通話呢！（只是「搞不好」啦。）

我代表演講實驗室寫的第一篇講稿，是時裝品牌 J. Crew 一位造型師黛娜委託的，她要參加哥哥的四十歲生日派對，需要一篇敬酒詞。黛娜告訴我們，哥哥投入紀錄片拍攝事業十年，然後回到家裡的蘋果園工作；她還說，不知怎地，哥哥決定在七月給自己辦場派對慶生，可是他的生日明明是在十月。她猜哥哥是想辦個夏季戶外狂歡趴，七月可能邀得到比較多朋友吧。這案子四十九小時內就要交件，我們連電話都沒跟客戶講過，只從我們當時的舊版問卷蒐集到一些資訊；我看看手上的材料，一心想多了解點她哥哥的事，所以我就上網搜尋他的名字和「蘋果」這個詞，馬上就被帶到他們家族果園的網站。我於是知道他們家果園種的是哪種蘋果，還吸收了一大堆讓人眼睛一亮的農業知識。我總說自己只懂寫講稿，只有在這行稱得上專家；但也因為做這行，我雖無法樣樣精，卻也算得上樣樣通。我還發現，他們家果園十月要舉辦豐收節。你大概會想，這有什麼好大驚小怪的？不過我這個倫敦裔紐約佬當年才二十八歲，還是個跟《農民曆》（*Farmer's Almanac*）不太熟的都市俗，所以發現這件事簡直又驚又喜——一段逗趣的敬酒詞開場油然而生。

為了豐收節犧牲自己三字頭的最後三個月，我得說，這種人我還真沒認識幾個。但陶德就是一個：對我哥來說，十月除了他種的蘋果，誰都不准慶祝自己長大成熟——他對自家的果子就是全心奉獻到這個地步。

看到我們這麼用心調查她哥哥的生平，在講稿裡中插入這種連結巧思，黛娜樂不可支；我則在心底默默記下：上網肉搜人家，雖然有點毛，但也不得不為。

如果要針對某事寫講稿，卻沒有相關知識或實際經驗，那要怎麼寫？大多數人對於「真」的概念有所誤解，以致他們聽到我做什麼工作，就會冒出這個問題，跨不過腦袋裡那道檻。答案當然是：我得好奇心滿滿，得要用心傾聽，要敞開心胸學習，而且還要學很多搞到最後跟講稿沒啥關係的事情。我通常得從零學起；要是我對演講主題已略有所知，那就會努力成為專家。我得一邊尋找資訊支撐講者手上的素材，讓講稿更為穩固、對聽眾更有吸引力，一邊又得拷問講者，想到他們可能提供什麼跟講題有關的內容——他們知道些什麼、有什麼看法、哪些經驗造就他們的觀點——就全大問特問一輪，這樣才知道我獨自閱讀資料做研究時，到底要留意什麼東西。要是有人妻聘瑪麗・薛布里調查出軌丈夫的手機通聯紀錄，薛布里不會一看到不是客戶打的陌生來電就查個沒停。那樣會浪費時間做白工。薛布里反倒是會去查那丈夫打給她客戶的電話，特別是那種周間下午六點打的電話；因為六點時丈夫會在電話上告訴妻子自己得晚下班遲回家，而那通電話之前或之後的紀錄，就是打給那個「關鍵人物」。

別誤會了，我的工作方法可不含扒人隱私。面對自己犯過的錯、走味的關係、不忠，多數客戶都出人意料地坦誠健談。不過我記得有次一位撰稿師覺得自己看過客戶的名字和臉，於是上網搜尋，結果我們大吃一驚：他的確上過犯罪實境秀，因為他前妻曾買兇要謀殺他。但就像薛布里查遍通聯紀錄，努力尋找那些辛辣的小道消息，如果要設法讓我手上的資訊更有用，我也得一樣努力查找資訊。擁有好奇心、提出超過講者所知或（至少）所言的問題，對撰稿來說大有益處：首先這麼做能讓我找到實質證據，能夠支撐論點、充實論述，聽起來還頭頭是道。

像是替查莉那種大型演講撰稿，恰恰就得這麼做。查莉本人當色情片演員的經歷，使她的論點對聽眾而言可信，並能與他們建立人性連結，但她台下的聽眾又有學術背景，渴盼學習。我們得在幾周內化身歷史學家、人類學家和社會學家，這樣才能寓教於樂。

納森人超好，自願負責研究工作裡的 IMDb 和 YouTube 的部分，於是我就走上比較學術的那條路。我從維基百科開始研究（冷靜，只是「開始」），因為我很好奇，對網路和網友來說「色情作品」（pornography）代表什麼意義，又有哪些事能納入「色情作品」的歷史大事。不只如此，我還採訪了兩位熟識的教授，他們做的是性別研究；而且也閱讀了許多文章，有的談世紀之交的色情作品，有的談性積極女性主義。對我來說，研讀時光數一數二令人著迷的，是將兩個定義相提並論做比較，於是衍生出這樣的講稿：

好，我要來聊聊色情：各位都會都看色情片，可能還會去看綁縛式性愛網站，也許會和另一半一起看片，但大家不會在聚會上公開談論色情作品。

為什麼？

開始討論前，我們要先就「色情作品」這個詞的含義達成共識。不過朗讀辭典對「色情作品」的定義前，不好意思，我要先讀另一個詞條的定義。「謀殺」（murder）的定義：「謀殺：在法律明確界定的條件下殺害他人。」

就是這樣。聽起來很糟糕。聽起來搞不好犯法，嗯不過，我們不要隨便批判人家。我只是講講客觀事實而已。

大家先把「謀殺」的定義記好，接下來我要念「色情作品」的定義：「色情作品：淫穢的文字、圖畫、照片等，尤指幾乎甚至完全沒有藝術價值的作品。」

我覺得，拜託……有人也覺得這段話有點批判意味嗎？「淫穢的文字、圖畫、照片等，尤指幾乎甚至完全沒有藝術價值的作品。」

「幾乎甚至完全沒有藝術價值的作品」？編辭典的那一掛人，需要好好受點教育。

我認為這些詞條充分說明了社會怎麼演變：社會對於犯罪和不道德行為的態度改變了。

做了這麼多研究，最後我們才得以在談完雙屌一穴肛交戲後，細細闡述性與商業的歷史、社會風俗演進，以及人類的好奇天性。看來好奇心對個人職涯作用各不相同，能領人走上演講撰稿之路，也能領人在色情產業開天闢地。我到底又是在哪裡走上岔路了呢？

我個人在工作上學到新東西就激動不已，覺得自己眼界某處又開得更廣，見識到了新觀點。我總會興奮得想馬上把這件事告訴誰，到頭來那個「誰」往往是納森，誰叫他要問我「今天過得怎麼樣」，算是活該聽我滔滔不絕了。如果那天是我的研究日，他就連一句話，甚至一個字也插不上。

我研究日要做的工作，有不少是一般人上班做了八成會被開除的事。研究日這一整天——有時還會超過一天——我會花一堆時間追著內容農場標題跑、順著 YouTube 演算法逛，偷窺別人的 LinkedIn 個人資料頁，翻箱倒櫃搜到網路最深處。這種事一般講起來有點不好意思，會讓人不禁搖頭；但在研究日這麼做便是理直氣壯，讓人不覺感到自由解放。我四處搜新聞，讀遍各種論文和研究，善用自己讀過的書、聽過的 podcast、看過的紀錄片。我準備講稿時總是雷達大開，不讓自己錯過哪道可能成為有趣素材的頻率。寶藏往往在出人意料之處——可能在《蘋果橘子經濟學》（*Freakonomics*）podcast的某集，也可能在Reddit某個看板的評論串裡。

不過，這樣把筆記放一邊，花個一天兩天扮偵探，都是為了要尋找證據，建構內容撐起你的中心論點。審視自己知道些什麼，便能發現能織成演講主題的零碎資訊，讓你聽起來更聰明、更有學識。例如有次我在撰寫一篇談性別平等的主題演講，才發現原來詹姆・布朗（James Brown）那首知名的〈這是個男人的世界〉（*It's a Man's, Man's, Man's World*），歌詞是女人寫的。啊哈！那時的感受真是無比美妙，簡直醍醐灌頂，智慧頓開。當然，我得再多多確認一下自己的新發現對別人來說是不是老生常談。畢竟有些事讓我「啊哈」一聲拍案叫好，對別人來說搞不好只是「喔對啊，你才知道」。不過我向一些消息靈通人士打聽過——我深信這幾位朋友文化素養豐厚——他們沒有人知道這件事。男人唱〈這是個男人的世界〉固然使人不快，但女人寫〈這是個男人的世界〉讓人想了就心痛。

有時候，順應好奇心的全日探勘之旅，甚至能挖出演講的核心訊息。但要是你宛如迷失在荒野，對這場演講只有模模糊糊的概念，只抓得到隱隱約約的方向，那又要從何研究起呢？我發現從演講場域著手研究，是個很不錯的起點，如果場地本身很值得關注，那就更該從這一點下手。所以葛蒂（Goldie）一說她要去聲聲監獄（Sing Sing prison）[*25]演講，我就知道我要從聲聲開始研究。

葛蒂來自布魯克林，是個滿富自信與行動力的創意人；她是音樂產業新銳，也扮演有色人種社群領導要角，TEDx Sing Sing 受這樣的資歷吸引，因此邀請她演講。她為有色人種青年打造一處工作空間，名為 24:OURS，所做所為深深打動主辦方。24:OURS 既與二十四小時諧音，名字中的 OURS 又帶有「屬於我們」的概念；取這個名字是想打造一種歸屬感：24:OURS 為服務造型師、攝影師、音樂家等等從事創意相關產業的人員，讓他們支付象徵性的一小筆費用就能使用空間的所有設備——其他地方一般不太歡迎這群形形色色的創意人，租金也通常所費不貲。她在聲聲監獄的演講，要呼應主辦單位訂的主題：「重新定義重要之事」。我則把這個題目定義為：「哪些事對你來說很重要？」

25 譯注：聲聲監獄（Sing Sing prison）位於紐約州，為最高安全級別監獄，其名稱「Sing Sing」源自美國原住民瓦平格族（Wappinger）語的「sinck sinck」，意為「石頭疊石頭」。

葛蒂的父兄都曾入獄服刑，對這樣一位年輕女性來說，聲聲監獄的意義遠超過一個單純的地點。我也意識到，除了在電影看到的監獄場景外，自己對聲聲監獄的歷史與聲譽幾乎一無所知。不過令我得意的是，我偶然發現監獄名稱能連結到葛蒂對 24:OURS 的願景，她想透過這個空間建立網絡：

石頭疊石頭。

我在腦海裡不斷思索這個畫面。這是個建立事物的動作。一塊石頭，再疊一塊石頭，再疊一塊石頭，這樣疊到最後，會建出什麼呢？就我們眼前的景象來說，是造出一座樓高六層的高度安全管理監獄。

你知道人還會建立什麼嗎？還會建立人生。也可以說，我們試著建立人生。

我們談「建立人生」時，言語中描繪的路徑也是垂直的。大家會說他們想要向上流動。想攀升上流。想要前進世界頂峰。想提升自己的地位。描述雄心野望時，我們會說人家心比天高。如果你成了創業家，要開展一番事業，那就是萬丈高樓平地起，得要成長升級，眼光要放得高，壯志要凌雲。

想要成功，你就得成長。看來，我們只能往上走了。這樣壓力多大啊。

我於是想起家人：想到穿著連身囚衣的爸爸，想到在乾洗店工作的媽媽好像少了往日的光彩，想到今年出獄的哥哥……我想知道：

假設成功需要的不只是向上建立呢？

要是成功的關鍵其實在於往外擴建呢？

擴建在講稿中被定義為投注資源、豐富價值，還有要興旺社群，而不僅是成就個人。要是你愛這麼說，就說擴建代表要打造一個社會主義與資本主義兼容的烏托邦。不把春秋大夢往演講裡放，哪裡還有機會能痴人說夢？

隱喻和類比能吸引聽眾，讓他們參與你的論述，是強而有力的手法；寫關於人的演講時，我也很仰仗這幾招，不管婚喪致詞，或者其他紀念人生里程碑的演講，都十分實用。深入講者的個資細節探索，我往往就能挖到那塊跳板，一躍捕獲譬喻和類比的素材。

亞歷克斯從他布魯克林的公寓打電話給我時，就冒險透露了不少細節。他要回美國西南部的老家，在他弟弟的婚禮上致詞；他們父親去世才兩年，亞歷克斯的角色更顯重要。他想在致詞時為弟弟慶賀，同時也想對如今缺席的父親致意，談談他對兄弟的人生有何影響，表達自己要在婚禮上代行父親的職責。亞歷克斯很迷人，口齒又伶俐。他談到兄弟倆成長過程的衝突打鬧，據他母親表示：「人家打架，亞歷克斯都打唇槍舌戰。」然而，這種特質就是亞歷克斯寫講稿的情緒障礙，讓他不得不找我求助。亞歷克斯透露，弟弟是那種典型大男人，弟弟那一票哥們常覺得哥哥「有點娘」，家人談到他的同性戀性向往往都是敷衍過去。他現在住在東岸都市，在那交了個男友，但家裡沒人知道。我聽得出來，亞歷克斯話裡帶著伴郎吐槽新郎的調調，但心裡還是希望講稿能字斟句酌，應用修辭能更小心精確。

我在他二十個問題的答案中特別注意到的是：他弟弟收藏了一大堆帽子。聽起來很誇張，因此這個細節更是意義重大。這件事透露了他弟弟的什麼資訊呢？沒有，他沒禿頭——我首先問亞歷克斯的就是這個問題。

新郎固定去某品牌的店裡買帽子，我在Google上搜尋一陣，找到了一支古早的廣告，正是那個品牌的形象影片。那支影片的標語是：「時代會變，傳統不變。」亞歷克斯告訴我許多故事，談父親，談弟弟，談他們在人生共享的種種儀式……我好好吸收所有資訊後，意識到他弟弟帽子的收藏為講稿提供了完美的隱喻。雖然帽子的小故事讓講稿以玩笑開場，但隨即又為整場演講增添重量。對於亞歷克斯來說，想描述弟弟為人處世，想聊他怎麼長大、不再胡鬧，想談關於兩人父親的回憶如何綿延下去，這個故事再好也不過。

要是我們好奇心充足，能四處打探，隱喻伸手隨處可得。我拿放大鏡去看客戶與我分享的所有訊息，搜遍故事中提到的嗜好、品牌、組織、人、工作、國家，哪裡可能挖出豐厚題材就往哪裡探。

有許多成果都出乎我意料之外，就好比，我沒想到一位財大勢大的北美房地產大亨，會帶我踏上一段回溯一九八〇年代與宮城先生的旅程。我超愛一九八〇年代的青少年電影。納森說我的種種可取特質裡，他最愛的就是我能把約翰·休斯的全套作品倒背如流。你還記得他替我辦過那場佛列德·薩維奇主題派對嗎？唔，四年前，我過九歲生日的時候（還記得吧，我是閏年二月二十九日生的），他在布魯克林租下一家電影院，我一整票朋友都來參加派對，邊吃吃喝喝邊看約翰．休斯的《早餐俱樂部》（*The Breakfast Club*）。老天，我那晚真的是太激動了，裘德．尼爾森（Judd Nelson）講他那串獨白時，我忍不住跟著對嘴。我想我在朋友前終究是藏不住真面目了。

話扯遠了，好，話說到房地產，我們剛剛提到宮城先生……伊萊受某演講論壇之邀，請他發表主題演講：北美某城市正迅速飛速發展，主辦單位想請伊萊談談他對該城天際線的五十年願景。前一年，伊萊和我合作過一篇生日祝詞，因此他便打給我。伊萊位居那座城市首要開發者之列，對於自己想說什麼已有了很明確的想法，我們最初幾次會談因而成效滿滿。我設計了二十個問題，希望能透過問題在伊萊的思維與他投注一生的志業間打造富含個人特色的連結。伊萊在某一題的答案寫到：他小時候養了一株盆栽。我們簡單討論了伊萊對形式與功能的癡迷，以及這些特質如何成為基礎建設持久、城市發展持續的關鍵。我的盆栽知識都是從《小子難纏》（*Karate Kid*）[*26]學來的，於是決定要再做點功課。首先，我發現自己犯的一個大錯，就是以為「盆栽」是個品種，認為這種樹就是長得特別小。我「追根究柢」了幾分鐘，一下就找到正確定義。（沒錯，我就是故意要來個植物雙關。）原來在日語裡，「盆栽」的意思就是「盆子樹」。也就是一棵長在盆子裡的樹。

我又繼續讀下去，得知盆栽裡那些樹是從其他樹木上截下枝條再種到盆中培養，這些樹原來比盆栽大上許多，但生長受到容器限制，於是長成了迷你版。盆栽是能擺在家裡的迷你大樹。一株盆栽就體現了功能和形式。拿來搭配伊萊演講主題，正好是踏破鐵鞋無覓處的絕佳事例。演講於是以一段極為懷舊自嘲的故事開場鋪陳：主角是名一九八〇年代的青少年，他最好的朋友是株盆栽，少年後來長成一位城市開發者，對設計與美深深入迷。我發揮所長，用上了自己對當時環境與文化氛圍所知，讓開場橋段滿滿沾染一九八〇年代的氣息，又與演講主題呼應。

思考我們五十年後何去何從之前，我想先帶各位回到一九八五年。瑪格麗特・愛特

26譯注：《小子難纏》（*The Karate Kid*）由雷夫・馬奇歐（Ralph Macchio）、森田則之（Noriyuki "Pat" Morita）、威廉・扎布卡（William Zabka）等人主演，是一九八四年上映的美國青春校園電影，講述備受霸凌的少年丹尼爾如何向鄰居宮城先生習得空手道，抵抗霸凌者，最後在空手道大賽中得勝。該片帶動美國空手道風氣，並於一九八〇、一九九〇年代曾推出兩部續集；二〇一〇年好萊塢曾拍攝成龍與傑登・史密斯（Jaden Smith）主演的改編版《功夫夢》（*The Karate Kid*）；二〇一八年其衍生電視劇《眼鏡蛇道館》（*Cobra Kai*）上映，截至二〇二二年已播映五季。

伍（Margaret Atwood）剛寫了《使女的故事》（*The Handmaid's Tale*）。《回到未來》（*Back to the Future*）[*27]和《小子難纏》已經登上了銀幕。多倫多楓葉隊（the Maple Leafs）當時冰球就打得很差。

我當年十四歲，其他小孩都在瘋博士的時光機，我卻被別的東西迷了去：一株盆栽。或許是因為宮城先生吧——我自己其實也忘記原因了——總之不管是什麼在我腦袋裡種下買這株小樹的念頭，小樹以電影辦不到的方式緊捉了我的想像力。在我眼裡，小樹的美有種魔力。它如此細緻，但本質上又強大鮮明。這可不是普通的室內植栽。為了不把盆栽養死，我花了好多時間照料這株小樹。我小心翼翼地不斷修剪，先要修出概略的形狀，再來要時時動剪保持枝條架構。我生怕有所閃失，盡心盡力供給盆栽養分，維持小樹的永恆之美，心心念念要維護它的獨特姿態。

我知道大家在想什麼——這傢伙是沒朋友嗎？有幾個吧，應該啦……

不過，有些關於盆栽的事，你可能想不到。就日文字面來看，「盆栽」的意思是「盆樹」，也就是生長在淺容器裡的樹。「盆栽」講的不是某類型的樹，也不是某個品種，「盆栽」不過是小小的複製品，人類由它們的母樹或寄主樹上取下枝葉，然後關到一個小盆子裡。人類不會亂搞小樹的DNA，但會給它一些範圍來限制植栽的大小和成長狀況。換句話說，人類設計了盆栽「自然生長」的方式。能在十四歲時發掘這個活生生的奇蹟，對我一生而言是大轉捩點。我因此懂得用心看待周遭事物，也發現美感與功能時常共存。盆栽在我心裡種下深深的癡迷與好奇心，令我更醉心於人類怎麼設計周遭事物，又是怎麼關注最小最精的細節讓它們經久耐磨。要這麼說也不為過：身邊設計優美的物品，我第一件擁有的就是那盆栽——我還得等上好幾年才會開始用 iPhone。

盆栽於是成了構築演講的框架：這場演講要談的正是形式與功能，而在伊萊的願景中，城市開發者思考如何將城市建構往未來時，就必須以形式與功能作為思路中心。伊

27 譯注：《回到未來》（*Back to the Future*）是一九八五年上映的美國經典科幻喜劇，由麥可・J・福克斯（Michael J. Fox）等人主演，史蒂芬・史匹柏（Steven Spielberg）監製。故事講述少年馬蒂（Marty）意外搭著布朗博士（Emmett "Doc" Brown）打造的時光機回到一九五五年，巧遇年少父母，差點使父母無法墜入愛河，於是一邊設法回到未來，一邊努力修正自己對過去的干預。該片票房極佳，麥可・J・福克斯因此一躍成為青少年偶像，該片後續也發展為三部曲。

萊堅信，要規畫出能媲美巴黎或東京的城市，開發過程中就必須考慮持久的美，而非眼前的機會。他認為故鄉絕對有可能成為那樣的大都市。我寫完講稿時，自己也被說服了。過去這幾年，種種理由都讓我不禁斟酌是否該離開美國了；至少現在我知道，如果離開了美國我要去哪裡。演講最後，伊萊又回頭以那株小樹總結自己的想法。

> 小小的盆栽常常被忽視，其中卻蘊含無限道理；跨越時間、持久的美也是如此，所以我們不該輕忽。

當然，也有做得差的研究。差勁的研究就會產出差勁的演講。什麼樣的研究算差勁？就是偷懶的研究。援引的是大家早就都聽過的數據，例如：引述男性每賺一美元，女性只能賺八十二美分；研究點出了這個事實，但卻沒提出什麼新見解去說明工資差距是否傳達出社會對女性勞務判定的價值，或者我們女性能拿白做工的那十八美分時間做點什麼事。比方說：乾脆把時數累積起來，等到工作最忙的那一周正昏天暗地的時候，直接訂個SPA療程好好放鬆。在談電動車的演講引用印度聖雄甘地名言，在摯友婚禮的致詞大談墨西哥畫家芙烈達．卡蘿（Frida Kahlo），這就叫偷懶的研究。卡蘿要談得有理，那只能是因為新娘和卡蘿一樣，臉上一字眉連成一線，而你想拿一字眉來開開玩笑；那還得要新娘對笑話的肚量超好，不介意眉毛被拿來幽默，而且得要她已經把一字眉處理成兩道了，或一字眉在潮人時尚圈已變成熱議話題——要到這個程度，你的玩笑才開得有道理。

我為了講稿引述隨處可見又陳腔濫調的詩詞這件事，已經跟客戶吵了無數次，歷程簡直都能寫成一首可歌可泣的詩。我是說原創的新詩喔！在講稿中來段《唐吉訶德》的摘文或引用作家瑪雅．安傑盧（Maya Angelou）名句，並不會讓人覺得你是聰明人，除非你引述這些詞句的理由夠聰明。我不覺得引經據典有什麼問題，我也知道談同一件事時，瑪雅．安傑盧講得絕對比大多數人都好；不過我要引用他人言論時，會確保這人會在我要講的故事登場，或者此人和故事有那麼點關係，這關係雖然出人意料卻又不容質疑。就像我在本書開頭引用溫斯頓．邱吉爾那樣！

例如，有位情緒亢奮的母親在女兒的猶太教成年禮上致詞，引用了安娜唱的台詞——安娜是《冰雪奇緣》裡冰雪女王艾莎的紅髮妹妹，行事魯莽卻勇敢——告訴齊聚會堂的一大群人，她很確定自己是興奮不是緊張。為什麼引用這段歌詞？我發誓：絕不是我寫這篇講稿時正在瘋珍妮佛．李，就這樣加詞上去！是因為她女兒很迷《冰雪奇緣》，而且那陣子剛上台演過這齣戲。有位客戶去雪梨當澳籍華裔閨密的伴娘，要在婚禮上為新娘致詞，伴娘透露新郎談到她時會說：「瓊恩那個不知道為什麼一副白人臉的妹妹。」於是我們從某本著名中文經典中找了段名言——當然有好好確認過真有此話，也檢查過一字一句都寫對——這對姊妹淘一起讀過那本書的英譯，而且愛不釋手。那段話談的是姊妹情這個主題（一般來說我聽到要寫姊妹情就想逃出十萬八千里），而且還滿足客戶在創意啟動會上許的願：她想要用中文講點什麼東西。

這樣可能顯得我要求很多。我培訓撰稿師時，發現要精準點出自己究竟怎麼知道去哪裡搜出一段好引言，要針對哪些素材繼續挖掘，實在太難了。真的很憑直覺。我認為值得細細審視的事物，其他人未必會留心；而我一旦被什麼引起了好奇心，就有點像嗅到骨頭的狗那樣激動亢奮。我稍早分享經歷時少談了一塊：跳上納森那台家庭休旅車往紐約州北部駛去，踏上命定的演講撰稿師之路前，我熱衷於為《大西洋月刊》（*The Atlantic*）、《紐約客》（*The New Yorker*）這些刊物寫調查報導。我做過一些專題報導，熱愛順著一個主題追根究柢，發掘相關的一切知識，再把這些零散片段變成一個故事。我不是喬蒂・坎托（Jodi Kantor）那樣的大記者，不是間諜也不是偵探，但我做研究時絕對會搔到癢處。或許直覺這種事教不來，但我至少可以挑逗得你心癢癢，再為你搔癢。聽起來很棒吧？

第三部

設計

PART THREE

THE DESIGN

6

「瘋狂偵探牆」

從素材發掘意料之外的連結

紐約有家超高檔活動企畫公司常把婚禮客戶送來找我諮詢。不久前，他們問我有沒有興趣和另一類客戶合作。當時某大美國體育賽事主辦單位聘用了這家企畫公司，他們正在籌備開幕晚會。企畫公司問我能否和主持人合作寫講稿。這位講者曾為主辦賽事的球隊效力，因為一起重大爭議事件跌落神壇，據傳他當時正要慢慢東山再起。我和晚會製作人通了第一次電話，從電話裡得到一點點資訊，明白這位球員很感激他前球隊老闆（也就是晚會主辦人）曾拔刀相助，若要在娛樂節目中間有個誰來歌功頌德、恭維奉承，找他再好也不過。

我是愛看美國網球公開賽沒錯，也喜歡欣賞精采的冰球賽鬥毆*28，美國女子足球隊更是讓我情緒激盪——足球比賽很好看，而且歷屆隊長的演講都很優秀。但就算我在美國已經待了快二十年，一想到棒球、美式足球和籃球，還是會馬上聯想到賽場的超大型螢幕、熱狗和撞壞的腦袋。其實在看Netflix的麥可．喬丹（Michael Jordan）系列紀錄片前，我對芝加哥公牛隊（Chicago Bulls）的認識，不過就是十七歲時拿到那頂帽子上的標誌——九〇年代誰沒有公牛隊的鴨舌帽？談定這次合作時，我對NFL國家美式足球聯盟（National Football League）的認識僅限於湯姆．布雷迪（Tom Brady），剩下就是從電影《王牌威龍》（*Ace Ventura*）看來的。「縫線要朝外！」*29

因為我只有這麼一丁點知識，研究起講者和美式足球，實在是令我大開眼界又提神

28 譯注：有一說十九世紀冰球興起時，由於規則不嚴謹加上該運動鼓勵球員肢體接觸，鬥毆便成了冰球運動中的傳統，球員會透過鬥毆保護主力隊員或威嚇對手。一九二二年，國家冰球聯盟（National Hockey League）才正式導入第五十六號規則（Rule 56），設下鬥毆行為相關規範。

29 譯注：《王牌威龍》（*Ace Ventura*）為一九九四年上映的喜劇電影，由金．凱瑞（Jim Carrey）主演。劇中一名角色認為隊友於比賽中放置足球「縫線朝內」導致他射門失手（一般認為縫線朝外才能使球行進軌跡穩定），因此觸發殺機。

醒腦。我喜歡當撰稿師的原因很多，其中有個原因特別令我珍惜這份工作：助人寫講稿能迫使我檢視自己的偏見。看事情帶批判心或許是人性（我的話可能是英國人天性使然），但講故事時，批判心絕對是阻礙。我在網路上讀到許多關於講者醜聞的事，大家談論起來都是滿滿的厭惡和鄙視。講者的所作所為害他被「取消」了（當年「取消文化」〔cancel culture〕這個詞還沒紅起來呢）；維護他的人聲量較小，不過細細傾聽後，我覺得自己有理由能檢視這起爭端不同面向的論述與解讀角度，實在太好了。我想這個時代，應該有很多人理解我的感受。

等我終於跟這位球員講到話時，發現他滿富魅力又幽默風趣。他自在地分享自己在球隊的經歷，要不是這場電話晤談非得有球隊公關經理靜靜在線上旁聽（但呼吸很有存在感），確保我們不會偏離球隊提供的樣板談話要點太遠，我都要以為講者在對我掏心掏肺了。通話結束後我就沒再和講者聊過，也無從參與講稿修訂——最後他們添了一堆套路話術把講稿改得「對外口徑一致」，又加了一堆畫蛇添足的溢美之詞。案主還算好心，將他們編修過的講稿寄給我，於是我就能看到自己寫的稿子在雕琢下變得多欠缺個性；不過我看他們至少留下我精心設計的鋪陳橋段，聊感欣慰。我以主辦人的兩項成就對照堆疊：

一是他先前曾創立新事業；二是他成立的基金會致力在球隊的主場城市耕耘，照護當地資源稀缺的社群。我們可以假裝這位主辦人是創立幫寶適（Pampers）的維克多．米爾斯（Victor Mills），再假裝米爾斯後來除了照料仙人掌花園和搭遊輪以外，還設立了安置難民的慈善機構——據我所知是沒有——那這段講詞的一大精華就是，維克多「不僅保護了美國寶寶的小屁屁，還保護著全球無數家庭的未來」。之類的，總之大致是那樣的成就。不包括小屁屁的部分就是了。

蒐集素材到一定程度後，就得要停止搜索，開始思考這些東東到底要怎麼用。你腦海裡堆雜物的閣樓亂成一團，現在正是好好規畫收納一番的時候了，得要想想除油漆的松節油該要放哪，以前參加即興劇團留下的那一大袋橡膠假體又該收去哪。如果拿食物來類比，你這時應該要把手邊的食材都擺出來：奶油、橄欖、番茄醬——想一下這些食物要怎麼排列組合迸出新滋味。嗯。抱歉，聽起來有點那個。不過我們還是繼續走「探案風」吧，大神探的風衣（或者該說 Burberry 風衣）誰不想穿呢？

我發現：要是能拋開事件的發生順序，也能無視自己獲取資訊的時間先後，那要勾勒出「敘事弧」（narrative arc）——也就是演講從頭到尾的一個個關鍵拍點（key beats）——會輕鬆許多。之所以這麼做，是要試著從形形色色事件和資訊裡擷取出所有零散片段，把它們像拼字遊戲（Scrabble）的字母牌那樣混雜在一塊，然後設法從中拼出既特別又有條有理的樣貌。從業多年來，我不斷調整自己擬綱要的方式，修改次數比調整本書大綱的次數都還多。真的很多喔——光這本書我就改過至少十二版綱要，還想出一堆超瞎標題，書名少說也有二十四版吧。就算是我自己，獨立擬稿時也往往見樹不見林，於是最後就生出了我所謂的「瘋狂偵探牆」（Crazy Wall）這套做法。瘋狂偵探牆可能是實體白板，也可能是一面螢幕，我會在上頭隨機擺放為擬講稿蒐集的種種素材和資訊。因為我明白一件事：架構演講、為演講擬綱要，根本沒有哪套做法是唯一的真理。重點還是找到辦法，讓這場演講從頭到尾走出一條最原創、最特別的路。瘋狂偵探牆這種策略，既仰賴經驗又富含想像力——能讓創意人嗨到跳起來，讓組織狂、計畫控也興奮不已。這兩種特質就在瘋狂偵探牆相互交匯。

拿《反恐危機》（*Homeland*）來舉例，女主角凱莉・麥迪遜（Carrie Mathison）是中情局特務，要是你不知怎地錯過這齣熱播劇，那我來描述一下這令人印象深刻的一幕，場景中完完全全揭露了凱莉高深莫測的才幹：畫面上滿牆滿牆貼出各種線索和證據，各個恐怖分子和國際組織再透過這些資訊連在一起；地圖、照片、筆錄和銀行存款證明層層疊疊，每張都以顏色編碼分類，一大堆資料像從房間一側延展到另一頭，好似一道彩虹。這個場面讓人不禁想起典型犯罪嫌疑片，警探會在大板子釘上一條條紅線，把凶案嫌疑人與受害者連起來。演講實驗室版的瘋狂偵探牆，則是歷經一番研究調查、與客戶對話深談，蒐集到各種素材，再將這些材料連結起來。雖然我們的瘋狂偵探牆破解不了什麼謀殺案，但還是可能幫你破解僵局，釐清自己該如何分享信念。

我喜歡在偵探牆上把一則則素材打散再分類，這麼做有兩個原因：一是把資訊區隔開來，才好看出意想不到的模式，找到出人意料的連結；二是等開始編織集結素材時，較能確保所有元素平衡搭配。我常把素材分成以下幾類：軼事、數據、真相。我等等會好好談談這幾個分類。要是看到講稿只有一個數據點，那麼你就可以自問：數據夠了嗎？還是要加入更多數據呢？問題也可能很簡單，例如：這篇談我老公的講稿，加入數據點後會長得怎樣呢？

「數據」的定義，正是字面上的意思，就是數據。例如，百分之八十的人在職場上感到壯志未酬。（數據令人沮喪，但事實就是這樣。）要是演講類型合適，在稿子裡加入數據是支撐論點的有力後盾，要是數字出人意料、能引人爭論，那就更是如此了。伴郎致詞就不太可能搭配數據，除非是想搞笑。主題演講納入的數據可能就多一些。

「真相」的定義也一如字面，就是真相——我也知道，「什麼才是真相」這個問題，近來爭議不少。我來舉幾個真相的例子：股市波動令投資人不安；碳排放量持續增加；納森超擅長在默劇裡演「上車」這個動作。

要用一小段文字有條有理地定義「軼事」，實在有點難，本書後半我會花一整章來討論「軼事」。

這些分類是流動的；拿各分類的嚴格定義去套演講素材，未必能套得服服貼貼。不過，無論怎麼設定分類，這麼做目的還是要從每個分類都拿一點來構築演講的中心論點——也就是「重點」（The Point）。「重點」推動敘事，其他所有素材都圍繞著這一點相互連結（如果演講談的是某位朋友，或講稿有一連串要呼籲大家參與的行動，那「重點」可能就不只一點）。「重點」是核心訊息，是論點，你想怎麼稱呼它都好。就像我稍早聲明的，寫講稿跟懸疑驚悚片幾乎是八竿子打不著，但本章介紹的這面「瘋狂偵探牆」，要解決的正是所有偵探亟欲破解的難題：怎麼把這些線索兜在一塊？有趣的是，要是偵探解答這道題時「發揮創意」，那到頭來肯定輪到他們牢裡蹲了；但你研擬講稿的時候，卻不用太快下什麼定論。演講必須考量聽眾，讓內容對他們來說有邏輯、好理解，但要怎麼將敘事編織在一起則完全取決於你。瘋狂偵探牆這條管道，只是要帶你往最刺激又有原創性的策略走。

我有三款的瘋狂偵探牆輪著用，要選哪一款，大致都視我當下的精神狀態和所處地點而定。第一款瘋狂偵探牆技術含量最低，但「咖啡因」含量最高，最能提振精神：它是塊巨大的白板，上面鋪滿彩色筆記卡、別針、便利貼。每張筆記卡上都有關鍵字，代表我收集到的每條資訊和軼事，我把素材濃縮得簡明扼要，光看關鍵字就一目了然。如果我正在處理長達四十五分鐘的主題演講時，手邊有統計數據和資訊（新聞稿、研究、「二十個問題」的答案等等），站起來退一步觀看全局，真的很有幫助。要是我發條上緊了，又正好聽到合適的 Spotify 播放清單，加上空間充足，可以一邊跳舞、來回踱步，就會選這款有形的偵探牆。我最接近凱莉・麥迪遜的時刻，就是用這款偵探牆的時候了，但我得澄清一下：「瘋狂偵探牆」的「瘋狂」二字，和使用者的心理狀態穩定與否沒半點關係。*30它名字裡有「瘋狂」，單純是因為我們最後產出的講稿成果會精準無比，而站在偵探牆前沉思的此刻，相較之下就是混亂無雙。再來，要是有人看到你在牆前走來晃去，然後你跟他們說你在寫講稿，人家要不認為這個做法瘋狂，至少也會覺得很奇怪。

如果咖啡和 Burna Boy 的歌提振不了你的氣勢，那我還有比較靜態的版本，可以讓你坐著喝茶配馬友友，不那麼「牆」，但依舊「瘋狂」。遇上資料少一點的案子，我有時會印出所有文件，舒舒服服地坐著或懶懶散散地癱著，拿起螢光筆和原子筆，對著紙本開工。因為做這件事久了，我發現自己自然而然就能把不同素材連結起來，未必得把每項細節拆分檢視。我用螢光筆來區分想引用的內容和平凡無趣、平庸普通的內容，用原子筆畫箭頭、星號、底線等常見編輯標示，但不是為了編輯，而是要分類、連結不同的素材。

有時候，我會改用「瘋狂偵探螢幕」，但這至少要有兩台顯示器時才好執行。無論我在哪工作，都會試著弄到第二台螢幕，這樣就可以一次開著多個視窗同步查看。如果用的是 Macbook，那還能滑動不同桌面瀏覽，我有時會把草稿文檔建在第二個桌面，免得因為電子郵件分心。我知道可以直接關掉電子郵件，但這麼做就顯得腦袋太清楚了，不夠瘋狂，對吧？

如果用的是這個三號螢幕版偵探牆，我會把所有自己整理的文檔都打開。我有份「素材」文檔，一份「綱要」文檔，還會再開個視窗以便後續研究。做到某個階段，還會再開一份「草稿」文檔。跟牆上的筆記卡或畫到滿翻到爛的實體文件相比，「瘋狂偵探螢幕」上的文檔沒有整齊到哪去。數位版偵探牆上，取代滿紙亂寫亂畫、滿桌亂堆亂疊的，是層層交錯的視窗，每個視窗裡都是一堆大寫、醒目提示、換來換去的字體、畫底線的句子、註解留言，還有我回覆自己留言的留言。

只要挑出用得最順手那款「牆」，你就能在瘋狂偵探牆上生出講稿綱要。不過，在草擬綱要以前的階段，偵探牆其實就派得上用場了：如果你本人還少了點頭緒，它能幫你塑造、定義演講具體的主題——也就是重點。許多客戶來找我時都知道自己演講的重點可能有哪些，但有些客戶收到的邀請太模糊太彈性了，就只有請他們針對某個空泛的題目「說幾句話」，因此還在翻箱倒櫃想找出該說哪幾句話——我發現這時瘋狂偵探牆簡直是

30 譯注：劇中設定凱莉．麥迪遜患有躁鬱症。

指路明燈。其實，有回我盯著瘋狂偵探牆一周後終於想出論點，當下感覺不只是找到指路明燈，根本就是看到北極星。

那次客戶（就稱呼她米米好了）受邀演講的場合，是專為女性舉辦的人脈拓展活動。主辦那場派對的是某全球企業的美國分公司，該企業最廣為人稱道的，就是招聘作業公平，積極提倡以女性為中心的企業文化。活動主辦人似乎是被米米的廣博經驗吸引：她對銀行業、非營利機構、旅行業、新創都有所涉獵——可是主辦人卻完全沒針對演講內容或切入角度提出建議或偏好。米米的成就和想法令我十分敬佩，但此刻可能性眾多，如汪洋般廣闊，而她就像在這片大海裡踩水，舉目所及都看不到陸地。米米知道自己想談性別平權，對方也期望她聊這個主題；但性別平權議題實在太廣了，廣到有好多人寫了無數書籍和文章，甚至將分析、檢視性別平權作為畢生志業。我要怎麼把這個廣博的主題精簡成雞尾酒會上的二十分鐘演講，要令人耳目一新，還要以機智又原創的觀點連結講者個人經驗，而且也讓來結交人脈的現場聽眾感興趣？我們最不想要的效果，就是讓米米說起話來像個學者。學者還是讓色情片明星當吧！

女性主義、種族、權力——我很少接到一個又大又沉的題目，卻又能自由操作，能自己尋找、定義講稿要從什麼觀點切入，又要如何號召聽眾參與行動，儘管我腦子知道這任務一定會帶來挫折與壓力，能有機會與如此廣博的題目纏鬥，內心還是很享受。做到這種題目，擬講稿的過程中重點隨時都可能浮現。和米米合作這次，重點就從瘋狂偵探牆上冒出來。

擬稿的探索階段，我馳騁在無垠的網路世界，努力學習關於活動舉辦地阿拉莫（Alamo）的一切，但對阿拉莫所在的德州本身並未多想。我盯了「德州」這個詞一會兒，接著掃視偵探牆，注意到米米在自身社群中長達數十年的付出——突然意識到這兩者之間有著聯繫！德州是「孤星之州」，也是幾位重要女性主義先驅的故鄉；但若看一顆星時不看它所屬星座裡的群星，那又有什麼意義呢？如果提到德州女性主義史上的「孤星」，是安．理查茲（Ann Richards）、莉茲．史密斯（Liz Smith）、莫莉．艾文斯（Molly Ivins）這些代表性人物，這對活動現場的女性，乃至全國各地的女性，又代表著什麼？史書上可能不會提到米米，但這就表示她的貢獻比較不值得一提嗎？「孤星」這個概念，讓我得以鋪陳出風格積極主動的講稿，構築女性共同的未來，並在這片未來景象裡賦予現場所有女性一席之地。

要看出德州人的精神為何這麼獨特又獨立，並不難。不過想到這次為了活動回來「孤星之州」，我就想起女性主義運動中那些言詞強硬、行事犀利的孤星。這些女性，例如安・理查茲，某種程度上協助了美國社會塑造探討性別主義的論述和爭取平權的鬥爭。她們是指標。她們是戰士。她們透過社會運動、藝術、政治和領導力，打破幾世紀以來阻礙女性發揮潛力、為社會貢獻的障礙。她們這些女性，改變了法律，送了那些說「你不行」的人一個中指。她們是葛羅莉亞・施泰涅姆（Gloria Steinem）和 RBG 大法官，是雪柔・桑德伯格（Sheryl Sandberg）和碧昂絲，是小威廉絲（Serena Williams）和莎莉・萊德（Sally Ride）。談到這些孤星，人人都有自己的最愛。啟發你的是誰？可以告訴我幾個名字嗎？

這些女性全都是開拓者。她們提醒我們女性能追求志業，她們為我們鋪平道路，激勵我們緊跟腳步。

但還有另一種女英雄。她可能不如哈莉葉・塔布曼（Harriet Tubman）或希拉蕊・柯林頓（Hillary Clinton）那麼引人矚目，但同樣重要。她不必激勵數百萬女性做出改變。她不必成為戰士或領導者。如果她不想，也不必要穿女性主義T袖。她不必志在企業執行長或美國總統。她不必組織遊行向華盛頓進軍*31。唉呀，要是行程對不起來，她也不必參加遊行——雖然她去遊行的話會比較酷。她不是大明星，她的成就未必能透過出售傳記版權或維基百科頁面來量化。沒有人會寫她。或為了紀念她建雕像——可惜啊，畢竟，唉，我們這個國家需要更多女性的雕像。她的所作所為很勇敢，但上不了頭條新聞。她一路走來風險不斷，卻沒一時半刻能彰顯自己的彪炳戰功。直到她被邀來這樣一群聽眾前演講！

她就是你。她就是我。

今晚，我要提醒各位，倡導性別平等不只是為那些孤星女英雄的事。因為女性主義的核心精神，就是相互啟發，你啟發我，我啟發你。

31 譯注：二〇一七年川普就任美國總統隔日，美國各界各族群女性發起「女性向華盛頓進軍」（Women's March on Washington），倡議女性權益、種族平等、生育權、移民權益等各種人權相關議題，後續發展為全球性女性遊行示威活動。

講詞接著描繪，無論手上握有多大權力、資歷多深、知名度如何，所有女性都能積極變革與塑造未來。我認真研究和四處挖網路兔子洞時發現一個有趣小花絮，演講最後就以這個花絮來做結：

十七世紀，有位荷蘭科學家發現一件有意思的事：蜂王有卵巢！科學家本來認為蜂王既然是最重要的一隻蜜蜂，那一定是雄性——這種事也早就見怪不怪了。值得稱許的是，學界幾乎一發現這項事實，就更正了用語。蜂王成為了女王蜂。

要是世界對女人也是如此，那不是很好嗎？「哎呀，我們搞錯了——原來責任一直都是你們在扛。」

不幸的是，女人不得不再等上一段時間。不過與此同時，我們還有很多事情要做：要接受啟發，要採取行動，要對其他像各位一樣優秀的女性致意，表示你也看見她們的所作所為，還要為她們鼓掌喝采。你不必當一顆孤星，可以成為耀眼星座的一部分，和大家一起照亮寬廣無垠的地平線。

就讓我們把這個概念擴展出去，大家舉起酒杯，為未來乾杯。未來很亮。未來會在你鄰桌看裸照的人也少得多。

一旦精準抓到切入講稿的角度和論點，你就會在瘋狂偵探牆上找到演講的綱要（outline）——我更喜歡稱之為「拍點」（beats）。不是耳機裡的音樂拍點，是敘事的拍點。人生在世能犯的大錯，大概莫過於寫出一篇欠缺拍點、沒有綱要的講稿。拍點是能帶你從開場走到結尾的踏腳石。想像你在渡一條河，河流太寬太急，游不過去。就以紐約東河（East River）為例——東河太寬、汙染太重、水流太快，而且河裡屍體太滿。想像你要渡的這條東河上沒有橋。沒有噴射小艇或帆船，就是那種上流小文青會租的船，他們邊搭船還會邊喝粉紅葡萄酒調的 froze 冰沙雞尾酒。沒警船幫忙，也沒渡輪。想穿越這條恐怖噁心又雄偉的大河，要是少了踏腳石，你沒幾分鐘就會被水流沖走，誰知道最終會被沖到哪裡——搞不好是康乃狄克，也可能是紐澤西。如果你想待紐約市，那這兩種狀況都不太妙。

寫講稿時要抓到拍點，就像寫小說也要抓拍點，這件事在創作過程中很重要。差別在於：寫小說時，你要從零構思拍點轉折；寫講稿時，你要構思的是每一拍怎麼把你領到下一拍。琢磨這項大計的過程，就是演講撰稿之旅中真正展現創造力的部分。

想到小說家，我們會把他們比作藝術家。我們認為小說家的想像力和創造表達力令人欽羨。提到演講撰稿師，我們卻不會這麼想。我覺得這是錯看了。（我當然是藝術家！）在這個階段，整合演講、梳理頭緒，搞清楚講稿中何時會發生什麼事，弄明白這一段連結到哪一點，也同樣需要想像力與勇氣，因為講者必須挑戰聽眾。

你演講裡不落俗套的驚天動地大高潮，總得要從前頭某處鋪陳起。但要是你缺一套既有的綱要擘劃技巧，也欠人技術指導，怎麼知道要先講瘋狂偵探牆上的哪張便利貼？如果套用我這本書的世界觀，最糟的就是劈頭就說：「嗨，我叫某某某，我在那個你沒聽過的組織擔任某某職務」或「嗨，我叫某某某，我是某某某最好的朋友，我從高中就認識她了。」啊，無聊死！而且，誰管這個啊？趕快演講啦！

你可能在某處讀過，最佳演講開場法是向聽眾提問，這樣他們從一開始就能感覺身歷其境。我認為比問問題更有效的是，自問（但要先掌握你自己要寫的講稿是哪類，這類演講又有什麼特質）：當你一開口，會希望聽眾能**感受**到什麼，以及哪個故事或數據或真相最能說明你論點的核心要點，同時又能傳達那種感受。如果你還是想用一個問題傳達那種感受，那至少也是經過思考的策略，至少你是刻意要問問題的。

我常在演講開場做點事破冰。雖然我向來不太建議客戶背稿，但如果能看似隨興地講個笑話，讓笑話聽起來很自然，又和你開口前聽眾經歷的事件相關（例如，前面五位滔滔不絕的講者、有音樂伴奏的中場休息時間、在酒吧小酌），那你就勝券在握啦！講笑話算是種「偽開場」。講完笑話放鬆氣氛，你還是能講些強而有力甚至嚴肅的內容，正式為演講開場，不過講笑話有助安撫聽眾，讓他們知道自己聽演講時不用為漫長的尷尬時光坐立難安。

廣播／podcast節目《美國生活》（*This American Life*）有集超搞笑，主題是「尷尬大挫敗」（fiasco），敘事者讓聽眾陪他一起回顧學生時代在大學劇場看過的一場《彼得潘》。負責這齣製作的是位客座導演，野心勃勃的藝術人。劇組花好幾周嚴謹排練，可是到了開幕夜，戲一幕一幕上演，意外卻也一幕一幕不斷。溫蒂的小弟從天花板垂吊下來，身上繫著一條超顯眼的彈力繩（高空彈跳用的那種），彈啊蹦啊往場上一座衣櫥飛去。虎克船長的演員手勢太激動了，手上的尖鉤就這樣飛向觀眾，落下時狠狠砸中一位老太太。越演災難越多。我對這集節目的印象超深刻，因為當時我邊聽邊跑步，笑得太厲害了，只好先停下來，免得笑到腳軟絆倒。笑這玩意到底是怎麼一回事？為什麼會讓人全身綿軟無力呢？四十分鐘的大破壞、大混亂之後，敘事者講到了一個轉折——先前台下觀眾人都很好，有教養又親切，努力發揮對表演者的同情心，堅守禮儀克制著——但到了這個轉折上他們實在忍不下去了。他們對這齣製作的忠誠度被逼到了臨界點。不過是上一瞬到下一秒，觀眾最獸性的本能被釋放出來，從演員的盟友化身為想看更多「好戲」的野蠻人。劇終時甚至搞到連消防隊員都登場上舞台，而觀眾殘酷的笑聲則響得肆無忌憚，勢不可擋。

我總是告訴客戶，觀眾希望台上的人成功，因為要是你成功，他們得到的體驗會比較好。但有件事也是現實：一旦你失去觀眾的心，就很難把他們贏回來，所以盡你所能在觀眾忠誠度上多儲值，還是有意義的。

佩姬．努南在著作《論演講》（*On Speaking Well*）中，回憶起一次她得在紐約某政治團體的活動裡亮相，朋友替她寫了破冰台詞。「講到政治，我知道自己想聊什麼，但我想不到半點能逗聽眾笑的內容。」她寫道。

所以我打電話給一位朋友，求他「救救我」。他要我說說活動的具體細節。我告訴他：是場晚宴，辦在華爾道夫飯店（Waldorf）；現場大約四百人，都是熟稔政界的資深人士，場面奢華盛大。市長會出席，我之後就換他致詞，我得介紹他出場。

我朋友於是好好思考一番。幾天後，他打電話來。「你有看到朱利安尼（Giuliani）參加全國記者俱樂部（Press Club）晚會的照片嗎？」有。朱利安尼市長在新聞俱樂部的短劇亮相，全套變裝上舞台——他戴著金色假髮、裝上長長假睫毛，一身串珠長洋裝。照片處處上報，十分引人注目，因為朱利安尼看來不怎麼迷人有趣，而是超級怪異。

「就用這個笑話開場吧。」我朋友說：「你上台就說，『能來到華爾道夫飯店，進到這個美麗高雅的房間，真是太榮幸了。想到要來參加這場盛會，想到能見到在座各位，我就非常興奮期待，本來是想盛裝打扮，穿上一件漂亮的長禮服。但想想覺得還是不要冒險，要是跟市長撞衫了怎麼辦，所以——』」

我用了這個笑話，現場聽眾笑得樂不可支。

我記得自己讀到這篇文章時抬了抬眉毛，是抬右邊那條，因為左邊那條眉毛向來都懶得動。我很訝異——當然不是讀了魯迪．朱利安尼的變裝故事而驚訝（畢竟我們都知道他多愛用染髮劑*32），而是因為——我絕對不是要冒犯努南這樣的大前輩——這個笑話竟然不是她自己想的。我敢打賭，如果她仔細思考過，自己也就能編出這個笑話了。她單純就是沒想到。

剛決定合作時的「盡職調查」階段，我總會盡力探出有多少人會排在客戶之前發言，這些人又是誰，還有，客戶站到聚光燈下前一秒，還有沒有其他事件或活動鋪陳。這樣做不單純是為了能幽人一默，這是個好習慣。要是演講場合偏向業內正式活動，假設會有人介紹我客戶上台，或者聽眾能讀到一些資料，上頭詳細解釋講者在專業領域的成就，這樣我們就不用勞心費神地交代講者經歷，可以快速通關，馬上將重點擺在講者從這些經驗中得來的想法、故事和見解。這也表示演講敘事過程中，我們不用停下來描述背景資訊。所有人都知道你在肯亞辦育幼院，那就可以直接聊大學剛畢業的院童。

如果早你幾步上台的講者特別傑出或知名，請務必查查對方的相關資料。你要利用手邊已知的資訊，可能是對那些講者的恐懼或景仰，又或是你對他們的渴盼或期望。自我貶低這時候就很好用了，不用是英國人也能耍這招。如果你演講前有群表演者載歌載舞，請回想一下你自己與音樂、舞蹈和劇場的關係。如果你發言以前，台上播放著談孤兒的影片，台下一片心碎落淚，那就得明白，你上台時聽眾情緒還沉浸在剛剛的體驗——那或許別說笑了，要展現謙遜的態度，感謝大家持續關注稍早影片裡的議題。請不要拿孤兒開玩笑。不管你開場要哪種基調，都一定要好好選個風味，早早討好聽眾的胃口，接下來才能邁向成功，就像做咖哩。喔，我還以為我已經擺脫咖哩了。*33

如果是滿懷雄心壯志的講者（我想你一定是），開場還有個機智妙招能用：試試看能否在尾聲再接回開場的概念，讓整場演講有頭有尾、圓圓滿滿。因為首尾成雙，這招有時會被稱作「書擋」（bookend），如果用得好，就能讓你聽起來像個聰明人，這就是公開演講的重點不是嗎？各類故事裡都能看到這種手法。就用各位讀者比較熟悉的故事來談，來說稍早提到的《早餐俱樂部》吧！我腦袋裡關於大麻、衛生棉條、花生醬果醬三明

32 譯注：二〇二〇年朱利安尼於記者會發言時，染髮劑曾隨汗水溶解流到臉上。

33 譯注：原文玩了「curry favour」（奉承討好）和「curry」（咖哩）的雙關。

治（PB&J）和羅傑斯先生（Mr. Rogers）的知識都是從這部電影學來的——十一歲小孩就是該懂這些東西。

這邊也講講故事給沒看過的讀者聽：故事開場的片段，我們看到幾位高中生周六一早來到學校，他們被罰留校察看。是家長送他們來的，透過小孩下車前短短的親子交流，觀眾很快看明白每個角色對應哪種刻板高中生形象——有運動健將、舞會女王、怪咖、書呆、壞胚子。電影結尾，我們又回到開頭的場景，對比得很巧妙，同樣是：家長、汽車、學生。不過現在，家長接到的孩子不一樣了，他們一起關在同個房間一整天，經歷一場有深度的蛻變，觀眾也都知道這是群內心良善又複雜的年輕人。故事一路演化，而我們透過這招首尾相應的敘事手法看見轉變。老天，光是在腦海裡播放那段畫面，我就要眼角泛淚了。多好的一場戲。

你也可以在演講裡這麼做，我筆下的講稿大概有八成五都用了這個技巧。

拿各位已經認識的人物舉例，就來談談肯的演講。我們已經設定好，肯的演講會聊個人軼事，也要展現他對產業豐富的見解。我這就讓你看看這場演講開場如何，結尾又如何。

今天能被邀來談「酷」的未來，我覺得受寵若驚。我？我酷嗎？我這樣想。為什麼找我？謝謝，我很樂意！接著我自拍一張來紀念這一刻。

我實在很千禧世代。

其實我不確定，這邀請是否如我所想的是種肯定；但我打算這樣推斷自己受邀的理由：我此刻能在各位貴賓和業界專家面前說話，是因為我有滿「酷」的故事可以分享……

我在小鎮一座偏遠農場長大，農業社區的長輩不時提醒我：你不屬於這裡。沒關係──其實我老早就知道他們說對了，某天看著客廳裡俗氣的布置，我開始覺得越看越煩，那時候我就明白自己不屬於這裡。所以十五歲時，我離家出走了。接下來幾年我到處打工：一下去銷售MCI長途電話方案，一下去Applebee's輪班，一下又到Git-N-Go加油站輪大夜班……到處做了一大堆沒前途的工作。有段時間我都睡在車裡，順帶一提，不管枕頭怎麼擺，車子還是沒沙發床好睡。

一九九九年，我的人生出現轉折。那天有位朋友請我載她去上班。從她家到辦公室的短短車程改變了我這一生。我常走的路線封了，便試走另一條路線，結果那替代路線也被封了。我又轉到第三條街，還是封街。我坐在車裡環顧四周，看看自己還能往哪走，接著看清自己半個選項也沒有。瞬間，這個念頭在我腦海裡清清楚楚地蹦出來。我待在一個沒得選擇的地方，得要趕快脫身。那晚我賣掉自己收藏的DVD，賣的錢拿來租搬家卡車。決定要離開的二十四小時內，我就上路展開現在擁有的這段人生。

肯流暢地把話題一轉，快速回顧自己如何在職涯中爬升，以及他從經驗中所學。演講的重心放在他要傳授給聽眾的三大精華資訊，他逐一拆解要點，就「為下個世代建設住宅的未來」，詳細講述這些要點為何重要。他是這樣收尾的：

各位同業，千禧世代需要有選擇。我們不希望他們坐在Uber往窗外看，卻像我一樣只看到死胡同。因為，如果千禧世代不搬家，如果他們買不到自己想買的房子而繼續租屋度日，住宅建設業就要垮了。聽起來很誇張，太戲劇化。不過，欸，我就逃跑過，還住在車裡。我喜歡戲劇化的故事。

而且我知道有家的價值。

我不是要說這次演講和肯接下來的職涯有啥關係——不過，後來大家一直在聽他發表意見，現在他成了電視上的明星。

要是想想瘋狂偵探牆對你寫稿流程的貢獻，這樣做其實沒那麼瘋。丟出一堆新想法，把牆面搞得亂七八糟，然後逐步梳理出成果，這樣的時光大概再讓人心滿意足也不過——要是你好好努力過。不管你是聽 Burma Boy 或馬友友，如果你認真挖出最好的題材，敞開心扉用全新視角思考內容，盤點這個題材能帶你前往的種種可能，你的綱要和敘事拍點就會變得跟一開始預想的風貌大不相同。

7

錦上硬添花

行過惱人（又重要）的追求原創性之旅

納森的四十歲生日就要到了，我在最後一刻才意識到自己還沒寫要在他慶生會發表的賀詞稿。這件事一直在我待辦事項清單上，前面的事項還有：要跟店家敲好暢飲活動、可頌熱狗卷（pigs in a blanket）太貴了得殺殺價，還得策畫最重要那一刻——納森走進餐酒吧，以為自己只是要跟四位英國朋友共進耶誕晚餐，結果被趕進私人包廂，忽然有六十位朋友跳出來大喊：「Sham sham woowee woowee.」（我保證等等會解釋那部分。）

我本來還打算和納森的劇團朋友一起精心籌備個演出。我們想要設計一段演講，內容不時穿插逗趣的小短劇，我還在一個月前就募集了一組人馬，準備大家一起腦力激盪。

接著我不得不去處理可頌熱狗卷的問題，野心勃勃的計畫就這樣被阻撓了。派對辦在十二月二十二日，前一天我坐在那邊沉思，想到頭痛欲裂：提到心愛的丈夫，我清楚自己想說哪些話，滿腦子台詞；但我也清楚，自己壓力之所以這麼大，是因為身為演講撰稿師，大家期待你會講出一段絕妙好話，或者至少要致詞得毫不費力。

告訴你一個祕密（知道這事對大多數人沒幫助就是了）：如果你是有能力的表演者，就能輕鬆掩飾自己的演講有多平庸；我認為梅根．馬克爾（Meghan Markle）二〇一五年的聯合國演講會那麼受歡迎，就是因為馬克爾讓人察覺不到她的演講有多普通。馬克爾的演講以一個美麗故事開場，提到她在少女時代被某則洗碗精廣告激怒，那支廣告將女性放進家庭主婦的框架，表現得像女人的生活都圍繞著打掃廚房轉。馬克爾和父親如今雖然疏遠了，但當時她是在爸爸的鼓勵下，寫信給自己想到最重要的人（當年這個人是希拉蕊．柯林頓）和洗碗精製造商的執行長。真沒想到，過幾周後，那個產品的廣告忽然就加入男性角色了。我得承認，這個故事很美妙，充滿了年少的抱負與純真。要是你沒發現開場以後的演講內容都超級老掉牙，那也無妨，畢竟這一切都被馬克爾在聽眾前的優秀演出掩蓋過去了。她是演員，表現好也挺理所當然的，但演員未必都是傑出的演講者。大家都看過奧斯卡頒獎典禮，我相信我不用多說。然而，馬克爾的表現連最憤世忌俗、一心想酸她虛偽做作的酸民（我本人）都幾乎找不到破綻。

嗯，我的評價或許和你對梅根．馬克爾的評價不同，或許你對英國王室恨之入骨，覺得我這樣誇馬克爾太超過；但我畢竟上過戲劇學校，在那裡度過我當時人生最快樂的一段時光，成天背誦莎士比亞和大衛．馬梅（David Mamet）的劇本，隨著音樂劇《西城故事》（*West Side Story*）的曲目蹦蹦跳跳——所以對怎麼在納森的生日派對致賀詞，我其實不太擔心。不過，準備演講時我也很清楚：表演沒那麼重要，講稿內容才是搏人喝采的重頭戲。我想找一種方法，能把納森所有獨特的特質都融入他應得的這段獨特賀詞中——賀詞絕對比「他人超好」還有趣。我腦海裡一心想著要有原創性，開始隨機搜索關於納森的各種不同事實，尋找我能從哪個新角度來寫講稿。

我突然想到，雖然我對納森有很多話要說，但就他的歲數來看，我只認識他人生四分之一的時間，而且聚會上有很多人——家人、大學朋友等等——認識我永遠不可能認識的他。我腦袋裡冒出這個想法時，瘋狂偵探牆上一張潦草的便條紙引起了我的注意。那張小紙條歸在「真相」的子分類，我把那個分類標記為「納森逼瘋我的事」。這個子分類下只有一張便條紙。目前為止啦。還記得我第一章提過，那個租祕密儲物空間來藏一堆尷尬戲服的故事嗎？這不是我編的——是納森的故事。自從我認識納森以來，他就一直付租金給曼哈頓迷你儲物空間（Manhattan Mini Storage），累積到現在好大一筆錢了；每個月我都會唸他：這個神祕小空間到底藏了什麼？到底什麼時候要清空它？我撰寫本書時情況仍然如此，未來幾年我想也不會有太大變化。我心想，這還真是個絕妙的類比；畢竟納森的人生，我不完全瞭若指掌。我想要是能拿儲物空間的事來開場，想必既有趣又出人意料，一定很適合當下慶祝的氣氛，一切就都兜得起來了。應該講一下，我目的是要把納森吐槽到死，火烤成灰。就我看來，如果你不打算逗人笑，就沒權利打斷聚會發言。

城市某處，有個曼哈頓迷你儲物空間，有位叫納森．菲利浦的人，每個月都會為這小小空間付租金。

別困惑，這位納森一看就不是那位膚色黝黑的澳洲演員納森．菲利浦，我是說以《飛機上有蛇》（*Snakes on a Plane*）聞名，劇中表演令人念念不忘那一位。我們這位納森長得和那演員不一樣，這位紳士來自新英格蘭，毛髮比人家多了點——這小夥子為人敏感，說話輕聲細語；他出名的不是衝浪技巧和六塊肌，而是他獨特的表演能力：納森一邊說話，一邊可以用自己的手做口型跟自己對嘴，幾乎什麼話都比得出來；還有，和他的軀幹相比，納森那雙腿實在短得很誇張。

這位納森．菲利浦，可能沒辦法在三萬英尺高空把你從一堆有毒爬蟲類裡解救出來，但可以在尷尬的場面裡吐出一句搞笑金句救場，把場面搞得更加尷尬。沒錯，各位女士先生，我說的是就你們都認識的、大家心愛的納森．菲利浦——這位好朋友，就算你在喝啤酒，也老是嚷著要「幫你添雞尾酒」；這位好兄弟，每年都會忘記你的生日，但年年都一樣愛你；這位好爸爸，老婆不在時會對三歲女兒放撒旦金屬樂；這位有乳糖不耐症的好老公，自己忘記服用乳糖酶（Lactaid）時就會警告我小心他腸胃發作。在曼哈頓某處租了儲物空間的，就是這位納森．菲利浦。

下一個拍點自然就出現了。為什麼他還沒清空儲物空間？很明顯，我接下來就是要問這個問題，而問題的答案製造了一個機會，讓我能繼續說個不停。請注意，我接著把語調提高了，就好像在講英國民間故事一樣——與其說我故意把語調提高，不如說是因為第一行用了「一位名叫納森．菲利浦的小夥子」這種敘事風格，我自然而然就走了民間故事風。

我和納森在一起已經八年了，他沒去過這個儲物空間半次。他大可把裡面的東西搬回我們公寓的閣樓。或者把一些高中游泳獎盃帶回家擺在他的巴瑞．曼尼洛（Barry Manilow）唱片和一堆七〇年代立體聲音響中間，雖然音響不能用，但拿來遮遮家裡那些為中產階級量產的 West Elm 層架也不錯。可是……他什麼都沒做。

為什麼？我可以向你保證，他放著那些東西不管，絕對和物品的價值無關。其實這個空間裡，塞滿了納森蒐集的各種照片和小玩意，都是他四十年來舞動飛躍、蹦蹦跳跳，還有——請容我這樣說——嘴砲唬爛，這樣一路行過世界的軌跡。從麻州福爾里弗（Fall River）到愛默生學院（Emerson College），從舊金山到紐約，所有的故事都在這裡。那是充滿珍貴回憶和珍奇怪異的寶庫。

所以，不是內容物有沒有價值的問題，他沒清空裡面的東西，是我的錯。

大家也知道，我很愛很愛納森。但我不知道自己的愛是否得經過這種考驗：看著他的老照片，看他長髮飄飄，一頭齊腰大波浪，戴著一大串耳環，腳踩二手木屐；或者看著別的會讓我想到他那副舊行頭的東西，他以前有很多棕色衣服，都是易燃材質；或者看著他的即興劇團道具，栩栩如生的橡膠胸部之類的，想著我們帶人來看房，對方很有可能會承租，結果他們環顧這座老公寓時，橡膠胸部就不知怎地從納森的櫥櫃掉出來。我想著我喃喃解釋，「哦，他有時會扮女裝」——潛在租客都嚇壞了，這樣有點難安撫人。

我也不用看他隨興收藏的演員大頭照，他收藏的理由是因為覺得人家名字很有趣。畢竟八年來，我們一直在吵納森能不能把某張特別愛的照片紋在手臂上，吵這麼久我才好不容易贏了。我們根本就不認識那個演員，可是他的名字已經變成納森每個重要帳號的密碼——訂電影票的 Regal Crown Club、Amazon Prime 串流平台、Nespresso 會員，當然還有計畫生育協會（Planned Parenthood）[*34] 的帳號。

承認罪惡感和否定情緒，讓我明白了一個簡單的事實：我不需要這些有形的紀念品告訴自己納森過去是怎樣的人，因為這些年他除了蒐集那些小玩意，也留著每一位朋友，透過這些朋友我就能知道他們和納森間的豐富回憶，認識他不怎麼骯髒的過去。講到了這一段，我也就能把敘事交棒給納森的朋友，讓大家聽聽他們怎麼說。我沒能實現那個演小短劇的構想，但我請他們每人傳給我一句話或一段文字談談納森——描述一下他們所知的壽星——我會把這些文字唸出來。大家交上來的故事和經典名言都很搞笑，每個人都費煞心思，因為他們知道這只是幫我個小忙，不是什麼冒險犯難的事。

唸完朋友的回顧，再過渡到其他主題就簡單多了。這段演講就從這裡轉換了話題。雖然我一向展現幽默和活力，但也想確保納森知道我多讚賞他。

> 之所以有這麼多的故事，是因為納森在四十年間做的事比寇克·道格拉斯（Kirk Douglas）在一百年裡做的還要多。我昨天在廣播裡聽到，寇克拍過八十五部電影。那我們就來數數納森的傑作：《麻佬窟》（*Massholia*）、《戰神廣場》（*Field of Mars*）、《我的謊言故事》（*My Lie Story*）、《世界上最快的男人（各方面來說）》（*The Fastest Man*

34譯注：計畫生育協會（Planned Parenthood）是美國最大的女性墮胎權倡議組織。

in the World〔*Generally Speaking*〕），《如何和女性約會》（*How to Date Women*），《網路喜劇秀》（*The Internet Comedy Show*），《（我就要）上你》（*Sex You*〔*I'm Gonna*〕），《乳糖不耐症：短劇》（*Lactose Intolerant: A Short Play*），還有那一大串默劇……還有他演過的角色：傑瑞．迪．布嚕咕咯溜咯呦（Jerry di Bruguglioglio）、波西．鬼扯淡（Percy Bollocks）、亞里斯多德．自戀男（Aristotle Narcisssus）。更不用說他在科技圈和廣告圈傑出的工作成果，納森的優秀傳得熟人圈以外都知道，國稅局徵收個人所得稅的人也知道：英特爾的《蔚藍之中》（*Inside the Blue*）創客計畫、得了艾美獎的互動式紀錄片《在一起》（*The And*）和他最近的大作《R》——這是部探討虛擬實境的電影，我可以跟你透露一下，這部片獲選在日舞影展放映。

根本沒有人，至少我認識的人裡面，沒有人有納森的想像力、智慧、無盡的好奇心、幽默感、耐心、不斷創造的能力和耐力——納森只有在一件事上沒耐力，就是開車上高速公路，這時他就會神奇地患上猝睡症，堅持應該由我來開車。

嫁給納森真的很辛苦。因為他每天都帶給我挑戰，逼我變得比前一天更好，少點躊躇不前，多點心胸開放，讓我能去做我想做卻又不敢做的事，讓我相信其他人會幫助我到達目標。

親愛的，我想和你一起創造好多回憶，等我們一起變老的時候，回憶會多到這城市裡哪個儲物空間都放不下。應該說，等我變老的時候——因為你已經變老了。

敬你，納森．菲利浦，皮膚超黑的四十歲大叔，雖然髮際線節節後退，但你向大家證明了重新開始吃雞肉永遠不嫌晚。乾杯！

如果客戶要談心愛的親朋好友，我會告訴他們：要是整篇講稿都矯情溫馨，聽起來會很空洞。致詞最後，我直接向納森說話，在對他的讚賞中流露柔情，我想對於現場聽眾來說，那一刻感覺非常真實。而且我實踐了演講實驗室的輪迴規則，在尾聲把演講帶回納森．菲利浦這個主題，同時又擠入一個現場聽眾都能理解的笑話——茹素二十年後，他最近又開始吃肉，而紀錄確鑿，大家都知道。

不管是哪位演講撰稿師，都必須把原創性當作指路北極星，我也希望每位講者都這麼做。畢竟，如果你講的內容不原創，人家幹嘛非得聽你講話不可？但要得出全新觀點和新想法根本難如登天，所以太專注在這個念頭大概會把你自己嚇瘋。上TED說創造力對孩子來說和教育一樣重要的大哥，並不是第一個這麼想的人。去談怎麼用竹子作為建材的大姐，她也不是發現竹子的人。所以最重要的是，你表達自身觀點的時候，用的語言要有個人色彩、具體明確又有原創性。對我來說，演講撰稿的技藝就是這麼回事。關鍵在於怎麼講，不在於講了什麼。

演講實驗室的作業流程有個核心，就是承諾客戶永不回收素材再利用。私下的家庭生活裡，我很熱衷回收——看過太平洋垃圾島的影像，有誰回得去呢？但只有演講素材這種材料，我絕對不會重複使用，尤其不會把一位講者的素材拿去給另一位講者用。不只是因為我想為講者量身訂製每場演講，讓他們講得真誠實在。而是因為我想要原創，想做點沒人做過的事。我很認真對待這項挑戰，認真到有時客戶會覺得受不了。我自己是渴望刺激情緒、打破界限的人，這個堅持或許也和我的內在需求有關吧——我希望自己能說：「就跟你說我做得到。」不過，就演講撰稿這門生意來說，獲得回報的是別人，所以我不認為這種個性算自私。比起硬撐著做完「還行的事」，放膽下海大幹一票更講求信心和勇氣。在我眼裡，沒有「還行」或「正確」這種事，沒人會只因為達成期望就變得「令人難忘」。

想要創新，想創造點什麼來緊緊抓住訊息接收方的想像力，方法有很多。如果是要打造敘事弧，在瘋狂偵探牆上戲耍實驗肯定能讓人敞開心胸和眼界，獲得原創想法；如果希望找到大家前所未聞的特定視角，偵探牆也很有幫助。但若要有原創性，就該把焦點再次帶回聽眾身邊，自問怎樣才能讓他們聽完你這場演講，覺得這次的體驗和過去的經歷大不相同。要做到這一點，不僅僅需要想像力和創見。為了釋放潛力，我們應該擁抱天性裡的大膽冒險，而不是扼殺它。

聽了這番話，你可能覺得是在說大話。也許你會問：「好喔，那你倒是說金恩博士的〈我有一個夢〉大膽在哪？」就這個問題，我會回答：馬丁．路德．金恩在這場演講放膽描繪了種族共榮的和諧景象——除此之外，你再看看二〇二〇年向華盛頓進軍遊行的影音紀錄，就會注意到，雖然上台演講的人都想讓社會變得更好，卻沒人能像金恩博士一九六三年那樣，向眾人傳達夢想。金恩博士寫這篇講稿的同時，全國處處都亟需來場道德反思。他拿壓迫對比自由，拿愛對比恨。金恩博士不是在寫演講稿，他是借重自己在教會的經驗，為美國寫了一篇布道詞。

二〇一八年三月有另一場重大的集會遊行，全國各地數十萬人聚集在華盛頓特區，加入一群青少年組織的「為青春生命進軍」（March for Our Lives）。活動尾聲，艾瑪．岡薩雷斯（Emma González）上台講述瑪喬利史東曼道格拉斯高中（Marjory Stoneman Douglas High School）大規模槍擊案的恐怖場面。她談朋友談了兩分鐘，接著有四分鐘——也就是槍手舉槍一個個屠殺她朋友的時間長度——艾瑪都保持靜默。艾瑪站在講台上面對眾人，看上去來勢洶洶，卻又顯得柔軟脆弱。靜音四分鐘，實在長得令人難受。不過，講句陳腔濫調，「沉默震耳欲聾」。聲量出常地高昂。

我認為，這些勇敢偏離常規的舉動，是就演講形式本身創新。講者不只追求引人細聽的故事情節和巧妙的敘事結構，還改造演講的樣貌，從而改變了演講的化學效應。一談到「形式」，在我腦中浮現的是一種與人「不同」的形式，這樣的演講擺在有頭、有身、有尾那種較傳統的形式旁，對比之下特別顯眼。我想的是，人們如何使用料想不到的元素和工具創造新事物，例如藝術家有時會用厚厚的油彩覆蓋畫布，讓最終成品帶著雕塑感，跳脫二維限制。

接下來我要談一件和菲爾．柯林斯（Phil Collins）有關的事，我很確定你沒想過我會聊柯林斯——原創性！驚不驚喜？意不意外？要是你還沒聽過〈今晚夜空中〉（*In the Air Tonight*），趕快去隨便哪個有在用的串流平台聽。要是你在家，家裡還有黑膠唱片，那最好。我是要讓大家知道，這章剩下的段落我都是邊聽那首歌邊寫的，不斷重複重複再重複。為什麼？唔，聽菲爾．柯林斯不需要理由。但就我要談的背景，是因為這首歌體現了「結構新穎」的概念。

整首歌幾乎都在電子音樂的迷霧中徘徊，配上柯林斯伴著音樂低吟，他這樣一直唱著，就在三分多快要四分鐘的時候，就在你以為自己掌握了這趟音樂之旅，正期待歌曲要以八〇年代流行樂風格淡出的時候，砰！打擊樂節拍轟然巨響，穿透電子琴樂聲，穿透柯林斯那回音強化的人聲。是在第四分鐘欸！一般的歌哪有這樣的？這段打擊樂就在歌要結束的時候開始，認真的！不過讓這首歌成為傳奇經典的，正是這麼個不同尋常的結構。

如果比起聽歌你更愛看電影，那可能會想起你第一次看《記憶拼圖》（*Memento*）時的感受。《記憶拼圖》是個倒著說的故事，觀眾前所未見。最懂突破疆界的創作者不僅敢於打亂內容，還敢於打亂包覆內容的結構——從行為藝術家瑪麗娜．阿布拉莫維奇

（Marina Abramovic）的互動式作品到名編導J．J．亞伯拉罕（J. J. Abrams）與人合著的小說《S.》（書裡夾了一堆配件、資料和線索）都是如此。柯林斯的〈今晚夜空中〉依然是首曲子。《記憶拼圖》依然是部電影。但兩者都挑戰了自身敘事媒介的慣例。

我最喜歡的講稿，有幾篇都是客戶大膽准許我耍玩演講形式的講稿。以我為布魯克寫的講稿為例——布魯克是位有影響力的大網紅，自稱她是走那種「大姊大」路線。我們曾合作過，在其他場合也有點往來；正因如此，當她受邀到某常春藤名校談「當科技遇上廣告」，我就知道她會想挑戰新花樣。布魯克經營廣告代理公司，我反覆閱讀公司專長介紹還有她談個人策略的文章，她認為就是這套策略使自己走在產業尖端。我們有幾條不同路線能走，但最後判斷要對這群充滿創造力、天真爛漫的年輕人演講，談「空白」再適合也不過。就布魯克的觀點，「空白」之處便是令人意想不到、尚未有人開發的空間，機會就站在這裡對人招手。「空白」（我們當時這麼開玩笑）不是川普造勢大會的前排座位。既然演講的一大要點是，「『空白』就是在創造意外連結的空間」——這精神和瘋狂偵探牆大同小異——我就想到如何讓聽眾與空白玩耍了。我也知道布魯克向來不怕打破常規，一定會一起玩這套。演講的開頭，她就把前提解釋清楚：

我所謂的「空白」裡，沒什麼約定俗成的事——沒有規則，沒有先例。是個未開發的領域。是個機會，讓你能以前人無從想像的方式講述新故事。我們這些說故事的人，就是要在空白裡創新。

就是這個。〔她舉起一張白紙。〕

我還沒在這張空白頁上寫下自己的故事。我在這一頁上什麼都能做。這就是白紙一張任人宰割。我可以在上面寫字，再把我的想法讀給你聽，對吧？大多數人遇到這種狀況就會這麼做。我覺得你們的教授一定希望我這麼做。好吧，考量到我要分享那麼多內容，這也不是什麼壞主意。所以，這就是——我的演講。〔她舉起另一張紙。〕我想到什麼就寫什麼，事情就該這樣做。我同事目前就在把整篇講稿發下去給各位，免得大家跟不上。你想的話，也可以現在把講稿帶走，自己再找時間讀，那也沒關係。要是你選擇這樣做——那就祝福你的眼睛啊，我用的字體超級無敵小。我還是比較希望大家留下來聽我講下去，因為我想用不同的方法說故事。我要想辦法讓你變成我故事的一部分。我要用空白創造與眾不同的成果，只有我們才做得出來的成果。我希望你聽我演講，但要怎麼聽得看你決定。我只要你盡量跟上就是了。

布魯克就這樣講下去，講到特定的段落，就請聽眾按照她身後投影的指示，一步步折疊、翻轉紙張。最後，大家用手上的紙摺出一條漂亮的紙龍。這個活動巧妙具象化「空白」這個隱喻，大受聽眾歡迎。

我不能每次都逼講者要有原創性，尤其是那些三不五時就要發表主題演講的講者。我明白，某套敘事可能不只吸引一群受眾，而且為了自己的腦袋好，你也不能每次受邀參加商務餐會就想新花招，硬要錦上亂添花。我也很清楚地意識到，某些產業領導者之所以反覆宣達同樣的訊息、倡導同樣的精華要點，是因為人家特別請他們這樣做。可是這樣講到了一個程度，就算是這類故事也得有變化。

不久前就有這樣一位產業先驅找上我，也就是Spanx的莎拉・布雷克利（Sara Blakely），他們內部的行銷傳播團隊坦承：同一套故事、同一組積木，布雷克利已經用超過十年了，需要更新一下。要是能和她合作就好了——塑身衣和巾幗英雄的故事有誰不愛？這正是 Spanx 大改造公司的好時機，因為金．卡戴珊（Kim Kardashian）剛推出自己的緊身內衣品牌（這甚至可能是他們找上門的動機）——遺憾的是，那塑身衣我摸也摸不著。原因我就無從得知了。可能我報的價不夠甜吧。又或者，和那些知名大行銷傳播公司相比，我大談「做完完全全不一樣的事」，顯得太邊緣太打不到重點。其他公司的提案可能更貼合重點又舒適。也可以說，人家的提案比較 Spanx 啦。

我的手法在旁觀者眼裡看來固然大膽，不過，雖然我不是每次都能讓最瘋狂奔放那版講稿付諸實行，還是成功說服不少客戶追求原創不打安全牌。例如，有位新娘的父親愛和女兒一起聽披頭四，我便想像有一張新的披頭四合輯，曲目都能對應新娘的個性、爸爸最喜歡的幾則新娘小軼事；新娘父親理出了播放清單，而他的致詞就是在解釋這份歌單。

還有位新郎不找伴郎而找了「伴娘」，這位伴娘從事消費品包裝業；我看了看瘋狂偵探牆，注意到她列出的軼事和事實裡，都標上了特定的日期和可計數的事項，於是致詞開場，她展示了一條大橫幅，上頭有條碼，有黑線，什麼都有。然後她開始解釋這些數字：

一九九八，我第一次在瑪莎葡萄園島（Martha's Vineyard）的分租屋見到麥可，就是那年。我們有一個共同朋友，那個夏天大都一起在外面混。我記得當時自己覺得他活力超充沛，很有魅力，但實在有點太黏他那台自行車了。

七，這是麥可每個禮拜試著拗我們一起自行車全日遊的次數。〔她指著〇〕這是我們答應他的次數。

有位在柏克夏（Berkshires）舉行婚禮的新郎，堅持婚禮那個周末他不只要致詞一次，也不只兩次，而是要三次；我建議乾脆在第一次致詞裡瞎掰一份基因分析報告，讓他唸給太太聽，因為新娘是位遺傳學研究員。我們想出來的妙招，是讓新郎送太太一份血液樣本，太太就能確切掌握接下來要面對的雄性禿、關節炎那一大堆問題，這樣新娘要在婚禮前反悔落跑還來得及。由於新郎比新娘大上二十歲，所以這招的效果非常好。我一般不會建議新郎把自己當致詞的主題，但我很努力讓這位新郎自嘲得徹徹底底（別擔心，他有很多好用的自嘲素材，絕對夠），確保他一有機會就把話題轉回新娘身上，還有最重要的一點，絕對要讓致詞從頭到尾都很搞笑，一定得讓每個人都笑個不停。之所以要發表到三場致詞，除了娛樂聽眾，沒有其他理由了。

跳出框架思考不是啥新概念，但一談到演講致詞，大家忽然就都被局限了，要不是親自詮釋知名歌曲還表演得很爛，就是自以為懂饒舌把大小事從頭到尾念一遍，要不就用那招：「我知道！我知道——我們就不斷輪播尷尬的照片吧！」《漢密爾頓》（*Hamilton*）在百老匯首演那年，我忙著對眾多伴娘婉言相勸，我跟她們說，致詞的時候表演劇中安潔莉卡．思凱勒（Angelica Schuyler）那首伴娘敬酒詞，根本就是老哏又自討難看。這種話我講過超多輪，只要我邊講電話邊翻白眼，我們家客戶經理就會知道「又來一個了」。

不過我遇過兩位金融業的年輕人，就叫他們賽和阿里好了，他們雖不想唱《漢彌爾頓》，但還真的想來段饒舌，我三番兩次勸阻都沒用。雙人演講本身就需要別出心裁的設計。每次有人來問多人共講的案子，我都會警告他們，這次合作首要任務是：不管演講怎麼規畫，千萬不能把一篇講稿分成好幾份，然後隨隨便便地一人分一段。我們要好好思考每位講者扮演的角色。多人共講如何呈現才好，要看演講主題而定。我曾讓三個青少年

「找到」他們母親的日記，以日記打造敘事，讓話題繞著母親為他們（和她自己）做的大小事鋪陳。最重要的是，這類演講感覺起來要像講者間的對話和動態交流——他們講的話要相輔相成，又或是互別苗頭（如果他們就是愛脣槍舌戰的話）。多人共講不只是「我說一句，你講一句」。

但是，賽和阿里要發表的不是普通的雙人演講而已。他們努力想跟華爾街最有權有勢的人打好關係；兩人被提名加入這個圈子的祕密兄弟會，這個祕密社群要在瑞吉酒店（St. Regis Hotel）辦年度大會，兩人身為菜鳥得要被學長們整整，要是不想被砸番茄、被噓，那他們就得準備一場掌聲不斷的表演才行。就在幾年前，《紐約時報》記者闖入這場大膽放縱的盛會，踢爆這個組織就是上流社會的俱樂部，時下金融和政治醜聞在這個場子都成了笑料，要不是拿來當下流表演的主旋律，就是被編成諧擬自由主義議題的諷刺劇。我可以證明記者寫的是真的——這是我從業以來第二次為了現場聽眾，不得不把我自由主義立場放一邊，硬在講稿裡開「占領華爾街」行動參與者的玩笑。

賽、阿里和我針對表演該談的主題討論了不少：希拉蕊的電子郵件、威爾伯・羅斯（Wilbur Ross）那人間蒸發的數百萬美元、巴拿馬文件、羅伊・摩爾（Roy Moore），甚至瑪麗亞颶風（沒錯，真的）。我建議我們改編強尼．凱許（Johnny Cash）的〈佛森監獄藍調〉（*Folsom Prison Blues*）。歌詞改成阿里因為穆斯林禁令入獄，賽因為內線交易被捕。聽眾很快就能聽出這是哪首歌，而且（我推測）這兩位沒啥節奏感，〈佛森監獄藍調〉的節拍對他們來說比較好上手。但他們想要來點「更酷」的東西，所以堅持要改編 **Jay-Z** 的〈心之帝國〉（*Empire State of Mind*）。我說，不要，拜託拜託不要；但，他們就是想要。

我就坦然向各位承認：雖然我覺得兩位客戶存心害自己被番茄砸滿身，但為這首經典歌曲改寫歌詞時，我還是度過了一段美妙時光。我還是青少年的時候，用多片式 CD 播放機聽了超多嘻哈和 R&B，如今成為演講撰稿師，聽到高超作詞家的作品與絕妙的節奏拍點搭配，更是覺得又受啟發又忌妒。前幾天我從廣播聽到某喬治華盛頓大學教授的一段話，他認為 Jay-Z 就是詩人羅伯．佛斯特（Robert Frost）的現代翻版。好吧，我或許像梅根．馬克爾那樣是個表演者，但卻不像 Jay-Z 那樣是位詩人，更不用說要掌握新歌詞怎麼和原曲搭配，讓賽和阿里兩人的演出同步就又更難了。他們練習演講那晚，我們坐在紐約一家大私募股權公司的巨大會議桌旁，從五十樓俯瞰第五大道（Fifth Avenue），我一邊為市中心高樓辦公室的閃爍燈光讚嘆，一邊試著專心處理手頭的任務。賽和阿里站在台上全力以赴，利用投影片和某個類似卡拉OK的app帶著他們表演完那份客製化腳本。我覺得自己的技巧至少還比這兩位更接近Jay-Z一點。

這一切當然是好玩而已，可是每個人在內心深處，都希望能像「饒舌之神」（Hov）[*35]那樣表演，而且你很難假裝自己不想。賽與阿里終究和其他許多人一樣落入陷阱：他們選了一首自己喜歡的歌，而非對演出場合來說有意義的歌。智取全場和譁眾取寵，兩者只有細細一線之隔。要是你發現自己使的特技或花招和你本身、你的演講主題半點關係也沒有，那你就知道自己一定正往譁眾取寵的路上走。說到這，我要告訴你：喊著「sham sham woowee woowee」歡迎一位剛滿四十的壽星，聽起來可能很蠢，但這是大家都熟悉的一段納森．菲利浦經典歌詞，他以前表演的時候，常常會加到自己的原創曲目中。聽起來很蠢，但特別有意義。

8 發生什麼事

如何讓故事為你演講

我永遠忘不了那次我和朋友卡蜜規畫去環遊東南亞兩個月。我們有條不紊地精心策畫好每一站、每一處海灘、每一家青旅，還有每次要去哪家還算體面的旅館奢侈一下，洗洗熱水澡、看整晚有線電視。等到出發那天，我的背包早就收好一個多禮拜了。那天早上我要做的，不過就是第二十次檢查隱形眼鏡和護照有沒有在背包裡——這兩樣東西你實在

35 譯注：原文「Hov」是 Jay-Z 稱號「J-Hova」的簡稱。「J-Hova」音似希伯來語上帝耶和華（Jehovah）的發音。由於 Jay-Z 曾在某次電視訪談中提到自己能在五到七分鐘內寫完一首歌，人們於是認為他的才華是與生俱來的天賦，才給了他「J-Hova」這個稱號。

不能去泰國的路邊攤隨便買買，除非你想趕快得個結膜炎。

我和卡蜜在地鐵上碰面，到機場的時候時間還很充裕。卡蜜把我們前往機場的行程都規畫好了，我們會有充足的時間辦登機手續，然後在哈德遜書報攤（Hudson News）翻翻雜誌——卡蜜愛看美容雜誌和它們的「內涵」，只要雜誌那疊亮亮的銅版紙照片內含免費試用包，她就喜歡。她甚至還挪出時間享用噁心的機場早餐，我們要用一杯咖啡為出航乾杯，咖啡喝起來有紐約市水坑的味道，也有自由的味道。

可是等我們被帶到航空公司的登機櫃台，我發現卡蜜的臉變成詭異的深紫色。我還以為她快吐了。畢竟她前一晚才和新男友一起過夜，我實在覺得那個男的很噁心。別擔心，我不是在說新郎。等卡蜜翻遍了她的隨身包，我才知道讓她反胃的不是那個俗男——她忘了帶護照……

說時遲那時快，卡蜜宛如 Netflix 驚悚片裡的雇傭殺手，風馳電掣咻一下把我推到登機櫃台，大喊：「幫我買本《美麗佳人》（*Marie Claire*）！」然後就竄上一台 Uber——上一位乘客還在努力把行李從後車廂扯出來欸。她趕回公寓，及時再趕回機場，還來得及去歐洲咖啡（Euro Café）隨便買個跟襪子一樣難吃的機場鬆餅，接著我們花二十幾個小時飛往新加坡，好好為這場噩夢療傷止痛。謝天謝地，卡蜜的那本雜誌裡有附臉部調理試用包。

其實這不是我的故事。主角是我一位客戶和她最親的朋友，她要當好友的伴娘、在婚禮上致詞，故事是她告訴我的，不過我剛剛說的是修修改改打打磨磨過的版本。當時我請艾蜜莉描述個跟好友卡蜜有關的難忘故事，她寫下來的故事長這樣：「有次我們一起去旅行，到機場的時候，卡蜜才發現她把護照忘在家裡，只好跑回去拿。我超怕她會錯過班機，結果她成功了，我們於是一起度過了精采的旅程。好險啊！」

這段回憶想必讓艾蜜莉重溫了當下的緊張刺激和歡樂搞笑，但身為讀者，我心臟半下都沒有亂跳。我冷靜到可以接個測謊機測測自己多心如止水。雖然艾蜜莉覺得這場大災難值得反覆回味，但我認為這段故事在演講裡的用途和她想的根本不一樣。對我來說，這就是典型的「你得在現場」事件——這件事就她和卡蜜的關係而言是重要回憶，但對其他人來說既不有趣也不吸引人。

我們的生活有一大部分是由這樣的事件組成，我喜歡稱之為「發生的事」。發生的事有的很大，有的很小，有些值得分享，有些或許不值得。為了以最有效的方式與聽眾建立連結，你得要能區分「發生的事」有哪些特質，好好思考它們各自的局限與可能性。

你大概會想到，先前我討論瘋狂偵探牆上各種分類的時候，提到「軼事」類的素材有許多精妙細節。「發生的事」就是我講的軼事類素材，能促進講者與聽眾的連結和共鳴。你可能會本能地把「發生的事」當作「故事」（story）。

當今社會裡，故事是許多人類苦難的調劑，也是個人直上青雲的策略。不能升職？你要學著如何講述自己的故事。感覺迷失方向？再去參加個講故事靜修營——保證你得到啟示和超多擁抱。今天不管你到哪裡——LinkedIn、狗狗公園、雞尾酒會——都會遇到某個傢伙說自己是「說故事的人」。但隨著這個詞被拋來拋去，「故事」的定義差不多碎得七分八裂了，大家想的都不一樣——畢竟我們要把 Instagram 那堆有閃亮表情符號和主題標籤的五秒限時動態當「故事」（story），也要把肯・伯恩斯（Ken Burns）拍的十二小時紀錄片當故事。

故事是什麼？為什麼我們要區分軼事類素材的特質？

故事是我們自己設計的構造，通常有整整齊齊的開頭、中段和結尾。故事經過是精雕細琢，全然由事件，或「發生的事」構成。故事通常包含特定元素，例如角色和場景，但最重要的是，故事得有高潮，還要有個大結局讓事件收尾，主角在收尾時會經歷某種蛻變。要是你碰巧是電影製作人或小說家，你一定知道，為電影或書籍創作個好故事需要一大堆技巧。假設作品屬於較短的體裁，那也不代表創作時的構思斟酌就能比較鬆散隨便。如果你參加過 The Moth 的活動，就會知道講述實際發生什麼事時，要準確找到營造張力的時機、給予聽眾適切的回報，又兼顧忠實交代來龍去脈，實在很困難。

要是準備演講時，你打算加入軼事類素材，覺得自己應該能講出個好故事，那就要注意了：自然而然發生的故事，很少有完美之作。就算你比畫得出故事的開頭、中段和結尾，這個故事就能提供聽眾他們期待的張力嗎？對他們來說，結局能算收尾圓滿嗎？故事刺激嗎？有趣嗎？緊張嗎？這麼做之前，你還是自問「以前有沒有聽過類似的故事」比較保險——要是聽過，那就得好好想想這故事是否經得起一談了。

把艾蜜莉在機場遇上的危機當獨立故事看，這個大災難其實也沒大到值得原原本本除重述一輪。故事裡沒人冒險奮身一搏，也沒人經歷甚麼重大蛻變。卡蜜沒錯過班機；

她也沒淪落到孑然一身搭機，和行李箱分頭去泰國；她也不是因為回家拿護照時和人共乘 Uber，就這樣遇到未來的老公。卡蜜不過就是按照原定計畫上了飛機，雖然晚了點。這個故事超普通，很多人都有這樣的故事能講。像我就一定曾忘記護照還錯過班機。這故事也不好笑。我只好把卡蜜打造成卡通版英雄，再拿 Uber 司機和機場鬆餅來替故事加點料，創造戲劇性。

雖然我得加油添醋一番，但不表示原版故事毫無用武之地。那就是「發生的事」，可以拿來雕琢一番，變成演講裡精采有意義的橋段。例如，要是我們想把卡蜜描述成難以捉摸又足智多謀的角色，艾蜜莉可以說：「跟卡蜜的冒險之旅會怎麼超展開，我從來就無法預料。後來我發現，我連這些冒險到底能不能展開都掌握不了——因為我們要去泰國那次，她竟然把護照忘在家裡了。」這樣就可以把這個故事拿來當「書擋」（你還記得我講的是什麼吧）：「有件事不難預料：跟卡蜜一起過日子，就是一場華麗大冒險。」還有一個做法，是從「我和卡蜜的旅程要從一九九八年說起，那次我們去泰國玩，結果她忘記帶護照」開講，然後在結尾給新郎來個蜜月行前小叮嚀：「你們的旅程才剛剛開始。你一定要做好準備……還要盯著她收好護照。」

後來我發現，卡蜜在現實生活中是出了名的健忘，所以我把這個故事拿來當哏：「……我發現她這個毛病，是我們去泰國玩的時候，她忘記帶護照，只好半路全速飆回布魯克林去拿。」我把這個故事跟卡蜜愛搭紐約地鐵這一點連結起來：「那天，她連地鐵都不等了，不管A線、B線還C線都不等。」故事本身沒多少內容，卻在我們巧妙應用之下博得滿堂大笑。

優秀的演講撰稿師，本質上就該是個優秀的說書人，因為演講這種事，就整體來看也像講故事一樣，必須帶給聽眾張力，也要讓他們能釋放情緒。演講需要精心建構，開場巧妙，收尾高明。不過，跟多數人想的相反，想講出精采的演講未必要有精采的故事才能成全。就演講而言，人們生活中碎片化的時時刻刻——也就是「發生的事」——放到更大的敘事架構中，同樣能有效發揮作用。這樣的軼事類素材能拿來解釋不相關的大要點——也就是說，軼事能用作類比或隱喻；能在演講中引入主題或新想法；可以證明針對其他事的想法或觀點；能為演講的開場和收尾打造框架；或為笑話鋪哏。就算是最渺小的事件，也有可能是敘事這座大金礦落下的碎金塊；把大事件拆成小事一點一滴分配在整場演講中講述，對呈現也可能有幫助。無論你怎麼應用那些事件、故事、發生的事，有一點你都一定得清清楚楚放在心裡，也就是：你為什麼要在演講裡提到這些事。

艾蜜莉以為自己手邊有個精采好「故事」，但其實正如我稍早分析的，她手上的不是故事而是哏。說到擔任伴郎的達斯汀，那就是另一種狀況了：他本來只是隨口聊起一件「發生的事」，聽起來滿普通的；不過我接著本能地推他一把，想了解更多資訊，卻挖掘出了超乎預期的內容——達斯汀隨口聊起的小事，敲開外殼後是則美麗的軼事，為演講打造出緊密串連的開場和收尾。

達斯汀回答「二十個問題」時告訴我，他和拉胡爾（新郎）以前會一起組玩具車，拿來玩賽車遊戲。他不過說了這點話。沒啥特別的，真的很普通。大部分的小男孩都會玩玩具車——現代那些超級進步派育兒聯盟對此非常懊惱——重談這種平庸的回憶，一般不會讓渴望原創性和幽默的聽眾滿意。但不管怎樣，探討過去的回憶如何影響自己對當下的了解，都是個值得思考的問題吧？

這概念聽起來可能很熟悉——就是因為這樣，我才會敦促雪麗去想關於格林威治天文台的回憶；才會問喬治他的高中回憶，他才又重新想起那條短車褲。伊萊和盆栽的故事也是如此。我當時覺得達斯汀應該也有更多事能分享，便接著請他聊聊他們都怎麼玩車。玩具車哪裡來的？賽車時發生什麼事？通常都是誰贏？誰比較想分輸贏？我一問再問。挖呀挖呀挖！

令我欣慰的是，我的直覺沒錯，講到小小玩具車，達斯汀可是有大大回憶。我們從玩具車的軼事發掘談耐力的巧妙隱喻，更令人滿意的是，演講的一大重點就是談拉胡爾怎麼長成能量無限、想法瘋狂奔放、超級無敵愛刺激的傢伙。長大成人後，「拉胡爾」根本就是「緩慢穩定」的反義詞，達斯汀懷舊的玩具車往事，正好能為此鋪陳埋伏筆。

我認識拉胡爾很久了，從我有記憶以來，他就是規畫事情的人，是運籌帷幄的戰略家。我們當年最愛的事，就是組遙控車、玩遙控車。就算引擎動力太大會把車子搞壞，我都愛拿最大的引擎組最快的車。不過，拉胡爾組的車總比我更平衡協調。他不在乎車子動力大不大、跑起來快不快、車輪夠不夠炫。他組的車很穩定，堅固耐久。

要是你搭過拉胡爾開的車，聽到他這麼小心審慎地組遙控車，大概不會太驚訝。他開起車來根本和我奶奶一樣。但如果你對拉胡爾魚雷般的能量和大嗓門不陌生，或許就會很訝異了。

拉胡爾什麼都響亮——他說起話來大聲，笑起來大聲，似乎連想起事情都很大聲……甚至連服裝感覺都超響亮，存在感超高。可別被他今晚穿著燕尾服、衣冠楚楚的樣子騙了，等他戴上這個〔達斯汀拿出一條髮帶〕——今天是要狂歡的場子，你以為我會讓你逃過這條檸檬綠髮帶嗎？

等到尾聲，達斯汀聊到拉胡爾和他未婚妻貝絲的時候，就圓滿回收了這個故事，他說雖然拉胡爾這個人超級嗨，但這對夫妻其實「就像拉胡爾在高中最喜歡的 Subaru WRX STI 精心打造：一車永流傳」。

真是有夠詩意又超搞笑。婚禮致詞就該這樣結尾。

達斯汀的演講充滿「發生的事」，像是玩具賽車等等小花絮，這是因為撰稿過程中我靈活應變、放開心胸，用了許多軼事類素材，同時也一邊警醒自問：我為什麼要加入這些橋段？種種素材橋段打造出的演講，架構有首有尾，以車為書擋，動人無比又機智無雙。就算整篇講稿裡沒半則超凡脫俗的故事，演講最後還是觸動人心，滿富情感——也滿腹幽默。

有些人的故事確實精采絕倫、波瀾壯闊，自然而然就搬演了完美腳本：登山家差點命喪攻頂路、科學家發現新種微生物、創業家打造出定義新時代的科技平台。大家一開始會找這些人去演講，通常都是為了他們的故事。就算是這樣，這些人還是得加倍努力，先找出自己受邀分享故事的原因，再把自身經歷背後的意義融入故事，帶出自己不為聽眾熟知的面向。

有一次，一位殘障奧運金牌運動員找我幫忙撰稿，我於是能藉機研究怎麼在演講應用險難中求生的故事，機會實在難得。我雖熱愛跑步，卻不擅長全方位運動，所以聽到戰勝身體殘疾的故事都會敬畏不已，不過接到這個案子前，我的合作對象裡沒有哪位能親身講述這類經驗。

雙腿截肢的康納，在他從事的專項運動圈被譽為有史以來技巧最精湛的選手，放眼全球無人能出其右。第一次見面時，他告訴我：「有時候，我推著輪椅在紐約市晃，擦身而過的人便露出會心微微一笑對我致意，感謝我對國家的付出貢獻。不知道他們聽到哪項事實會比較失望：一、我是平民不是軍人，二、我是加拿大人。」金句！我一聽就知道這案子一定會被我列入最難忘專案清單。談起別人對他的錯誤期待，康納態度自在，妙語如珠又帶點不形於色的諷刺感。我把那句話寫進他講稿的開頭。

康納是推著輪椅來我們辦公室的，他說自己大部分時間都坐輪椅。我發現他很快就敞開心胸，跟他談話很輕鬆。康納告訴我，他正在找人「指導」他或協助他將訊息傳遞得更好。這個人不一定得替他掌控全局，也未必要逐字逐句改他一直以來講的人生故事。但我向他保證，我這套方法能使他以不同方式探索自己的故事，將故事呈現給一群嶄新的聽眾。我想確保康納能靈活善用這個激勵人心的背景故事，讓它發揮最大影響。

簡單來說，康納的故事是這樣的。

許多在郊區長大的加拿大小孩一心只想當職業曲棍球員，康納也不例外。直到有一天，康納到最要好的朋友家，兩人在車道上玩耍；這時朋友的母親和她男朋友開車上車道，男友當時喝醉了。小倆口當時正在吵架，那個男友怒火攻心，不但沒停車，反而踩了油門，車子橫衝直撞重擊車庫牆——康納當時人就站在那。車子把康納釘在牆上，壓斷他雙腿，成為職業曲棍球員瞬間成了遙不可及的夢想。康納一邊努力克服失去雙腿的挫敗，一邊開始參加輪椅運動。如今他已取得多面金牌，是許多殘障運動員的偶像。

康納對國高中的孩子演講時，常透過這個故事細細闡述想傳達的訊息：堅持不放棄有多重要、團隊合作有什麼好處。他會來找我，是因為最近他受邀對一群絕對比中學生更老練世故的聽眾演講。有位矽谷科技公司的老闆把康納視為勇氣與決心的象徵，他認為公司裡的千禧世代員工需要上一課，看看現實世界，認識一下真正的「努力奮鬥」長得怎麼樣。主辦人說要請康納對「小朋友」演講，可是，這些「小朋友」和他平常面對的小朋友又不太一樣。

不可思議的事我聽多了，不過康納的動人故事談的是脆弱、毅力和務實精神，和我聽過的其他故事都不一樣。然而我仍舊擔心，一五一十描述他遭逢巨變的駭人細節，可能會無意間讓聽眾感到絕望。我喜歡看人聽演講時哭，但前提是落下的淚水得是受到啟發後的傷感之淚。主辦人清楚告訴康納，她希望能辦一場啟發聽眾、激勵聽眾的演講。所以我們決定：每當來到演講的轉折點，只要辦得到，我們就要打破聽眾對他人生故事的先入之見。於是，康納談到少年失去夢想的那天，便向聽眾點出：他講的不是自己而是摯友——好友的媽媽後來上了法庭又進了勒戒中心；媽媽男友是這位好友生活中唯一接近父親形象的角色，但也進了監獄；好友自己則進入未成年人寄養庇護系統，身無分文，孤身一人。康納告訴聽眾他早上在醫院醒來發現自己的腿不見了，但同時也跟大家說，三天後的生日是他有生以來最棒的一天，因為他從沒收過那麼多禮物。回憶起有天自己坐在鞦韆上，祈求上帝顯露個跡象，表示他會重獲雙腿——我們把這個場景講成一個轉捩點，因為當時啥都沒發生，他於是明白自己得要用這副身軀度過餘生。他年紀還那麼小，卻被迫發展出成熟態度，能夠接受命運的安排。這一刻改變了他的人生。改變他的不是那場意外，不是醫院，而是他一個人在後院靜靜地盪鞦韆的瞬間。

我們繼續尋找他人生中的這些瞬間——包括他怎麼認識他太太——和康納從中學到的智慧，將它們和聽眾可能感同身受的經驗逐一配對連結。例如：成功就是有能力做選擇。成功不在於你有多好，而在於你願意改進多少。成功不是結果，而是過程。

我來跟大家聊一下我太太。她超辣。和她結婚絕對是我活到現在最大的成就。而且她腿很長，長到夠我們夫妻倆平分。我們第一次好好講話，是在共同朋友的婚禮。我那天參加婚禮樂團演奏，調鋼琴的時候她過來打招呼，因為現場她認識的人沒幾個。後來我們就一直講話，聊個不停。第二天，我們發現彼此都要獨自開車去溫哥華，所以就一路同行。一起開了三天。加拿大很大。如果你打算在一月份搬到那邊，可以參考一下這個小資訊。一路上我們輪流領路，然後停下來加油、在小餐館吃午餐，或在汽車旅館過夜。每次休息後各自回到車上，我們都會回味剛剛的對話。這實在是認識一個人的絕佳方法。那次旅行之後，我從溫哥華搬到紐約，去亨特學院（Hunter College）學音樂，這樣就能離她更近了。如果回到十一歲，你問我怎樣才叫成功，我會說：用義肢走路上學。如果回到十七歲，我會回答你：為加拿大得金牌。回到二十九歲呢？二十九歲的我，只想寫音樂，還有和曼蒂在一起。

要是讓康納獨自寫講稿，他可能會專注於主要事件——也就是那場事故，還有即便他遭逢劇變，還是贏得了多少獎牌——集中火力，寫得好像只有那些事值得一提。那樣康納就不會跟聽眾提到，他和小學時代的死對頭彼特．麥克勞林在學校遊樂場比伏地挺身，努力想多做幾下打敗對方，結果每次卻都因為姿勢不良落敗。要是那樣，等他講到自己第一次參加殘障運動員訓練營時，教練跟他說「只要你願意，就能變成最強運動員」，他就沒有辦法回收前面埋的哏，沒辦法說：「彼特．麥克勞林去吃屎啦！」要是那樣，他就沒辦法把其他故事寫進講稿裡，像是他怎麼認識太太，怎麼和曼蒂一起公路旅行，怎麼上音樂學校、生小孩、學會做超好吃的義大利麵。他也未必會知道如何讓聽眾覺得這些故事與自身相關。

如果你的故事跟康納的一樣宏大，就很可能被當成某種人間寓言，要找到其他方式分享故事就難了。可是康納的故事離結局根本還很遠。他才三十多歲，眼前還有大好人生。那些被其他人當作他故事的事，其實不過是一堆既恐怖又精采的「發生的事」。這次演講他得設法解構聽眾無意間替他建構的一連串框架，拆解那個「從前從前有個小男孩失去雙腿，後來成為奧運選手」的框架，圍繞著「發生的事」打造一套新的敘事。我們把他的故事拆成零散碎片。這時就得要回到這場演講邀約的「為什麼」，康納這趟去矽谷得要總結自己的經歷，不單只是要啟發聽眾，而是得教導聽眾一些課題。最後演講奏效了。後來康納寫電子郵件給我，說他先前一直很緊張，但跟平時比起來好得多，而且演講很成功。「這就是準備的力量……也是好文筆的力量。」他信裡寫道。

我不會宣稱自己撰稿時從沒對故事一字不改，要是這樣說，絕對是謊言一場。但故事往往不等於演講。故事等於演講的案例，我只想得到一個，而且是真的很獨特的狀況。

我和亞緞安第三次合作時，她告訴我自己曾被性侵。我說不出話來。前一年，她成立的女性社運組織剛滿一年，我才幫她慶祝過；我們最近一次合作，則是為了紐約市某知名女性研討會，為一場小組討論列出談話要點，亞緞安描述自己先前在職場遇到的歧視，是怎麼差點害她家的新生寶寶沒命。我在紐約各處女性共同工作空間跑，都會遇到亞緞安，都能和她聊聊天；我們都是職場媽媽，也都是渴望幫助他人的女性，很享受這樣的共通點。我還以為自己早就知道她所有的大祕密了。

布雷特．卡瓦諾（Brett Kavanaugh）提名確認聽證會後，亞緞安來找我，透露了這件大事。當時這位最高法院大法官被提名人，面對克莉絲汀．布萊希．福特（Christine Blasey Ford）博士指控他性侵，發表激烈的自我辯護言論；社會大眾大感衝擊，推特上到處是 #WhyIDidntReportIt（#我為什麼沒報案）的主題標籤，狠狠回擊那些不斷跳針說「那如果真的發生這種事，你為什麼不報案？」的男人。

「我十六歲的時候，被強暴了。」有天我和亞緞安通話聊天時，她這麼告訴我，語氣平淡，展現一種就事論事的態度。我是聽到什麼事都會說「我好難過」的人，所以我很確定自己聽到的當下，一定馬上就連珠砲似地狂說「你遇到這種事我好難過好難過好難過」，畢竟這個場合這樣講也沒錯。亞綴安告訴我，這件事只有她先生、父母和姐妹知道。現在她希望我幫她公開分享這段經驗。

讀到這裡，你應該也都知道了：開始做新專案的時候，我一般都會先和客戶聊聊天，這樣聊有理由也有目的，就是想釐清演講的目標、大家對演講的期望。接著我會開始思考自己要問什麼問題，好挖掘出講者獨特的故事，看看能否用這些故事為要傳遞的訊息塑形添色。不過我和亞綴安聊的時候，只柔柔問了一句：「能說說當時發生了什麼事嗎？」接下來二十五分鐘，我坐在辦公室裡，周圍環繞著平淡無奇的日常事務，一邊聽她繪聲繪影、巨細靡遺地講述來龍去脈，步步鋪陳到事件當晚、性侵本身，以及後續事件。身為演講撰稿師，工作就是要聆聽別人的故事，這次聽故事的體驗，在我職涯裡真是數一數二令人沮喪。

卡瓦諾提名確認聽證會期間，有人對福特博士的指控反彈，質疑她記憶的可信度，指出福特博士從未將性侵事件舉報當局；亞綴安因而認為自己有義務挺身分享她的經歷。

亞綴安被侵犯時，確確實實報案了，但警察不相信她，更堪憂的是，連父母都沒為她辯護。她想譴責社會面對性侵事件的氛圍，這種氛圍充斥著性別主義、文過飾非和恐懼，摧毀無數人生，對受到可怕侵犯的人造成無法彌補的傷害。如果想譴責這種氛圍，就得將她過去發生的事詔告天下，那就這麼做吧！她會在華盛頓廣場公園舉辦集會，邀請來賓和路人參與對話。

我電腦裡的專案資料夾一定會有三份文檔（當然還會有好幾份草稿），每位客戶的每場演講都是如此：創意電訪的筆記，以及二十個問題和對應的答案。可是這次的專案資料夾，只有電訪的筆記和兩份草稿。亞綴安講完經歷後，我意識到自己什麼問題也不用問。重點就是完完整整地分享故事。不管拿這段故事來耍什麼花招，都會糟蹋它既原始又真實的力量。但這場演講也的確需要點精華資訊或行動呼籲，告訴大家該明白什麼、做些什麼。向大眾吐露亞綴安遭遇的暴行，重點是要道破：那些本應保護她、捍衛她的人，在事件當下對她投以多少否認與猜疑。我們照樣重述一次故事，不過在不同的段落反覆用「你相信嗎？」來凸顯事態——講述種種簡單平凡的細節時，我們反覆這樣問，例如：亞綴安十六歲時獨自去旅館自動販賣機買東西，完全沒有人陪。隨著故事變得越來越令人難受，我們還是不斷問「你相信嗎？」，逼著聽眾像當初做筆錄的警察，被逼著判斷亞綴安一路講述的事發經過，到底是哪裡不可信。演講來到尾聲，亞綴安要傳達的精華要點就十分清楚了：這場活動要求聽眾「相信我們，我們舉報了暴行，你就要支持」。亞綴安的演講很有力量，坦誠揭露了一件她隱瞞終生的祕密——這場演講是個很好的案例，充分說明了對講者而言「我為什麼講述這個故事？」有多重要，同時也點出，對撰講稿預設規則這件事簡直就綁手綁腳到離譜。

亞里斯多德的《修辭學》（*Rhetoric*）就探討過情感（pathos），並要講者研究如何觸動他們聽眾的情緒。不過，關於人類如何發展說服他人的溝通能力，我最近讀到比亞里斯多德更久遠的紀錄，深深為此著迷。在前面的章節就提過，以色列歷史學家尤瓦爾・諾亞・哈拉瑞在他二〇一八年出版的《人類大歷史》就提出了一種觀點：在他所謂的「認知革命」後，人類有了創造虛構事物的能力，正是這種能力使得智人得以存續，不像其他人屬物種無法生存。智人有討論彼此八卦的能力，於是得以組成規模稍大的一百到一百五十人團體；但要建立軍隊和帝國，就需要用另一種手段，也就是說服彼此相信共同的神話或虛構事物，這種能力使智人得以跨越門檻。哈拉瑞指出：就像兩位天主教徒會因共享的宗教神話而團結，兩位互不相識的美國人也會因信仰共同的國族神話並肩作戰，而兩位律師也會在法庭上一起為陌生人辯護，只因為他們都相信法律、正義和人權。對我來說，哈拉瑞提出的觀點非常有力量，人們會圍繞品牌、宗教和制度等等概念而相聚、組織團體，原因不過就是我們有能力創造想像出來的現實。我想到演講時，一定會想到篝火和說書人，想到古希臘論壇和岩洞壁畫。也會想到智人，還有智人想像出來的現實。我會想，作為講者，我們的工作和那些古早以前毛茸茸的祖先一樣，都得運用想像力：要用有創意、出人意料的方式，運用我們截肢、虛驚一場、刻苦耐勞、掙扎求生和搞丟護照的故事。

故事不會自動變成一場精妙演講，演講成敗也不單靠一段精采故事。但如果花時間好好檢視軼事類素材，把它們翻來倒去、拆解支離，再結合激勵人心的數據、稀奇古怪的真相和坦言不諱的觀點，發掘這些素材的新用途，就能發掘軼事無窮無盡、令人興奮不已的潛力。

第四部

打磨

PART FOUR
THE POLISH

9

我要來場 TED Talk

被誤會的「即興」

開頭提到，那趟九十五號州際公路休旅車之旅改變了我的人生，之後大概過了一年，有位多年好友的祖母過世了。多難過的事啊，失去至親往往令人哀傷，想到這位逝者平時多麼熱情洋溢、活力充沛，就更覺得難受了。黛安常穿貼著雙峰的V字領，身高大約一百二十五公分，腳下細高跟鞋托著她嬌小身軀晃啊晃；她年紀越大，領口就開得越低，鞋跟也越來越高。她既能當溫柔慈祥的祖母，又能當耀眼迷人的女郎。借我外婆的話說，黛安這樣的人，「打著燈籠都找不到」。我外婆還真好意思這樣說呢，她也不想想自己多活蹦亂跳。我們沒人不愛黛安，她孫子的愛慕之心更勝過所有人。不過——我忘了自己是進猶太教堂時聽他說的，還是等他開始演講才恍然大悟——到了某個時間點，我才搞清楚原來黛安的孫子打算即興講完整段致詞。我這位老友每天都去探望黛安，照顧她、對她傾吐心聲；如今親愛的祖母走了，他有機會對逝者致敬，竟然想把這個機會胡亂揮霍。這麼做是要幹嘛呢？我隱約記得朋友說他覺得自己什麼筆記都不用寫，他非常了解黛安，想要單純「講真心話」。

我**超討厭**這個講法。這根本是在誤導人，因為這是在暗示大家，不「講真心話」就不真。我認為與其說「講真心話」表示真誠實在，不如說是體現了狂妄自大。在演講實驗室，我最愛告訴人：大家要用真心思考，用大腦講話。換句話說，我們得靠大腦裡的過濾器確保自己最真實的想法、感受和概念，能被精心編排、好好傳達，讓聽眾能夠理解、感興趣。沒準備就發言，就是在削減和聽眾接觸的意義。如果你講的話吸引不了聽眾，那他們幹嘛要聽？

朋友零零散散講著自己對祖母的想法，每段話都有欠組織，我在台下實在看得有夠尷尬。之後又過大概一年，我自己也得致悼詞了；那時我親愛的外公過世，一眾親友齊聚格拉斯哥（Glasgow）坐七（shiva）*36。收到外公去世的消息，我馬上開車到甘迺迪國際機場，搭上從紐約市飛往倫敦的班機，再趕往格拉斯哥，隔天晚上就得致詞。根據猶太人習俗，人一過世馬上就得下葬，很難準備什麼高品質的悼詞。你或許會覺得我這套方法本質上就很不猶太，畢竟我強調致詞要準備周全，不過這也不是我第一次當爛猶太人了——不信你可以問我外婆，有次我要請她多給點牛舌，結果把牛舌講成火腿。[*37]老天。老實說，我覺得嘴裡被硬塞了牛舌才是種罪。可是我當時年紀太小，根本沒辦法為自己辯護。

不過我得為自己這套方法辯護，即使準備時間短促，它還是派得上用場。我有好幾次在二十四小時的期限裡幫別人寫好講稿。只要來點咖啡或茶之類的興奮劑就夠了。我跨越了大西洋，再轉搭計程車，這一路上一直擬稿又重擬，抵達我外婆家隔壁怪怪的 Airbnb 後，還窩在床上整晚改稿，要是有人因為這樣指控我寫的講稿不誠懇、欠缺真摯情感，那我絕不和他善罷甘休。

有次我替一家人寫悼詞，紀念紐敦大屠殺（Newtown massacre）[*38]喪生的孩子——我向你保證，稿子裡字字句句絕對都是出自家屬破碎的真心。友人和記者提問的當下，那家人心碎到幾乎無法拼湊出一詞半句回應，更別說還要拼湊出成篇文字來和他們家五歲的小天使道別，明明幾天前他們才揮著手把孩子送上校車。你問我的話，我會告訴你：

認為這些家屬不用先把他們的想法寫下來，就站在孩子的墳旁把追思的話說得條理分明、適切合宜，這種想法實在太離譜，而且有夠無知傲慢。一想到我就心煩意亂。

我常常為「真」而戰。演講實驗室成立初期，我往往得要兩頭作戰。一頭是有些（我覺得很蠢的）人指責我在幫人作弊。他們認為，準備演講時尋求幫助——尤其是談個人經驗或重要人物的演講——某方面而言既得體又不講武德。彷彿你組織自身想法傳達給聽眾時，表現得思路清晰、有智慧、有溫情、機智風趣，就等於發起競爭。這種評論根本可笑、過時又自私。電影《伴娘我最大》（*Bridesmaids*）中，克莉絲汀・薇格（Kristin Wiig）和蘿絲・拜恩（Rose Byrne）飾演新娘的朋友，兩人互相敵對；婚禮預演晚宴上，兩人在

36 譯注：「坐七」為猶太教喪葬習俗，亡者下葬後，一等親內親屬會守喪七日，期間不坐椅子，只能坐在地板或矮凳上，稱作「shiva」（源自希波來文的「七」），英文則常稱作「sitting shiva」。

37 譯注：醃牛舌是傳統猶太料理，而豬肉製的火腿在猶太教文化中則被視為不潔的食物。

38 譯注：此處指的是二〇一二年美國康乃狄克州紐敦鎮的桑迪胡克小學槍擊案（Sandy Hook Elementary School shooting）。

酒會中展開敬酒詞大戰，一心想向對方證明自己和新娘的關係比較好。那場戲就像在看《街頭痞子》（*8 Mile*，也是部精彩電影），只是沒有饒舌歌手阿姆（Eminem），也沒有莫基・菲佛（Mekhi Phifer），兩人的口舌之爭也不涉及什麼作詞技巧。拜恩的角色是優雅周到的晚宴主持，兩人幾番脣槍舌戰後，拜恩引了泰國古諺語要做結，薇格飾演的眼紅伴娘奪過麥克風，準備還以顏色：「念書的時候，我和莉蓮一起學西班牙文，所以我想用西班牙文對你，對這裡的各位說：謝謝你住在房子，在學校，在藍色濕場。你河得一定要凱心（gracias para vivar en la casa, en la escuelas and el azul marcada, tienes con bibir en las fochtwaza）。」[*39]我們從這場戲學到什麼教訓呢？不要用英文即興發揮。不要用你不會的語言即興發揮。不過，如果你還沒看《伴娘我最大》，一定要去看。你會感謝我的。

另外有個現象很普遍（我真希望沒這麼普遍），也就是：有些客戶對請人代筆沒那麼多掙扎，但卻還是得為「真」糾結——這些人都已經聰明到能理解向人求助很重要了。不過他們卻為了大眾觀感陷入困境。這些客戶希望自己的演講顯得自然又輕鬆，就好像在講話當下將種種美妙深刻的思想啟示信手拈來。他們希望自己流暢得像芭蕾巨星米斯蒂・科普蘭（Misty Copeland），扮演火鳥（Firebird）[*40]優雅地滑過舞台；或麥可・

喬丹飛越空中射出「那一投」（The Shot）。[*41] 但他們都忘了，想顯得毫不費力就得要拚命努力，要花上數年苦練，努力改進。因此，每次有客戶講那個e開頭的詞，我就超抖。不不不，我說的不是「毫不費力」（effortless）。比「毫不費力」更糟，是「即興」（extemporaneous）。

我會被它搞瘋，其中一個原因是：跟我談話時用上「即興」的人，感覺連這個詞的定義都搞不懂。查查辭典，你就會明白大家為什麼會滿頭霧水了——因為這個詞在辭典裡竟然有兩種定義，而且還根本水火不容。第一個是「心血來潮創作、表演或發聲」，第二個則是「精心準備，但發表時不看小抄或稿子」。定義還不只這些——在美國，大家還以

---

39 譯注：此處西文純屬胡言亂語，於詞性、發音、文法各方面皆有錯誤，也有一些字根本不存在西文中。

40 譯注：米斯蒂・科普蘭（Misty Copeland，一九八二—）是美國芭蕾舞家，有非裔血統，是美國芭蕾舞團（American Ballet Theatre）首位非裔首席舞者。科普蘭曾於芭蕾舞劇《火鳥》（*The Firebird*）中扮演代表「善」的火鳥，大獲好評。二〇一四年，曾出版繪本《火鳥》（*Firebird*），以自身故事鼓勵沒自信的小女孩努力成為芭雷舞者。

41 譯注：「那一投」（the Shot）指的是「空中飛人」麥可・喬丹於一九八九年NBA季後賽中投出的一球。當時芝加哥公牛隊（Chicago Bulls）對上克里夫蘭騎士隊（Cleveland Cavaliers），比賽最後三秒時公牛隊落後一分，喬丹甩開防守，接到球後切入三分線內急停起跳，騎士隊球員也躍起防守，喬丹停留空中，待對方落下後出手投籃命中。

第三個定義為中心概念，打造出一種古怪的高中辯論賽文化。不過我們還是先來看第一個定義吧！

「即興」（extemporaneous）一詞源自拉丁文 ex tempore，詞義基本上就是「跳脫場合或時間」——換句話說，就是「立即」。根據《韋氏辭典》（*Merriam-Webster*）的說法，早在十七世紀就有人用這個詞描述隨興自發的演講。要當個能言善道的人，心血來潮就說得出聰敏、風趣、精準觸動受眾情緒的話語，那可是得身懷獨門絕技。能如此登峰造極的人，實在少數。就連鮑里斯・強生（Boris Johnson），這位英國最討人愛又惹人厭的政治家（以「哎呀，看看我這一頭亂髮，我不知道我在這幹嘛，我不過就天生口才好」聞名於世），發言也得先寫稿。客觀來看，不得不說強生的演講確實效果很好。我們其他人水準頂多只是一般般。既然你在看本書，那你或許也是個一般般的其他人。沒啥好可恥的。要是沒事先講好，我其實也不太擅長現場直接發言。那次納森替我辦了盛大佛列德・薩維奇主題生日派對，我當下確實覺得必須講點什麼回應納森的致詞，於是溜進洗手間，在衛生紙上寫點筆記。一般人解手的一丁點時間裡，就夠我弄清楚自己要說什麼，但我非得有那段時間來獨處準備。我發現自己有很多絕妙構想都在洗手間誕生——如果你只能從本書中學到一個要點，那就是這個，多到你家洗手間晃晃吧！

所以「即興」（extemporaneity）本來和「隨興」（spontaneity）是同義詞。

後來有一天，大家對詞義沒那麼嚴謹，就改寫了這個詞的意思，讓人能花時間「細細」準備演講，然後假裝自己沒怎麼準備。於是如今的演講「表面上」隨性輕鬆，講者實際上卻得一心一意卯起來準備。我不禁想問：這樣的演講就「真」了嗎？

不曉得第三個定義是什麼時候冒出來的。但這個定義好像在美國各地高中存在已久了（我會強調美國，是因為我在英國從沒做過這樣的事，那段單板滑雪演講，我可是花了好幾周精心準備），美國這邊會舉辦一個比賽，叫做「國際即席演講錦標賽」(International Extemporaneous Speech Championships)，在這種矯揉造作的比賽裡，主辦單位會給參賽者三道問題，然後讓大家花三十分鐘寫出一段演講。（主辦方稱自家是「國際賽」，就像美國職業棒球大聯盟稱自己的總冠軍賽「世界大賽」〔World Series〕：場上的每個人——除了唯一的加拿大代表隊成員——絕對都是美國人。）總之，講者可以準備，但只能準備半小時，不准多也不准少。太讚了——比賽，酸民就是愛這味！看著一群青少年在台上來回踱步，給我們講述外交政策，我就覺得有夠做作，忍不住要大皺眉頭。就來跟我說說怎樣才叫「不真」啊。來演講實驗室向我求助的人，會在乎二〇一七年的國際即席演講錦標賽是誰得冠軍嗎？我是滿懷疑的。

不過有一點我倒是很肯定，講到那個e開頭的詞，就會有人不斷提到這玩意：TED。

常常有人跟我說想來場TED風格的演講，但他們其實沒要去TED演講。那我就一定會問這個問題啦：「你說的『TED風格』是什麼意思？」一被追問，他們通常都回答：「超棒，超激勵人心。」

無可否認，TED看來是個十分激勵人心的平台，多年下來帶給我們不少發人深省的演講。但如果我們不看那些評價最好的演出，其實TED和TEDx演講裡，爛演講的數量不少於滿懷宏圖遠見、令人稱奇的演講。不過也沒人真的關心演講好壞了，因為講者站在紅點中心的形象已經代表著TED，體現了這個現象級強大品牌。從背景的大紅色字體到每支影片開頭的潑濺音效——想都不用想，我也會告訴你這樣的觀眾體驗非常迷人。當然就不會有人打給我說：「我想來場富比士女性高峰會風格（Forbes Women）的演講。」除非她們就真的是要去富比士女性高峰會演講。

但提起ＴＥＤ演講人，我想野心勃勃的眾講者最欣賞的並非演講內容，他們熱衷的完完全全就是自己進入「ＴＥＤ模式」的形象。他們被耳機和開放式舞台迷住了。講者在舞台上來回走動，沒帶講稿也不用演講台，反覆說著「於是我就……」、「我們不如假設……」、「想像一下……」，停頓下來，悄聲耳語，用臉部表情發出無聲的「哇嗚」——大家就這樣被迷得神魂顛倒了。聽眾沒看到的是，ＴＥＤ演講是好幾個月（有時甚至是一整年）苦練的高潮，如此練習才讓那些富含修辭技巧的提問顯得隨興自然，好像講者是真心要提問。演戲之所以能成為一個事業，是有原因的。要體現講稿又令人信服，真的很難，也非人人做得到。就算歷經幾個月的苦背與練習，期望大家都能成功辦到這件事，依然很不切實際。而且哪個主辦單位會那麼好心，讓你有那麼多的時間準備？有一個月準備就要偷笑了。而且，要是你稍有一絲詞窮，就那麼一下，要是正在演講裡的重大戲劇性高潮，你望著天花板思索下一句台詞，那就甭想著要「真」了。

還記得葛蒂在聲聲監獄的 TEDx 演講嗎？我們一起排練的時候，她已經花好幾天努力背講稿了。我一般會在給建議前讓客戶把整個演講過一遍，但那次葛蒂一直在斷斷續續地喃喃自語，又為了自己丟三落四頻頻道歉，於是她才講了一半，我就介入了，趕快替我們倆了結這場苦難。我建議她站在原地不動，但腳踝以上可以自由活動，然後要她看講稿，覺得自在才抬起頭。效果立竿見影，轉變得很「即興」（就讓我玩個不精確的文字遊戲吧）。葛蒂馬上變回自己，成功在文句背後注入自身個性，將身心投入講稿闡述的真相。她不必設想先見，不必邊踱步邊假裝沉思（其實這就是大家踱步的原因——暗示自己正在深思熟慮）。她很真誠，不被矯揉造作綁手綁腳。我看過她站在聚光燈下的影片，手頭上可是有證據證明我給的建議對她有幫助。聲聲演講的那天，她已把講稿謄到筆記卡上，於是就能專注當下、步上正軌，講到比較熟稔的橋段，就能自信地抬頭看聽眾。聽眾聽演講的時候大笑個不停，最後起立為她鼓掌。

別誤會我的意思——我不是要說背稿就是災難。例如，德瑞克就很認真把他的電視節目提案簡報背下來，想把節目賣給大製片廠，雖然我試著說服他沒必要背稿，德瑞克的固執還是得到了回報。他當時要為第二部紀錄片作品申請拍攝獎助金，深信贊助方期望候選人簡報時不看稿，而且要透過大量投影片以視覺化方式呈現專案。畢竟這些人是電影製作人。這份提案我們準備了一個月，確保結構緊湊、涵蓋所有必備重點，內容從德瑞克對紀錄片這種媒體的經驗，談到為何要特別關注他將拍攝的故事。我們一把稿子定好，後續好幾周他每天排練，負責獎助金評選流程的非營利委員會辦了幾場演練，他也邀我一起參加。

評選當晚，從HBO到Netflix的大人物齊聚一堂聽提案簡報；那晚德瑞克傳簡訊告訴我他贏得了獎助金。能像這樣收到正式的認可，驗證我的合作流程和方法有建設性又有成效，實在令人很開心。有些客戶會寫電子郵件告訴我聽眾反應有多好，但很少有客戶得和其他講者競爭獎金。（好吧好吧，有時演講就是場比賽。）得知德瑞克歷經一番苦練，成功說服評選小組他對自己的工作多麼滿富熱情，實在是太好了。要是講者成功背下稿子，而且背完還能對文字有所感，那背稿當然有用。我只是不認為背好稿子就等於成功。

不然我們要怎麼看待提詞機呢？如果你還是覺得帶講稿某種程度上「很演」——雖然你本來就在「演」講了——你也會譴責提詞機嗎？當然不會。要是把你最愛的講者名單列一列，上頭幾乎人人都用過提詞機。提詞機有助講者直視聽眾，同時又糊弄了聽眾，讓人忘記講者一邊講，講稿一邊逐字逐句在螢幕上滾動。我們知道稿子就在那，但選擇視而不見。

說到提詞機，沒人比巴拉克．歐巴馬用得精。然而，每次大家試著跟我描述想要的演講樣貌，如果不說想要TED風格的演講，那往往就會提到這位前總統和他的演講風格。我記得有次問一位男生他為演講設了什麼個人目標，對方回答：「外界許許多多的政治因素給我很多啟發。」他是要在祖父母的周年紀念日派對上演講，跟選舉造勢大會可不太一樣。我想像他拳頭緊握，在空中振振捶捶，一邊講述「馬丁尼阿梅嬤與老G阿公」的故事。結果等到他練習演講的時候，整個場面真的莊嚴肅穆到沒必要，他拳頭未免也握太久了。我只好自我安慰：反正他奶奶也會醉到看不出場面有多怪。

歐巴馬無疑是出色的演說家，他不僅善於改寫編修撰稿師提供的素材，發表演說時也既流暢又有力。不過他有項才華沒那麼多人賞識：應用提詞機的才能。他第二次參選的時候，有些人看到歐巴馬這麼會用提詞機就超生氣，他們酸歐巴馬，說他沒提詞機就沒辦法在辯論會上講話了。這樣等價推論有毛病。形勢如履薄冰之際，要就棘手問題向選民分裂的國家發表二十分鐘演講，這時闡述論點就得要精準又有耐心。而辯論則是拋出簡短悅耳的金句攻擊對手，講話要去蕪存菁、直截了當。辯論跟闡述沒關係。歐巴馬辯論時犯的錯，不是他沒有提詞機就不會說話，而是跟平時看著螢幕上精心準備的講稿相比，他講起話來沒那麼精準。

假設要討論總統和提詞機好了，我得說：來找我的客戶還沒有誰想模仿唐納．川普。川普對演講撰稿界而言是反常異象。有一部分是因為他根本就沒在演講，而是在煽動群情大吵大鬧。他最出名的就是脫稿演出，讓相關當局爭先恐後糾正他的失言，川普也曾說過，應該要禁止總統參選人使用提詞機。不過這都是往事了，後來他發現身為總統，演講時還是得說點實質內容，不得不承認提詞機還滿實用的。川普直接對群眾講話時感覺最自在，他在講台上顯得無精打采，一邊脫稿發言，針對對手做出毫無根據的指控，一邊開對手玩笑。帶動聽眾參與是川普的強項，他就是靠這招壯大自我——正如我稍早說的，他是個煽動者。Covid-19 期間，川普召集數千人參加他的造勢大會，還真是一點也不意外——如果他只能對著空房間和攝影機講話，還有戲唱嗎？一旦被要求看著螢幕上的文字傳達些有意義的資訊，比如發表國情咨文，他就呆若木雞。提詞機，這種建立聽眾與講者間連結的設備，正是阻擋川普的障礙。我也說過了，川普這人實在反常——很多方面都反常。

我們在演講實驗室常說一句話：「沒人會記得你演講讀不讀稿，但要是你該讀稿卻沒讀，一定人人都會記得。」這件事無可辯駁。你有看過哪場自己喜歡的演講，會讓你覺得

「要是講者戴著耳機在台上到處走動就好了」？所以我才一直先以產出「優質內容」優先。對我來說什麼最真？就是要寫一篇超讚的稿，把講稿帶上台當作你超用心準備的證明，然後感到自在心安時就盡你所能看著聽眾的眼睛。我會持續主張：假使稿子緊湊，既幽默敘事結構又巧妙，講者就不該害怕赤手空拳帶著講稿上台，而是該擁抱這樣的行為。我不是教練，我是寫稿的。我心裡考量的首要就是文字。我曾為當教練的人撰稿，這些客戶自知手邊欠缺自立編寫故事的工具，也明白再多的自信也取代不了一份強大的講稿。我的工作不是幫你建立信心、告訴你怎麼看待自己說的話，而是要幫你弄清楚自己在說什麼。

諾亞一開始很難接受這個概念。我雖不確定他是否把我當教練，但在他心裡我想必是個收費高昂的助理。諾亞的身價數以億計，我說這個不是為了炫耀，而是這點說明了一件事：諾亞習慣付錢給對他說「好」的員工。要是唯唯諾諾有損雙方合作品質，我可不會連連稱是。我記得有次和諾亞通話，一位坐附近的朋友聽了跟我說：「天哪，你對所有客戶都這麼直嗎？」對他而言難以置信。

諾亞很迷人，但一路合作下去，也看得出來他十分掙扎：面對著陌生的創作流程，他得費很大功夫才能把控制權交給我這個年齡只有他一半的女人；更不用提諾亞曾得意地告訴我，他在工作上很擅長即興發言。又是該死的「即興」。我們合作的第一次訪談，諾亞就花了一半的時間告訴我，他認為我身為演講撰稿師該做哪些事協助他，以及寫一篇給親密之人的周年紀念日致詞，過程中會有什麼挑戰。我告訴他：「諾亞，我的客戶不是人人都能到柏納登（Le Bernadin）這種米其林三星餐廳的私人包廂辦生日晚宴，不過你也不是第一個要在致詞裡談太太的人。」沒啦，我才沒真的那樣說——我講話沒那麼直！但我確實有那樣想。創意啟動會剩下的時間，諾亞都在跟我聊一段他在網路上看到的精彩演講：他看到有人敬酒致詞時不看稿——要讓演講自然不「僵硬」，只有用心把講稿牢牢記住。

諾亞和我一直爭論（我保證過程中雙方態度都優雅又幽默）到演講的前一晚。我們做了那二十道問題、編寫過講稿，但諾亞還是繼續跟我說，他應該要把稿子背起來，讀稿這件事感覺超奇怪。我不斷告訴他：「諾亞，我向你保證，你從口袋裡拿出那張紙的時候，聽眾只會感受到兩件事：他們會鬆一口氣，然後興奮開心。他們會斟滿酒杯，準備要敬美好的往日時光。你會帶給他們的體驗，就是這樣了。」於是除了德瑞克獲勝的簡訊之外，我又收到諾亞在晚會後發來的訊息，寫著：「維多利亞，演講很棒。大家都喜歡。謝謝你。我現在是寫講稿和優質內容的忠實信徒了！」

很多人常被要求在工作場合進行簡報，這些人和諾亞一樣，會把經驗跟能力混為一談。我向你保證，每天在會議室裡念PowerPoint投影片，你也不會就這樣練成傳奇演講人。企業界最嚴重又最常反覆出現的大錯，就是沒人敢承認：雖然投影片是簡報的必需品，但投影片不是負責講故事的，而是要描繪故事。曾有人說，《大國民》（*Citizen Kane*）這部電影很完美，因為全片靜音，觀眾仍然能看懂故事。《大國民》風格的投影片，就是你參加完會議和研討會後留給聽眾參考的那種。而你拿來現場演說的投影片——不管是什麼場合——絕對不能解釋那麼多。投影片是用來支持你的觀點、提出問題、引導結論的，應該要結合深思熟慮的文案與精熟老練的設計。

企業人士無法自然而然就搞懂極簡主義和高端設計，對他們來說，每頁投影片上都有公司商標，就表示投影片「設計過」了。有家數一數二的社群媒體平台曾打來談合作，要我在公司的年度招聘研討會上和四十位講者合作；談這個案子的時候，我沒想過自己會在專案啟動那天生小孩。活動開始時，我的日常生活就是每天都得盡力在人生中再多塞個挑戰——無論是為了出門開會用力把屁股塞進生小孩前穿的衣服，還是在午睡和餵奶塞進幾通電話。主辦單位聘我協助分組議程（breakout sessions）講者——不幸的是，我每次聽到「breakout」（爆發），就會想到粉刺。分組議程不由特邀主講人引領，而是在會議中心外圍區域進行，由不同的講者主理研習營、簡報會、專題討論，現場較少有人會帶著崇拜的目光驚嘆連連，參加者大都忙著記筆記。這些議程列在會議手冊的第二頁，講者通常懷著雄心壯志，希望能在自身領域掀起波濤。

你可能會覺得，要在兩個月不到的時間引導四十位講者創作講稿，光看數字就很有挑戰性了。更不用說要為四十場談人才招聘和留任的演講找出原創性和亮點，這十之八九不可能。不過坦白說，有些主題在別人眼裡可能超無聊，我為這些題目寫講稿的時候，卻能學到豐富有趣的知識。旅宿人力配置、軟體開發、汽車租賃業……一切都很令人著迷，我發誓。別誤會，反覆測試我耐心臨界點的，可不是這些主題的單調乏味，也不是荷爾蒙作祟。我會這麼想，是因為看了創意啟動會時每位講者展示的投影片，他們拿又亂又醜的投影片來證明自己不需要幫助，結果適得其反。我們提議以整合式手法，在創作過程中讓演講的視覺效果和敘事互相搭配，但這個路線的建議全被講者推翻，於是我和團隊只好試著以講者內部團隊整理好的投影片為基底，重新打造敘事。還真是個屎缺，而且我當時還要一邊幫小孩換尿布一邊處理這個案子，方方面面來說都是屎缺呢。

就我看來，這種「投影片優先」的手法有個問題，就是講者並沒有認真思考過自己講述的故事，也不在乎聽眾的體驗。他們滿心只想著數據點、圓餅圖，還有圖表旁邊要放上哪幾大塊文字。我發現不管是哪個場合，就算做簡報的人知道簡報的精華資訊是什麼，他們也不會多花時間設想怎麼鋪陳那項資訊，怎麼以饒富意義的方式為簡報收尾。這些人沒思考過，除了精華資訊以外，哪些素材有助他們和聽眾建立有意義的連結。

為簡報設計投影片應該是種全面性創作。如何為簡報設計一套成功的投影片，這可得花上一整本書的頁數才講得完——搞不好我該寫個續集？誰知道呢？總之重點是，這些講者漏了一個關鍵步驟，他們沒有好好坐下來寫講稿之類的東西，沒想過投影片和故事要相輔相成——沒想過要怎麼開場、敘事弧長怎樣、如何讓演講首尾圓滿。

在這類活動裡，大家很吃耳機配上來回走動那一套。但是想創造優質內容成功發表，方法很多。你可以把整份講稿都謄到講者備忘稿上，也可以用提詞機。你可以把講稿精煉成一項項要點，練習的時候拿一張筆記卡，在上面列好你敘事裡的那些關鍵拍點。還有，沒錯，你也可以要求主辦方給你個演講台，原地站著不動，而且帶稿上場。要是演講的內容很好，才沒人會在乎你怎麼講。我知道這聽起來不太性感，但講真的，大家是來看你的腿還是聽你的想法？

幾年前，演員凱莉・華盛頓（Kerry Washington）在同志媒體獎（GLAAD Media Awards）[*42]典禮上獲獎，上台領獎時才發現沒有演講台。不然呢？這種酷炫華麗的活動，台下一定會期待看到講者的腿或洋裝吧。不過華盛頓很淡定，就算她慌了，大家也沒看出來。她拿著稿子，把演講讀出來，談了在娛樂產業和媒體中處於邊緣的社群和聲音。當晚大家起立鼓掌，掌聲都快把會場掀了，讀講稿無礙她和聽眾建立連結。後續幾天，演講影片在網上瘋傳，讀講稿也阻止不了更多受眾對她的演講起興趣。

我知道並非人人都是凱莉・華盛頓。我知道個人體態和洋裝華服多少對演講有點影響。但你不能拿這些理由為爛演講開脫。還記得格妮絲・派特羅（Gwyneth Paltrow）領奧斯卡的時候邊講邊哭，引起軒然大波嗎？每個人都有不同的優勢和劣勢，但人人都能找

---

42 譯注：同志媒體獎（GLAAD Media Awards）由美國非政府媒體監察組織同性戀者反詆毀聯盟（Gay & Lesbian Alliance Against Defamation，GLAAD）頒發，旨在表彰以傑出手法呈現 LGBT 族群（同性戀、雙性戀、跨性別）族群及相關議題的媒體。

到自己的解決方案，我堅信這套解決方案永遠都該始於內容優質的講稿——大多數情況下也該終於優質的內容。如果你已經完成任務，創作出內容豐富又激動人心的敘事，能將自己融入字裡行間，切身掌控文字裡的感觸、熱情與信念，我向你保證，才沒人會在乎你拿了張紙。

再說一次：沒人會記得你演講讀不讀稿，但要是你該讀稿卻沒讀，一定人人都會記得。那你現在決定怎麼做呢？讀稿還是不讀？

10

管子、木板、獨輪車

邱吉爾的演講關鍵要素（修訂版）

溫斯頓·邱吉爾這位討喜的公開演講魔法師，一八九七年寫了一篇文章，去世後才被發表。文章的標題是〈修辭的鷹架〉（*The Scaffolding of Rhetoric*），內容概述邱吉爾心中使演講發揮效用的五個「主要元素」。

1 用詞準確（Correctness of diction）

2 韻律（Rhythm）

3 論據堆疊（Accumulation of argument）

4 類比（Analogy）

5 言詞奔放（Wildness of language）

你可以把這一章想成是我在詮釋邱吉爾講的鷹架。不過要更精準的話，標題應該更接近〈管子、木板、獨輪車：演講建築工地〉（*A Pipe, a Plank, and a Wheelbarrow: The Construction Site of Speech*）。我不是研究邱吉爾的學者，也沒資格向人講解押頭韻和句法。正如我之前講過的，我沒法保證讓你提升寫作能力。我打從十六歲就不修英文課了，而且說實話，我童年大部分時光都一心一意想著自己會成為知名電影導演——青少年時期我大概有六成左右的時間，都在倫敦家附近的黃金時段（Prime Time）影片出租店閒晃，一邊免費幫店家把影片重新上架，一邊不請自來地給顧客提供影評。那些客人本來以為自己只是去店裡速速租個片打發周五夜，完全沒想到會在櫃台被一個自命不凡的青少年偷襲，聽她大談特談自己對昆丁・塔倫提諾（Quentin Tarantino）和史蒂芬・史匹柏（Steven Spielberg）的見解。

我跟一個塞爾維亞來的電影癡變成換帖，他在店裡工作好幾年了，花了好一段時間才搞清楚我年紀大到能跟他聊天。戈蘭立志成為電影人，他編導的多數短片都選我當主角；其實正是因為他支持我當演員，才驅使我後來去上戲劇學校，還短暫追求過演員事業。時至今日，我喜歡這麼想：我不偏不倚地降落到最適合自己的位置，落在過去所學的種種學科正中間。我為聽眾寫作，為講者演繹，為雙方導演。就是這樣啦。我和邱吉爾的做法不太一樣，但如果你正要為草稿增添血肉，我可以用這套方法幫你度過緊要關頭。也正是因為自身經歷，我斷然界定寫作這件事，最重要的目標只有三個：清晰、真實、原創。

我膽子還沒那麼大，怕被世界各地的演講大師「取消」，所以不敢完全無視邱吉爾的建議，畢竟他是備受愛戴的演講界巨人——話雖如此，在我看來他那套「鷹架」有不少處已經站不住腳了。我這麼想，不僅是因為邱吉爾只關注政治演講而顯得短視，不只是因為他心目中局限的講者形象（也就是男性）彰顯他目光短淺；也是因為，現今社會距邱吉爾寫下文章之時已有百年，如今講者已不求透過「用詞準確」或「言詞奔放」激發聽眾反應。今日不管在哪個場合，演說家大可將重點都放在融合種種思想——透過這個方式找出連結、取得結論——來挑釁、震驚、感動聽眾。

邱吉爾告訴你，精雕細琢的文字要大用特用，才能讓聽眾讚嘆連連——那招早就退流行了。那樣的講稿的確會討詞彙控歡心，但講稿文法應用多麼精妙、文句多麼擲地有聲，早已不是現代人對演講的期望，也不是演講的必備條件。遣詞用字當然重要，只不過你坐下來寫講稿時不必查辭典。大家真的不在乎你有沒有上過菁英私校、會不會用拉丁文派生詞。（雖然懂得拉丁文派生詞，對理解「即興」之類的詞彙真的很有幫助！）而連稍稍提到怎麼講話才正確，都超級無敵不潮。

所以我會持續主張：講者想讓聽眾留下深刻印象，應該要在思想的詩意上下工夫，而非執著於語言的詩意。要是你已經用過瘋狂偵探牆那招，制定好堅實的大綱，那大可放心，你投注的創造力定能彌補你在語言領域的各種短處。

舉個客戶的例子：你想過沙發可以拿來激勵聽眾採取行動嗎？創造力就是有這麼神奇。亞綴安和我的第一次合作，是她倡議團體的一周年紀念演講，她們在川普上任後不久就成立了。她看到社群媒體充斥著兩極分化和仇恨的言論，感到十分傻眼，於是開始每周舉辦沙龍邀請女性參與，一起討論眼前到底發生啥事，還有她們怎樣才能在社群和整個社會中更加活躍。二十個問題的第一題，我問亞綴安，她在推特或臉書看到最令人不快的文是哪則；她回答我，是她高中前男友發的一連串煽動反移民的言論。亞綴安有一半夏威夷原住民血統，一半菲律賓血統，因此讀到這位前男友的文實在讓她非常震驚。

後續的題目清單中，我提到她以前在德州和父母生活的家，問起那棟房子的客廳。我這麼做，原先是打算建立客廳和倡議團體每周沙龍聚會之間的連結；*43 不過進一步挖掘客廳的相關資訊時，卻發現亞綴安和那位前男友交往期間，那個整整潔潔的客廳，是她父親少數准許他們獨處的地方。沙發本來可能當個小哏，讓大家笑笑包著塑膠套的沙發，結果忽然就變成整個敘事的關鍵。

我高中的時候和一個叫查德的男生約會。他很可愛，喜歡表演，超會模仿鄉村歌手加斯·布魯克斯（Garth Brooks）。（生活在德州小鎮的青少年，就是會模仿布魯克斯。）他很討喜——我在說查德，不是加斯·布魯克斯——有的小孩會打從心底想行得正坐得

43 譯注：沙龍（salon）一詞源自法文，salon 在法文中指的就是「客廳」。十七、十八世紀間，法國藝文、學術、政治圈人士會出入上流階層家的客廳聚會，這樣的聚會後來就因其舉行地點被稱之為「沙龍」，大都由該戶人家女主人主持。

直，他就是那種孩子。雖然他天真又善良，我父母還是信不過我們，他到我家的時候，我們連去遊戲間都不行，因為遊戲間離我臥室太近了。

爸媽限制我們只能待在樓下那間正正經經的客廳，什麼東西都不准我們動，地毯上還留著前幾天用吸塵器吸過的一條條印子。查德和我就坐在客廳聊天，天南地北什麼都聊：我們為哪些事熱血、未來人生有什麼規畫、想去哪裡探險。我十八歲都還沒到，查德就向我求婚（德州就是狂）。雖然我拒絕了，但雙方還是時不時會聯絡，一直到上大學後才斷了聯繫。那時他已經結婚了，還生了四個孩子。查德從沒真的去哪裡探險，也沒離開過聖經地帶（Bible Belt）。*44

去年穆斯林禁令頒布前後，查德重新進入我的生活。臉書上的生活——所有前任最後都會在臉書上忽然冒出來的。可是我讀他的貼文時，聽到的再也不是那把憨憨的德州嗓子唱著〈登不上檯面的朋友〉（*Friends in Low Places*）。我聽到憤怒又可憎的聲音，尖酸刻薄地謾罵，口吐反穆斯林的言論。他這樣寫：「所有移民，來美國以前都該先被拘留審訊。」

那個時候，數百位持有美國簽證和綠卡的人民、受過正式調查的難民，剛剛才被告知大家不歡迎他們待在美國。我和查德的重逢一點都不溫馨，完完全全冷冰冰。我父親就是一名穆斯林，一九七〇年代從菲律賓來到紐約尋求政治庇護。查德說要穆斯林移民滾出去，我父親完全就是他口中那個人的化身。如果我父親待不了美國，我也就不會在這裡。所以我不得不想：查德是不是也希望我離開？我一試再試，就是沒辦法把我臉書動態塗鴉牆上冒出來的這個人，和坐在我沙發上那個可愛的德州小夥子連結在一起。

他的話一直在我耳邊響起，就這樣嗡嗡嗡了好幾天。感覺就好像我跑去參加一場喇叭超響的演唱會，只是搞老半天我沒有買到演唱會周邊，也沒得在Instagram打卡換愛心。我越看臉書和推特，那個聲音就越來越大，震耳欲聾。我們都看到大選後發生的事了。臉書簡直飢餓遊戲（Hunger Games）現場。楚河漢界，兩邊的人互相刺激對方的恐懼和怨恨，鄰居反目成仇，過去無關緊要的政治理念撕裂了友誼。喊得最大聲的人就贏得了媒體關注，但也只贏到推特冒出下一個主題標籤＃——到時一場新的戰爭就又開始。

但嚇到我的不是白人至上主義者；也不是那些政客對猥褻兒童的人視而不見，還覺

44譯注：聖經地帶（Bible Belt）指的大致是美國東南部地區，保守派基督新教徒在當地社群較有影響力。

得心安理得；不是俄羅斯干涉大選的（Russia probe）調查[*45]；也不是剝奪婦女權利；也不是撤銷歐巴馬健保（Obamacare）[*46]。

我最擔心的是：除了社群媒體上一大堆噪音，一堆讓「美國再次偉大」（Make America Great Again）的吶喊，一堆「聽我怒吼」（hear-me-roar）的咆哮，我還聽到其他聲音。一片震耳欲聾的沉默。

沉默背後是一團困惑。沉默背後是一百萬個沒問出口的問題。成千上百名像你我一樣的女性都沉默，不分受教育程度和社會素養如何，都明白自己的感受，但找不到哪個地方讓她們覺得夠安全，能在那裡用有意義的方式說明感受。

隨手標個主題標籤抨擊擁護選擇權（Pro-choice）的墮胎法案，這種事很簡單。但如果你不太確定該怎麼想這個議題呢？我們有多少人能勇敢站出來說「嘿，我對這件事一點也不懂」？誰真的有搞懂女性向華盛頓進軍是在進軍什麼的？感恩節要怎麼和新保守派的叔叔聊天？又要怎麼跟種族主義的前男友講話？如果你連美國公民都不是，要怎麼在辯論中發聲？該跟當地民意代表說些什麼？民代這個缺到底在幹嘛?!

我覺得安靜好像變成一條毯子，悶住許許多多人的衝動、動機和反應。我知道自己不想再安靜了。

所以我回到客廳——回到我花了好幾小時向男孩滔滔不絕地訴說希望和夢想的地方，男孩接著提出好多問題——而我則向有同樣感受的人尋求答案。像你這樣的人。

於是亞綴安與聽眾建立起連結，那一刻充滿力量；如果你和我一樣花上許多時間看演講，就會發現這種時刻隨處可見。邱吉爾在文中提及「奔放鋪張的言詞」（wild extravagance of language），引用某位政壇老前輩布萊恩先生（Mr. Bryan，大概很有名吧）的金句為例：「不可強在勞動者額上加荊棘冠，也不可將人性釘上金十字架。」我能理解一八九六年群眾聽到這樣的話會多激動。但要是場景換成現在？演講廳大概早就人去樓

45譯注：指「特別顧問調查案」（Special Counsel investigation），又稱「穆勒調查案」（Mueller Investigation），為二〇一七年至二〇一九年間美國針對二〇一六年總統選舉的調查，由特別檢察官羅伯・穆勒（Robert Mueller）主導，偵查俄羅斯對大選的干預，以及勝選的川普陣營與俄羅斯政府官員、間諜之間的關聯等。

46譯注：歐巴馬健保（Obamacare）即《平價醫療法案》（Affordable Care Act，ACA），二〇一〇年由時任美國總統歐巴馬簽署生效，二〇一七年繼任總統的川普則致力廢除此法案。

空。（服我了嗎各位？）如今，吸引人們的「鋪張」不再是語言上的鋪張奢華，而是概念上的鋪張。現代能比對的例子，或許是史賓塞伯爵（Earl Spencer）對姊姊威爾斯王妃黛安娜的悼詞，他說：

許多關於黛安娜的事都很諷刺，最該讓人謹記在心，或許也是最諷刺的一件，就是：這個以古代狩獵女神為名的女孩，最後成為現代最多人獵殺追捕的對象。

每次聽這段話都會觸動我。二〇一九年，主持過《今日秀》（*The Daily Show*）的電視名人喬恩・史都華（Jon Stewart）曾公開指責國會議員，他說的話也深深撼動我內心。史都華為九一一事件第一線急救人員感到憤怒難平：世貿雙塔燃燒現場有許多有毒物質，急救人員因接觸到這些物質而飽受疾病折磨，但卻不曾得到充足的健保支援或其他福利資助。話講到一半，他緩緩怒火，向第一線人員的付出致意。

根據官方資料，紐約市消防局在五秒鐘內就對九一一事件做出反應。五秒鐘。紐約市消防局、紐約市警察局、港務局、緊急救護系統回應公眾緊急需求，只花這麼多時間。五秒鐘。數百人瞬間死去。又湧入數千人繼續為他們的兄弟姐妹而戰。

史都華又接著講了六分鐘，談話內容令人糾結心碎，最後他以這段話總結：

感謝上帝，我們有約翰・菲爾（John Feal）這樣的人；感謝上帝，有雷・菲佛（Ray Pfeifer）這樣的人；感謝上帝，有人阻止讓悲劇發生。他們在五秒內就回應，以勇敢、優雅、堅韌、謙遜的態度完成任務。如今過了十八年，你們也該這樣完成你們的任務。

那六分鐘裡，我一直緊張地咬著嘴唇，希望他能好好用那段「五秒鐘」台詞收尾；我不得不說，我對名人發表政治演講總是持懷疑態度，但史都華那天實在讓我虛心地甘拜下風。

看到我把英語當成修辭的要件一起抨擊，我猜有些人可能超怒，都要氣得口吐白沫了——但請先冷靜。我和旗下的撰稿師通力合作，在遣詞用字和文法方面用盡心思。我會把句子拆開、把單詞大洗牌，有時我覺得自己都快把他們逼瘋了。這麼做不是因為演講撰稿比書面寫作複雜。恰恰相反。是因為演講撰稿得要寫得超級赤裸裸。講稿就要樸實無華，許多撰稿師為此苦苦掙扎。每次要聘請新撰稿師，我會刻意避開那些履歷或作品樣本裡有長篇新聞或創意寫作的。最好的撰稿師永遠是那些沒啥寫作經驗的人，或是在電影編劇領域磨過筆鋒的。大家往往會想跟經驗豐富的寫作者合作，這個想法很誘人，但有經驗的寫作者也自帶詛咒：他們下筆的清晰度往往無法達標，不足以在現場與聽眾交流。

但各位讀者撰稿時，我就不能站在你們身後碎碎念，嫌你文句建構差了。那我就透露一下吧：胸懷大志的撰稿師，會犯的首要大錯，就是濫用形容詞和副詞，讓形容詞和副詞去做名詞和動詞該做的工。就這樁，還有，能寫主動語態不寫，偏偏要用被動式。希望各位不用我多費唇舌，我當然不是要撰稿師的稿子裡都不准出現這些元素，那就太誇張了。不過正如伏爾泰寫過的一段話：「形容詞是名詞的敵人。」史蒂芬．金也如此寫過：「通往地獄的路是副詞鋪成的。」史蒂芬．金寫過那麼多超毛的恐怖小說，他這樣講一定有道理。作家兼教授班．亞格達（Ben Yagoda），二〇〇七年曾撰文描述濫用描述詞的習慣有多普遍，文章刊於《紐約時報》：

問題根源在於，偷懶的撰稿人太愛語言裡的這些詞了。只要拿不出足夠的數據（特定的名詞和主動動詞）來表達想法時，他們就開始連篇亂丟修飾語。用「漂亮」來形容女人很簡單——太簡單了。要是點出女子進門時，屋裡所有男人的下巴都掉了下來，那就需要多費言詞了，可是效果更好。還有，只要能描述某人怎麼在對手倒地後還踢他，或從基督教救世軍（Salvation Army）募款桶偷走十七美金，或是得了性病卻對伴侶撒謊，那就不用多費唇舌說這個人惡劣、討厭、惡毒、可惡、卑鄙、可憎或下流。

演講時尤其如此。就拿下面這則婚禮致詞提到的故事為例。場景是晚上，某戶人家屋裡。敘事者描述他新科女婿——是個打美式足球的大個子——外出數月，突然早早回來，想要給女朋友（現在是太太了）一個驚喜。女主角在樓上，其他家人都在樓下，既興奮又期待地看著。

凱文身長六呎七吋，雖是手笨腳拙的魁梧大漢，仍一路悄悄靜靜緩緩躡上樓，一階階躍過嘎吱作響的樓梯，骨董樓梯搖搖晃晃幾欲散架，我們一家幾口在梯腳下徘徊不去，看他身姿若芭蕾起舞翩翩，看得樂不可支，又一邊好生讚嘆。

就是有撰稿師和講者會寫出這種冗長的敘述，我就和這種人合作過，你把稿子唸出聲看看。太花裡胡哨，太矯揉做作。聽眾沒辦法重讀稿子裡的段落；他們只有一次機會能聽你說話，只有一次機會能聽懂你在說什麼。所以撰稿時絕對要審慎評估遣詞用字。我讀自己的草稿時，總是會大聲讀出來，自問是否隨便抽出一句話，句子裡的概念都好掌握。我想確保聽眾能夠從頭到尾都能跟上講稿的邏輯。就算你獨立寫稿，憑本能判斷文句聽起來是否令人困惑或摸不著頭緒（或者純粹無聊），也不太難。一旦你發現可能有這種問題，就得誠實謙遜地努力補救。寫作必須簡單明瞭，但簡單歸簡單，你還是得用語言描繪一幅生動的畫面，引起聽眾興趣，讓他們身心投入。我會對受訓中的撰稿師說：「寫講稿要簡單，但也要非常具體，要細心斟酌你能用簡單的語言寫出什麼。不要再『寫』了，要思考怎麼『講』。」

如果要面對現場聽眾重述故事，敘事者可以採用類似下面段落的講法：

於是大家擠在樓下，看凱文一路爬上樓到蘇菲亞房間，小心翼翼避開吱得最大聲那幾階樓梯——你也知道，我們房子很舊。我想，他畢竟在我們家待過夜那麼多年了，一定很清楚哪幾階樓梯最吵，我看他那樣旋轉跳躍，根本就是編舞家艾文．艾利（Alvin Ailey）跳《啟示》（*Revelations*）的等級。看到後來，我覺得自己只穿運動棉褲和廚房圍裙，實在太丟臉了。要是我知道能看這種大師級演出，一定會盛裝打扮的。

如果故事的重點，是要用這位巨巨線衛優雅前進的畫面來娛樂群眾，那就要用盡全力去把畫面「畫」出來。第二版講稿的語言就直接很多，用動詞代替形容詞描述動作，再用明喻描述樓下目擊者的反應。

談到優秀的演講者應該用怎樣的語言，邱吉爾太過模稜兩可，簡直令人抓狂。他醉心於形容詞應用精準，認為那表示講者對英語的掌握度極強，同時卻又鼓勵人使用簡短的「盎格魯撒克遜」字詞，因為那是「普遍的家常用法」。鮑里斯．強生有次發表談這位前輩的演講（沒錯，就是前面提到那個頭髮蓬鬆的脫歐派），他點出：邱吉爾的絕招是能在兩種模式間靈活遊走。他以邱吉爾的一句話為例：「人類衝突史上，從來沒有這麼多人承受這麼少人這麼大的恩惠。」強生解釋：這句話前半部「浮誇又鋪張」。畢竟，邱吉爾說的可是「戰爭史上前所未見」。但「這麼多，這麼少，這麼大」突然就緊接在後，和之前的華麗文句並列，產生了更強大的衝擊。此外，這三個詞形成了巧妙的三連音——這招吟歌賦詞的技巧，人人都該留一手，因為長久以來大家都知道，人會以三個一組的形式接收資訊。

是否該以華麗的形容詞和誇張的冗言贅字代替較豐富、較視覺化的描述，邱吉爾和我雖沒有共識，但卻一致同意「簡單」才是致勝之道，我們也都認為：對演講撰稿師而言，尋求情感層面的吸引力時，明喻、類比和隱喻等修辭手段，是武器庫裡好用順手的兵器。正如邱吉爾所說：「（類比）訴諸聽者的日常知識，邀請他以幼稚園程度的評判標準與心靈感受，來決斷阻撓自身理性判別能力的問題。」

回想一下亞歷克斯談他弟弟的演講，想想那則廣告標語如何祝他闡述父親的逝去和新郎的成熟茁壯。或想想蕾貝卡在馬術治療學校畢業典禮的演講。那次演講中，蕾貝卡以女兒的單板滑雪天賦類比，訴說伊綺的天賦讓她有如搭上單板滑雪愛好者欣羨的纜車直通山頂，使她成為單板滑雪界明星，但搭上這座纜車造就的信心，卻也讓伊綺在地面上的日子有了盲點。她談到伊綺虛假的安全感，談起她無法意識自己有問題。我們這麼寫：「我認為，伊綺腳踏滑雪板時的信心欺騙了她。」演講的最後，蕾貝卡用纜車和盲點的隱喻，描述伊綺的轉變和未來：

> 你一直有纜車般的驚人爬升力，現在你也有了新天賦，擁有洞察力和清晰的視野。期待看到你把這次挫折變成有史以來最棒的一百八十度轉體。

清晰度不只在於你選用的字詞，也在於你選擇不用的字詞裡，在於字詞間的標點符號中。邱吉爾當年寫講稿時未必得在紙上寫字，所以不太需要考慮講稿長什麼樣子、如何把講稿變為演講。他常常是一邊在辦公室踱步，一邊讓助理把他的想法謄下來，就這樣寫出了講稿。你或許可以說他的寫稿過程，和我在本書中描述的正好相反。我試過邱吉爾的方法——其實我寫這本書的時候，因為肌腱病變發作，手痛得要命，這輩子沒那麼痛過，連放在鍵盤上都不行。我試著用語音筆記搭配逐字稿app——哎呀呀，你不知道邱吉爾有iPhone嗎？但我發現自己無法以這種方式建立連結。我是邊寫邊思考的人。有些人是邊思考邊說話。結果我只做了點手寫筆記，接著就一邊等手腕和手掌痊癒，一邊將注意力轉移到家居裝修上。我在寫作上是落後了，但也成功扔掉一個二〇〇六年就買來的Ikea醜書櫃。塞翁失馬，焉知非福——重點是你怎麼看。

寫講稿有個超讚的好處：稿子裡有一段又一段的文字，段落間有一個又一個的概念，你在轉場過渡時，未必得每次都轉得平滑順暢。寫書就不能這麼隨興了——這是從我編輯留在書稿裡的註解學到的啦。如果得說說哪件事在寫書過程中最讓我綁手綁腳、最干擾我寫稿，那一定不是小孩會一直晃到書房打岔，跟我講一堆不重要的小事，而是我為了要讓段段章章間銜接順暢，拚得要死不活。演講的時候，只要說的當下跟聽眾打個招呼示意，你就有權隨時更改主題。

以下拿我為珍娜·布希·海格（Jenna Bush Hager）編寫的幾段話舉例。要鋪陳演講最後的行動呼籲時，我想拿她祖父老布希講過的話來應用。

慢性阻塞性肺病（COPD）是第三大死因，這件事想來還是難以置信。這種疾病殺死的人比糖尿病和肝病還多。美國雖有三千萬人患有不同形式的慢性阻塞性肺病，但應對相關問題的經費卻嚴重不足，可應用的資金比癌症、糖尿病或阿茲海默症都還少。因為生質燃料、電子菸，還有全世界家庭中沒被診斷出的遺傳傾向，我們正在走向充滿痛苦和無謂損失的黯淡未來。

我祖父喬治．赫伯特．沃克．布希討厭「傳承」（legacy）這個詞。有人問他希望傳承什麼給後世時，他就會覺得非常困擾。那麼說好像我們明天可能會去做或去思考的事，比我們當下、此時此刻正在做的事更重要——他很討厭這種想法。

我們已經知道慢性阻塞性肺病的未來會是怎樣。

重要的是現在發生的事。

從這段摘文看來，「無謂損失」之後接「我祖父」有點不合邏輯，可是海格在演講中適當地頓一下，就能讓聽眾明白海格已經開始講結語、現在就是大家該採取行動的時候。結果，如今名列《今日秀》（*Today*）主持人一員的海格，成功地頓了那一下，可是接著卻脫稿演出，在「傳承」那段後面加一堆有的沒的廢話——於是牽連未來與傳承間的思路就斷了。幸運的是，這段話是以影片形式播出，所以我們最後在剪輯室把它救了回來——又是個能提醒我們的好案例：順著講稿來，不要亂即興！

要是你把講稿寫得嚴實周密，停頓一下、注入點新能量，就能讓演講更順利。所以我才討厭「再說」、「開個小玩笑」、「不過說真的」這種轉場用的廢話。我連用「所以」開頭的句子都不喜歡。但這種風格在美國很流行；面對一種不斷發展的語言，我不太願意道貌岸然地去批判語言純粹性，尤其我們討論的還是口語表達傳統。「再說」、「不過說真的」等等沒啥用處的語助詞，之所以會搞得我很煩，是因為這些話聽起來就在開脫，放在笑話以後講，聽起來更是如此。好像講者對之前發生的事或接下來會發生的事感到尷尬。「轉場語助詞會讓講者聽起來比較像在跟觀眾對話，感覺比較真」，這種話我聽了一百萬次了——問題是演講本來就不像對話那麼隨興。講到這我就想到下一點——（吸氣，吐氣。轉場。）

你可能以為這招有效，但隨興到這種地步，不會讓你聽起來更自然、更真。雖然先前談到演講要不要看稿時，我講過不要管自己有多「真」，不過談到你演講的「聲音」——要說什麼、怎麼說——我可是絕對求真。

前面亞綴安演講的摘文，一定有讀者看到這行忍不住挑挑眉：「我十八歲都還沒到，查德就向我求婚（德州就是狂）。」我父母的眉毛肯定是動了。我的倫敦朋友們不會挑眉，但可能會困惑地瞇起眼睛。如果我是幫別人，例如幫諾亞寫稿，我就會寫：「因為德州人都這樣。」但我知道，亞綴安的年紀剛好在千禧世代和 X 世代交界，一定能把這種潮語用得很順，而且參加活動的人聽得出背後酸酸的笑點。嬰兒潮世代沒這種幽默感，如果我把這句話加進諾亞的講稿裝酷，那聽起來會很荒謬。你可能以為這道理再明白也不過，但講者往往會想討好聽眾，於是就用了不恰當或不合乎自己本性的語言，有些話可能太俗，有的又太華麗。我不禁想起自己青少年時期，母親為了讓我的同齡朋友印象深刻，常常會輕聲讚嘆某事某物實在「太邪惡了吧」。尷尬死！

我早早在跟珊卓拉合作時學到了這一課，不過就她的那場演講來說，語言和人不搭軋，完全就都是我的錯。我剛開始替別人寫講稿的時候，明白自己得想辦法改變從母語帶來的文風語氣——不要那麼多長句，少點諷刺，丟掉 ice lolly（冰棒）、tweeny（女傭）、

boot（後車廂）這些英式用語——轉化成比較中性的語言。我正在努力克服這些問題時，收到珊卓拉從佛羅里達寄來的電子郵件；她要在兒子婚禮上致詞，於是找我幫忙。我們早期的幾版服務流程，演講練習前是不會跟客戶說到話的——所有階段都透過電子郵件進行。回頭來看，這種計畫對演講撰稿公司來說很糟糕；但草創初期什麼都是全新體驗，我們就是邊做邊規畫。

珊卓拉喜歡我幫她寫的講稿，拿到以後沒改多少，我覺得一切都很順利——直到演講練習階段，我和她通上電話，然後訝異地發現，她說他們家族「最早是從古巴來」，那個「最早」是指前一年！標準放寬點來看，珊卓拉的英語是進階初學者程度，說話帶著濃重口音，有些措辭和用字她顯然還不懂，講起來結結巴巴。我請她先別講下去了，委婉地提議改寫講稿，讓文句更合乎她的英語流利度和說話聲調。經過一番來回折騰，我們總算一起度過這個難關。

我明白你很清楚自己是不是古巴來的非英文母語人士，但無論如何，你都得確保寫稿的遣詞用字、引言用哏，自己說著自然，聽眾聽著也自然——要是不自然，那你自己要把不協調的部分點出來。

阿尼爾在他專業領域是頂尖的醫學專家，他老家在孟買，是我合作對象裡活力數一數二豐沛的。他要在家庭聚會上講話，讀演講初稿時念到他談到太太的部分，他一臉疑惑地問我：「維多利亞，『我需要支持時，她就一肩把我扛起』（she carried me when I needed support），這什麼意思呀？」我跟他解釋，這樣寫是為了要感念他太太的付出，他還是個小小實習生時，都是靠太太養家糊口。他放聲大笑，接著告訴我，他們家的印度聽眾會把字面上的意思都認真聽進去，聽到這邊會想像他太太真的把他拎上肩扛著走。

不過阿尼爾也告訴我，他想向賓客解釋，他之所以舉辦這個家庭聚會，是因為希望孫輩「過好幾年後長大了，可以跑到地下室，打開ＤＶＤ播放機，看看他們祖父是怎樣的人」。這下換我笑了。我告訴他：「阿尼爾，沒人在用ＤＶＤ了啦。二十年後，你孫子要看你會在擴增實境裡面看。」碰巧他大兒子是專精科技業的創業投資人。於是我們就依照他最初的心願，在講稿裡完整保留地下室那堆灰塵滿滿的ＤＶＤ，然後隨口來句俏皮話，點出他科技能力有多低，幽自己一默：「我瞭，我瞭，我看到阿傑在搖頭了。阿傑別擔心，我也會把影片存到 Apple TV。」

我們不想把笑話講得太技術，因為那會讓人覺得怪怪假假的。但提一下 Apple TV 聽起來滿可信的。如果講稿是阿尼爾自己寫的，稿子裡不放這笑話也不會怎樣（不過就是屋裡不到六十歲的聽眾會偷笑幾聲），可是這笑話恰恰呈現了「真」的鋩鋩角角。

你寫稿時會細細盤算要用怎樣的詞語才能準確展現自我，這時請把「真」這個特質當成會動的活靶，它不是死的。在某個場合，你可能會想把話講得比較輕鬆隨意，更像口語對話。另一個狀況下，你可能希望遣詞用字正式點、高雅點。面對一群聽眾，你可能會覺得時機合適就可以秀幾句髒話；但對另一群聽眾演講，你大概這輩子都不會吐出半個髒字。喬治．弗洛伊德（George Floyd）死後，社運人士塔米卡．馬洛里（Tamika Mallory）站上街頭對政府喊話：「搞屁啊，你們給我把事辦好！」瑪喬利史東曼道格拉斯高中的學生高呼「我聽你在屁」（We call BS），全國各地槍支管制辯論社群都迴盪著這句青少年示威口號。但不管是哪個情境，遇到不同的環境和不同的受眾，這些語言很可能就沒有那麼有力。語言力度的變化，不代表這兩句話就會「比較真」或「比較不真」。

有些客戶會操心，不斷想著自己聽起來夠不夠真，常常要問我怎麼捕捉他們的聲音。談到公開演講這一塊，預設你清楚自己的聲音，很容易會誤入歧途，因為演講是種高階的溝通模式。你周五夜在牌桌上的聲音，可能就和你要小孩上床睡覺的聲音不一樣，而且十之八九和你在迎新早餐會跟新進職員自我介紹的聲音不同。

我和客戶合作時，會特別注意他們講話的節奏聲調、年齡、性別和文化背景，因為這些因素都會影響他們講話的方式。我還得讓大家明白：你在酒吧跟人聊天，和在演講廳、在影片裡跟聽眾講話，這兩種方式是不一樣的；還有，你書面寫作和開口講話的方式也會不同；私下跟個人交談，和公開跟群體說話，這兩者也有所差異。有次大衛・萊特曼（David Letterman）訪問肯伊・威斯特（Kanye West），威斯特告訴萊特曼，他愛看人「發掘不同版本的自己，越多版越好」。我常常思索人怎麼展示自己，所以這段話讓我印象很深刻。我真心認為人太複雜了，以至於這句話變得沒有意義。我們不總是會受環境和其中的人限制嗎？

我盡可能用簡單的方式向荻依解釋這點。她想在活動中為一位摯友獻上敬酒詞，這位朋友是現今數一數二的當紅炸子雞，我得知這件事的時候滿心歡喜。荻依要發言的場合，是在這位大人物家舉辦的私密晚宴，只邀十二個人來幫他慶生；荻依解釋，她講這段敬酒詞的目的，是想告訴對方，他對自己來說是多特別的朋友。我只有二十四小時能寫稿，可是卻對前因後果一無所知，連一份簡報都沒拿到。

這些年來，她一直跟這位好友通信，提議要轉寄幾封自己寫的電子郵件給我，這樣我就能理解他們的關係，熟悉她對好友談話的方式。摸著良心說，我對這些信非常好奇，很想讀讀看，想透過這些信進一步了解這位創業巨人。閱讀過程中，我看著雙方在信裡玩內哏——小圈圈裡的笑話是種私密的語言。文字間的隱喻一團混亂，相互不搭軋，句子缺少標點符號，我看得實在摸不著頭緒，搞不懂內容的含義，表達情感的私密用語也令人費解。凌晨三點，我決定不讀了，下筆試著寫信給荻依，讚賞她願意向我展示自己，同時委婉勸她找其他方式呈現敬酒詞。

我的工作不是要批判人家私下怎麼交流，但還是得努力確保在比較面向公眾的場合，講者能調整他們表達自我的真實本色，以較常見的公開演說風格呈現。我不得不向荻依解釋，那些素材是她發給摯友的私人電子郵件，而她現在要寫的內容會同步對屋裡的其他人發表，兩者大不相同。句子寫到中間忽然就讚嘆起來，表達對好友的崇拜，最後只寫了一半——敬酒如果這麼做，可能傳達不了她在電子郵件裡想表達的那種詩意。我們得用另一種呈現方式「翻譯」這種情感、捕捉她的個性，同時一定要讓她麻吉和一眾賓客能聽得懂她在說什麼，畢竟他們到時會一手教皇新堡（Châteauneuf-du-Pape）一手古巴尤物。我在講古巴雪茄，不是人；我是說他們會邊啜飲美酒邊抽好菸。

有個問題荻依倒是沒有，她半點陳腔濫調也沒用——荻依的風格實在非比尋常。可是呢，「他是我的磐石」這種說法，會大受歡迎是有原因的。這些寫法清晰又有意義，和荻依信裡的大部分文句都不同。不過比起這些用到爛的比喻，我寧可用荻依獨特的修辭。

要聽好了，我會盡量講得清楚點、具體點。如果你演講要談澳洲塔斯曼尼亞（Tasmania）的環境危機，這時發現自己寫到「這不是短跑，而是馬拉松」之類的文字，那就想想講稿談到什麼意象和軼事類素材，利用這些元素打造具有相同含義的新隱喻。假設你發現自己寫到聽眾對某人「想必耳熟能詳，不用我多介紹」，那介紹這位人物時，請告訴聽眾一些他們聽都沒聽過的事。假設你發現自己寫到「她是我的磐石」，請想想其他譬喻，別把她比作沉甸甸的鵝卵石，找個更具體、更私人的喻依。如果她每天都健身，那要不要試試「她不是我的磐石，是六百公斤的槓片」？

要我說的話，我認為陳腔濫調就是情緒殺手。你那麼努力又成功地和群眾談他們沒聽過的事物，最後卻丟出一句陳腔濫調，有夠掃興的。先前聽到歐巴馬用老掉牙的「磐石」隱喻形容蜜雪兒，我超失望，失望到一生難以忘懷——蜜雪兒值得更好的譬喻。《Us周刊》（*Us Weekly*）的知名編輯邦妮·富勒（Bonnie Fuller）曾這麼描述蜜雪兒·歐巴馬：「那雙手臂……看起來強而有力，足以環抱一個陷入困境的國家，把它高高舉起。」這還差不多！

陳腔濫調就是在偷懶，而寫作不能偷懶。寫作這件事充滿動態。你的大腦和身體要一起打拚。為了盡可能讓自己在寫作時段有所產出，你得保持警戒、做好準備，不能精神萎靡，也不能不甘不願。要是你心智狀態不佳，那可能就寫不出什麼來，所以要投入講稿寫作時，盡可能多給自己一點時間，這樣會有幫助。有時候，我就是會本能地覺得自己和素材好疏遠，同時又渴望和它緊緊糾纏；這時我不會給自己壓力，因為我知道等情緒過去，我就會大有進展，不會只補上卡關的進度而已。有時我在清晨寫作，其他人都還睡著的時刻，我手裡握著奶味濃濃的咖啡，這是我創作的黃金時段。有時候我會把升降桌調到站立的高度，在房裡蹦蹦跳跳。有時我會聽自己熟悉的音樂，這樣就可以忽略歌詞；有時候我會聽純音樂集中注意力。有時我搭地鐵通勤寫得最好，因為周遭的人給了我靈感。有時候我需要獨處，得把自己和所有人隔離開來。不管哪個時候，我被卡住時，唯一有用的辦法就是站起來，出去散步。遠離螢幕，在腦海中漫遊，這麼做總能讓腦袋瓜裡的神經元突觸發電流。所以對自己好一點，准許自己蹓躂蹓躂。

邱吉爾在〈修辭的鷹架〉裡這樣作結：

全國各地都有把話說得又好又流利的人，他們努力提升自己的口語能力，在其中投入自己所有的機運、才能和毅力，但卻永遠配不上「演說家」之名。形形色色的元素，分開來看毫無意義，若是以協調的比例集結，卻能變得意義重大——怎麼結合這些元素，是門精妙的技藝，世上沒幾人能掌握。懂得這門技藝的，也無法把它傳授出去。大自然牢牢守好自己的祕密，還封住信任之人的嘴。但正如化學家盼望終能成功，不放棄彌合有機與無機間的鴻溝，也不放棄以人體小宇宙的太古元素再造新生靈；研讀修辭之人也可以繼續執迷於盼望，希冀自然有天也會臣服於細緻的觀察和不懈的努力，交出通往人心的鑰匙。

如果你讀這篇文章的時候，腦中想的作者形象是英國戰時那位發福的語文巨匠，這些話聽起來就很妄自尊大、自私自利。但邱吉爾寫這些話時才二十三歲。就演說家生涯來說，他在人生這個階段一無所成，只能孜孜不倦研究別人在下議院的演講（他父親藍道夫爵士〔Lord Randolph〕時任議長）。他不是掌握那門精妙技藝的演說家，不知道怎麼結合形形色色的元素，讓分開來看毫無意義的事物，以協調的比例集結，變得意義重大。他是研讀修辭之人，執迷於盼望，勤勤懇懇努力不懈。看看他最終變成了什麼人物。人人都有希望！

11

給幽默一點舞台

覺得自己不好笑時，要怎麼搞笑

我笑話是這樣寫的：「在沙烏地阿拉伯，找到瓦沙比（wasabi，芥末）的機率比遇到瓦哈比教派（Wahhabi）還高。講到日本料理，我們利雅德（Riyadh）有些很讚的餐廳，你們來的話該去嘗嘗。」

我想我得承認，在國會山莊講這種笑話可能有點……嗯……輕浮？這場演講談的畢竟是反恐，還在開場重述了當局在往芝加哥的航班上攔截塑膠炸藥的經過。現場聽眾西裝筆挺、正經嚴肅，讓他們在政治場合的簡報現場大笑，或許有失妥當。這場演講不是什麼喜劇演出，而且我敢說，我客戶要想說服美國政策制定者，「不管瓦哈比教派算正式組織還是世俗信條，在沙烏地阿拉伯都不存在」，這可不是講個笑話就辦得到，他還有得努力。但我就是忍不住想插科打諢看看，搞笑一下下就好。

我想你最好奇的大概是：這傢伙怎麼會跟沙烏地阿拉伯代表在華盛頓一起混？這件事說來稀奇，值得一提再提。當時有位年輕人聯絡我，說他在華盛頓特區有場重要的簡報要做，想找我幫忙他鋪陳論點和具體證據，讓整體呈現更有說服力。他的任務是說服美國政府，沙烏地人真的是很棒的盟友，他們會盡全力和美國合作，剷除中東的叛亂分子。主題很嚴肅，對吧？

這次合作面臨的第一個挑戰是：他的狗生病了。他告訴我，他家的鬥牛犬忽然得動手術，獸醫的帳單簡直天文數字，所以——報價能有點彈性空間嗎？能不能接受分期付款？你看，說到底，我們猶太人和阿拉伯人之間的差別有那麼大嗎？我同意了，因為那時候我們家心愛的狗狗還活得好好的，而我很清楚要讓她那樣健健康康，背後有多高的代價。幾天後，快遞送來一個巨大棕色包裹，裡面有兩大卷反間諜活動資料。我的辦公室當時藏在蘇活區（SoHo）一處地下室，會去的只有租了那邊房子的人，還得要對地下碉堡有特殊偏好；隱密的氣氛和案子整個很搭。也難怪快遞員會誤會，他把我這個人想像得比實際上還有意思。我坐在辦公桌前一頁頁研讀，讀到太陽沉入隔壁大樓，辦公室籠罩在一片黑暗中。裸露的燈泡鎖在裸露的磚牆上，懸疑驚悚片的種種招牌特色，一眼望去根本應有盡有。我甚至都還沒把瘋狂偵探牆架起來呢。和這位紳士共事期間，以及之後幾周內，我每次接到廣告電話或奇怪的電子郵件，就會疑神疑鬼，覺得是聯邦調查局在監視我。我被列上某份名單了，我這樣想。我一定在名單上。

整件事很超現實，我被逗樂了，決定下次家庭聚餐時要告訴家人，還想著他們會覺得有趣。我當然沒透露半點細節，只提了這次專案的梗概，但我還來不及跟他們說到狗狗的部分，大家就因為我同意跟沙烏地人合作衝著我狂吠起來。「你怎麼這樣?!」我家蘇格蘭老媽對我尖叫。「希特勒打電話給你，你就會和他合作嗎?!」我媽本來就不喜歡沙烏地人；這是很早以前的事了，當時記者加瑪爾．哈紹吉（Jamal Khashoggi）都還沒被他們王儲殘忍謀殺，切成一塊塊偷運出駐土耳其大使館。晚餐的對談爆發成大吼大叫，根本在比誰講起中東能吵得最大聲；我趁機溜進廚房沉思：自己思慮是不是有欠精準，講話時忘記考量家人心裡的倫理道德標準。我連那個超搞笑的哇沙比笑話都還來不及講。

我可能有條原則還沒跟你宣導過：不管是哪種演講，幽默幾乎都派得上用場。當然，有些場合很沉重嚴肅，不該在演說時用幽默活絡氣氛，但這種狀況很罕見，你也講不太到這類演講。我講的是像「面對疾病大流行的總統」這樣的狀況。（要是你有朝一日成為世界領袖，但願這本書在你的領導之路上有一點點貢獻。但如果你跑去當獨裁者，那就甭提我了，這種事我概不負責。）不管怎樣，我希望你至少要明白：講稿可以不帶幽默，但理由絕對不能是講者信心不夠。有時我把草稿寄給合作對象，他們會刪掉幽默的橋段，理由常常單純是怕失敗，我都難過死了。

我會不斷逼問刪掉笑話的客戶，他們到底為什麼要刪那些段落，這樣至少可以把客戶的顧慮拿到檯面上來談。十回裡大概有八回，我能把輕鬆的橋段救回來。往往只要我把講稿讀出來就夠了，我一念出聲，客戶就能聽到這句話在整個段落中給人的感覺。幽默就像演講的其餘元素一樣，成敗都取決於你怎麼講。所以我才要大家都做個演講練習，目的不只是要減輕上台時的顛顛簸簸，還要品嘗出情感的氛圍韻味，抓住過程中的能量變化，找到辦法完美地把哏丟出來。在我看來，講稿只有離開紙面才能成為演講，所以要是客戶不做演講練習，那我的工作等於沒做完。這一點我至今深信不疑，稍後會再跟大家多談談演講練習。

我們老朋友溫斯頓．邱吉爾列的演講要素清單，缺了一個重大元素——我覺得這件事很重要，怎麼強調都不為過。對我來說，幽默不可或缺。就算在最正經或最悲傷的時刻，人類也會在幽默中找到安慰，找到和彼此的連結。大家同聲大笑的那刻，笑聲就成了當下發生的一切——評判和雜念都消失了。讓聽眾一起獲得集體體驗，是演講的終極目標；要辦到這點，講個好笑話就是最佳手段。我曾在好友的婚禮上聽到一則好笑話，到現在還常常拿出來分享。新郎的父親去世還沒多久，他說想到父親從沒見過他的新婚妻子，實在很遺憾。新郎有很多兄弟姊妹，他父親走得很突然，宛如悲劇，新娘和新郎兩家又很親，所以新郎家婚禮當天少了位父親，大家都有少了一個人的感覺。新郎本身是愛搞笑的人，所以他精心編排這段話向父親致敬，就特別能打動聽眾：

「我最大的遺憾，是我父親還沒見過綺雅拉。」他說。「我相信爸會超愛她。」然後他稍稍停了一拍。「他一直都愛大奶。」

現場聽眾是典型的英國鄉下人，喝酒就愛喝個痛快，完全不在乎人講話有沒有政治正確——對他們來說這個哏超讚。綺雅拉的胸罩尺碼也真的很大；她打娘胎以來都沾沾自喜地拿自己的胸部開玩笑。這個笑話又真又低俗，忽然就打破了悲傷的場面，把現場情緒無縫轉換成慶祝氛圍。過了十年，我們想到大家笑得多厲害，還是樂不可支。

演講要好笑，沒有你想的那麼難。你不需要天生機智又健談，也不需要有單口喜劇演員的才華，就能讓聽眾會心一笑，甚至哈哈大笑。對喜劇演員來說，「好笑」之所以難，是因為幹這行等於對觀眾承諾了自己會超好笑，於是他們要滿足的期待被架得很高。但如果是普通的講者，聽眾不會預設他們要讓人笑得翻天覆地。也就是說，你不用花力氣贏得聽眾的認可——他們能微笑一下就很開心了。門檻很低。

前面幾章提過一位前運動員，跑去當負責主持晚會的名人，還講到他們公關人員控管超緊，你還記得吧？這位主持人在開幕晚會的第二段重要台詞，談的是主辦城市。他發言之前，現場會播一段精心製作的影片，兩位知名發片藝人在影片中演出原創歌曲，有當地人群和城市的美麗意象為背景。影片的要點，就是這座城市有多創新，它是一切創新的中心。我客戶真心熱愛這座城市，他在當地為球隊效力多年，那段時間生活得幸福愉快。所以我當然就要問他不喜歡這城市的哪一點。他非常篤定地回答：交通。（完全暴露他的出身要不是郊區少年就是鄉下小孩！）

「很好。」我回答，心裡不怎麼驚訝，但很高興有機會嘗試突破防線，挖到小小一塊個人故事。「告訴我：從機場到訓練場的車程，你看到了什麼、走哪條路線、遇到哪些人——越詳細越好。」他提供的細節非常具體，我搭配著 Google 谷歌地圖尋找替代路線和地標，完美地以個人形式向這座城市致敬；影片中對這座城市的描繪光鮮亮麗、較為廣泛，主持人對這條通勤路線的描述十分細膩，搭配起來相得益彰。最重要的是，一邊回憶這段車程，也讓他不得不對聽眾告白：自己甚至還會想念「該死的紅綠燈——這座創新城市唯一還不夠創新的東西」。不管怎麼想，這段話都不是啥好笑的笑話，但卻是當晚少數回顧前面那支創新影片的台詞，而且回溯得很好。

喜劇有很多種。由於我能力有夠不足，實在沒辦法跟你細細講解喜劇；要是你想找什麼喜劇的課程，那請容我推薦賈德·阿帕托（Judd Apatow）的大師班。不過，我得說，每次談到雙關語和影射等喜劇手法時，我發現自己往往對這類結構不太感興趣，除非對我而言這些雙關或影射做得超明顯。說到雙關明擺在眼前的狀況，那就得提我在英國參加的另一場難忘婚禮，新娘是我另一位摯友，她爸爸致詞時就玩了這招。他說：「跟我這位新科女婿第一次碰面的事，還真算是永生難忘。這傢伙超熱情地伸手說：『嗨，我尤謙仁。』

我想說，好唷，有錢人讚喔。」這個雙關哏埋得超淺超顯眼，但用得非常妙。艾蜜莉的父親不寫喜劇，不過這個雙關就從天上掉下來，他要怎麼放過，哪可能不拿他女婿尤謙仁的名字來開玩笑？

我寫到的這些笑話，就阿帕托的喜劇分類看來可能算軼事。有的是吐槽。有的在諷刺。有的超乾，有的能正中笑點。有的只是想鬆一下氣氛，讓人莞爾一笑，沒打算逗聽眾捧腹大笑。但不管是哪種形式的幽默，都一定要有實實在在的題材當基底。如果把這個笑話拿掉，演講還是完整的演講。雖然會有點小小影響，但不會犧牲掉演講的重點內容。演講裡的小幽默和單口喜劇的差別就在這裡。二〇一〇年，蒂娜・菲（Tina Fey）獲頒「馬克吐溫美國幽默獎」（Mark Twain Prize for American Humor），她的獲獎感言就展現了這個對比——那是我很喜歡的一段演講。蒂娜・菲是喜劇演員，所以她演講前半部完全是鋪哏接爆點，再來一段鋪哏轉接爆點，鋪了又鋪爆了又爆。我接下來會把笑話都加粗體，這樣你就可以看懂，把笑話拿掉以後演講就沒什麼內容。

非常感謝各位。太感謝了。謝謝大家盛裝出席。**老天。剛剛聽過演講、看過表演，**

這樣度過充實的兩小時，我忍不住覺得很慶幸：好險我有在包包放一袋椒鹽小脆餅。

謝謝大家來到甘迺迪表演藝術中心（Kennedy Center）——**共和黨再繼續抗議下去，這邊應該快被改名成「茶黨保齡球館暨射擊場」（The Tea Party Bowling Alley and Rifle Range）**[47]**了。應該不錯啦，我看是擺得下九條球道。謝謝WETA頻道**[48]**的各位，謝謝美國公共電視（PBS）的各位——不只是因為你們播出這場頒獎典禮，還因為我小時候，你們一直播《傻人豔福》（*The Benny Hill Show*）**[49]**。我是不知道這種節目怎麼可以在公視播啦——我們這輩子可能都別想知道了吧。**

我保證會在家裡給獎座找個體面的位置，免得我女兒把它拿來玩，假裝它跟芭比是

---

47 譯注：二〇〇九年，美國共和黨內部興起財政保守主義路線的「茶黨運動」（Tea Party movement），主張降低稅收並透過削減政府開支減少國債與聯邦預算赤字，且認為政府應盡可能減低對社會的干涉，反對政府補助全民醫療保險。

48 譯注：WETA頻道是美國公共電視的加盟台。

49 譯注：《傻人豔福》（*The Benny Hill Show*，台灣中華電視譯名，港譯「不文山鬼馬秀」）是英國演員班尼・希爾（Benny Hill）的喜劇表演，於一九五五年至一九八九年在英國ＢＢＣ與ＩＴＶ電視台播放。內容由搞笑短劇組成，結合打鬧劇、默劇、雙關、黃色笑話等元素。

老夫少妻，做丈夫的出了意外沒了身體。

我從來不敢妄想自己能得馬克吐溫美國幽默獎。**主要是因為我都走典型的奧地利式幽默路線。**

我連自己有資格得馬克吐溫美國幽默獎都沒想過。我的意思是，我覺得自己還比較可能會得「納森尼爾霍桑人性本批判獎」（Nathaniel Hawthorne Prize for Judgmental Nature），或者「茱蒂布魯姆尷尬青春期獎」（Judy Blume Award for Awkward Puberty），或者「哈波李作品超少獎」（Harper Lee Prize for Small Bodies of Work）之類的。可是我就是沒想過會得馬克吐溫美國幽默獎。不過，我期許自己跟馬克．吐溫一樣，一百年後的人會邊看我的作品，邊想著：「哇，這還滿種族歧視的欸。」

據說我是第三位獲得這個獎項的女性。我很榮幸能與莉莉．湯姆林（Lily Tomlin）和琥碧．戈柏（Whoopi Goldberg）齊名，但實在也希望有一天女性取得的成就越來越多，我們就不用再去算哪個領域有多少位優秀女性。

沒錯，我是《周六夜現場》（*Saturday Night Live*）第一位女性首席編劇；沒錯，要算上節目期間懷孕的女性，我就只排第二位。今晚，我成了這個獎項的第三位女性獲獎者。**我也**

很樂意當第四位做某件事的女性，不過我覺得應該不是第四個嫁給洛恩（Lorne）的女性吧。

非常感謝今天來這邊演出的朋友。還有些人是大老遠從洛杉磯趕來，我知道你們都是大忙人，有家人要顧要陪，看你們對演藝產業的關心勝過對家人的關心，對我來說意義重大。感謝亞歷・鮑德溫（Alec Baldwin）今晚沒有來。大家已經覺得我是自由主義菁英瘋子了，我不需要那傢伙跟著我。《赫芬頓郵報》（*Huffington Post*）那些記者在看欸。好啦我其實很感謝亞歷今晚留在紐約繼續拍《超級製作人》（*30 Rock*），有他留守我才能來領獎——謝謝啦亞歷，愛你唷。

我今晚是不打算走感性路線的，因為我就是個冷血無情的賤女人。可是我要感謝我的家人。人家說幽默的人通常有著艱苦的童年，或者出身問題家庭，所以我想對我的家人說：「他們頒馬克吐溫美國幽默獎給我欸！你們這些禽獸對我幹了什麼好事?!」嗯哼。

我知道我父母今晚一定為我感到驕傲，所以或許這是跟他們談事情的好時機——我跟你們說，我要把你們都送去老人之家了。我們晚點再來詳談。

我在芝加哥遇到我老公，當年我們都住那，我還留短髮，頭頂燙卷，穿著超大號牛仔工作服——我就是這樣明白我們之間是真愛。

未來有一天，我們女兒愛麗絲會找到這段節目的DVD，嗯也可能她眼皮裡就植入了iPhone然後直接下載影片之類的啦，我也不曉得「未來」是多久以後的未來。但總之，不管她怎麼看影片，我都希望這段能把她逗笑，順便讓她理解爸媽為什麼看起來總是那麼累。

還有一個人，少了他我今晚真的不會在這裡，就是洛恩．麥可斯（Lorne Michaels）——**當然我是說除了我媽以外，雖然她當初無痛分娩藥用很兇，但我很確定是她把我生下來的。**

要是把演講裡這些粗體字笑話拿掉，剩下的內容就是感謝主辦方、感謝朋友、感謝家人，每個領獎人都一定得講這種話的。那些笑話都是為了娛樂聽眾，因為這段內容半點真知灼見也沒有，更不用談教育意義或啟發性。演講後半部，她先講自己第一次見麥可斯的事，這時幽默和內容之間的關係就不一樣了。後半部的笑話不是娛樂用的，而是要傳達更深刻的訊息，得用幽默感提升訊息質感、讓內容更豐富；就算去掉了這些哏和爆點，演講內容還是談了不少蒂娜．菲的喜劇之旅，還有她在此時此地作為喜劇演員的感受。

一九九七年，我從芝加哥飛往紐約面試工作，應徵的職缺是《周六夜現場》的編劇。

我內心滿懷希望，因為我聽說節目組想讓團隊更多元——順帶一提，只有在喜劇這行，「郊區來的乖乖白人女生」才會變成代表多元化的應聘人選。不過，我當然記得自己是來面試工作的，當時我唯一一件體面的衣服，就是一條黑色褲子和一件 Contempo Casuals 的毛衣（洛恩說的沒錯）。然後我走到洛克斐勒廣場三十號的電梯前，跟保全說：「我是來見洛恩．麥可斯的。」這段話連我自己聽了都覺得難以置信：「我是來見洛恩．麥可斯的。」

接著我上了十七樓和洛恩會面。關於和洛恩面試，行前我唯一從別人那聽說的事，就是：「你幹嘛都好，就是不要幫他把話講完。」有個我在芝加哥認識的女生就把話接完了，她覺得就是接話害她工作飛了，所以，幹嘛都好，就是不要幫他把話講完。我到了面試現場，真的超怕搞砸，這時洛恩說：「所以，你從……」那句話就這樣懸在那裡，「所以，你從……」我忍到最後再也受不了了，就說：「賓州，我從賓州，費城郊區來的。」這時候洛恩也思考完了，他說：「從芝加哥過來。」當下我想，死了。我搞砸了。面試聊的其他內容我都不記得了，因為我都顧盯著他想：「這就是披頭四那集短劇裡面的那個人！我竟然在他辦公室欸！做夢也想不到。」

當然，我怎樣也料想不到，幾年後我會坐在那間辦公室，一路坐到半夜兩點、三點、四點，內心想著：「會要是繼續這樣開個沒完沒了，我就要把這個死加拿大人殺掉。」

我上次來華盛頓，是二〇〇四年的事，我來跟約翰．馬侃（John McCain）合拍《生活》（*Life*）雜誌封面照。馬侃參議員帶我們夫妻參觀了參議院，一起度過了愉快又忙碌的下午。根據可靠消息來源指出，我本人和馬侃參議員的合照一直掛在他辦公室裡，從二〇〇四年就在辦公桌旁掛到現在。參議員打從當年，就每天看著那張照片，從中獲得靈感。所以，我想我要表達的應該是，美國搞成這樣可能是我的責任。

今晚我能站在這裡，如果少感謝了莎拉．裴林，那我簡直就是騙子、白癡。能和她長得有點像、嗓子也和她瘋癲的聲音也有點像，這簡直是我此生最幸運的兩件事。

玩笑先放一邊，能代表美國幽默，我非常自豪。我以自己身為美國人而自豪。能住在「想像中的美國」（Not Real America），我很自豪。我最自豪的是，即使時局艱難，面對極端天氣、經濟不景氣或選舉有爭議，我們這個國家還是能保持幽默。好了，我不想一直講下去，我知道這個場子還要談談其他四位被提名人，所以就這樣，謝謝大家，晚安。

從沒有人會抱怨演講太好笑，但如果搞笑失敗，大家肯定會抱怨。我希望這章能讓你擺脫這種命運。不過，對於野心勃勃的笑話大師來說，陷阱還多著。演講幽不幽默，取決於目標受眾是誰，消費者是誰。你讀完蒂娜．菲的講稿，可能每個哏都有聽懂，因為她是喜劇演員（從事短劇、單口喜劇等不同類型演出），她只能寬鬆廣泛地臆測自己的聽眾是哪些族群、政治傾向如何、抱持什麼價值觀。如果演講時能更精確地定義聽眾樣貌，那笑話就可以編得更細緻，甚至針對台下的某個人講笑話。舉例來說，你在稿子裡寫工程師的內哏，拿去講給健康健身專家聽，他們可能根本聽不懂。不過針對某群受眾寫笑話時，你要好好拿捏，要分清楚哪些題材是圈內文化、大家熟悉的事件，哪些東西算是私人範圍；後者會讓小團體外的人或當時不在現場的人覺得自己被排擠。我一直跟大家說：要是這個笑話只有不到一半聽眾能懂，那就別忙了。如果沒辦法拼湊出人人都能參與的笑話，那你要講的笑話可能就是私人笑話，一小群人「懂的就懂」，沒幾個不懂的圈外人會覺得好笑。還有另一個危險信號：你發現自己說這個笑話「超爆笑的」。這就是警訊了，表示你沒好好努力替大家把笑話講得好笑。

我後來發現美國公視播頒獎典禮時，其實把蒂娜．菲的話截去了一段，一時有點訝異。蒂娜．菲提到裴林後繼續說：

撇開政治不談，莎拉・裴林和像她這種女性能成功，對所有女性都有好處——當然啦，有些人最後會搞得要替自己的性侵採證什麼的買單，對這些人來說，裴林當然就不是好事了。但對其他人來說，簡直雙贏。除非你是女同性戀，和另一半愛情長跑二十年，想跟她結婚。隨便啦。但對大多數女性來說，保守女性的成功對我們大家都有好處。除非你是進化論的信徒。好吧——我還是收回這段話好了。保守女性的成功整個就超災難。

蒂娜・菲要嘛就是錯估她聽眾的組成，要嘛就是，很可能就是，她以為聽自己講話的群體能放下政治偏見，欣賞她的幽默。她終究沒考慮到電視台的立場。公視的立場是無黨無派，而副控室覺得她演講裡這一段話和公視立場不一致，這一點凸顯出「受眾」這個概念有多複雜。你被攝影團隊拍進畫面、在電視上放送的時候，面對的受眾到底是台下的人，還是演講廳之外的世界呢？受眾是誰又會對你的演講有多大影響。（我好奇蒂娜・菲是不是已經考慮了這點，還故意把講裴林那段加進去。）這一題我不認為有正確答案，你得自己決定要向多廣大的人群喊話，還有傳遞訊息的過程中要犧牲或不犧牲什麼。

如果你的幽默是以犧牲別人為代價，你一定不會受人歡迎。蒂娜·菲顯然是沒在烏莎拉·裴林，但這是常見的錯誤，好發於第一次吐槽人卻又胸懷壯志的新手，最常見於婚禮和各大慶祝活動現場。講別人的低俗事蹟或揭發人家壓抑心中的祕密，不給他們留面子，會把整個場面都搞得很怪，而且對你自己的聲譽沒好處，更極端的案例還會點燃戰火，煽動對方報復。二〇一一年，歐巴馬在白宮記者晚宴（White House Correspondents' Dinner）上狂酸川普一頓——你看後來怎麼了！唯一能打破這些溫和文明守則的場合——請記住，演講創作沒有寫死的規則——是修士俱樂部（Friars Club）的吐槽大會，*50因為這些吐槽大會的目的，完全就是要對來賓越刻薄越好，多針對他們講一堆垃圾話。二〇一六年有場吐槽大會，羅伯·洛（Rob Lowe）是主秀嘉賓，彼特·戴維森（Pete Davidson）拿列席嘉賓安·柯爾特（Ann Coulter）開玩笑：「大家也知道，去年我們邀了

50譯注：紐約修士俱樂部（New York Friars Club）會員多為娛樂產業從業人員。自一九五〇年起，該俱樂部便開始舉辦吐槽大會。一九九八至二〇〇二年間的年度吐槽大會由電視頻道「喜劇中心」（Comedy Central）製作並轉播；雙方結束合作後，喜劇中心也開始舉辦自己的吐槽大會，如下文提及的羅伯·洛吐槽大會。

賣床單的瑪莎・史都華（Martha Stewart），今天我們現場來了安・柯爾特，這女人專門在床單上剪眼洞。」[51]呃啊。希望安・柯爾特別出來選總統。

說到歐巴馬在白宮記者晚宴的演講，他任期最後的第八年演講，開場白正好能拿來當個好範例：像我們在「瘋狂偵探牆」那章說明的那樣，簡單地把事物連結起來，就能素材中生出笑話。

他說：「如果我今天用的段子效果不錯，那明年我要拿去高盛（Goldman Sachs）講——」接著他頓了一下。「賺他一大把塔布曼新鈔。」二〇一六年的這次演講，歐巴馬穿針引線，把希拉蕊遭誹議的鉅額演講費事件[52]和二十元美鈔改版計畫串連起來（川普政府財政部長史蒂芬・梅努欽〔Steven Mnuchin〕後來取消此案[53]——拜登上任後又重新推動這個計畫）。要是你把瘋狂偵探牆做出來，就更容易發現這些連結，笑話也會在你最意想不到的地方冒出來。

我寫的笑話都直接來自從素材發掘的點——有不協調，有矛盾，有巧合。你得辨識素材中的連結與關係，組織講稿裡更大的框架就要這樣（例如亞綴安演講裡那張沙發），寫笑話也是如此。

我還有個客戶的例子：這位女士為人相當坦率敢言，剛當上某地猶太會眾主席，得發表就任演說。她回覆了二十道問題，我在答案裡讀到，她曾和執行長緊密合作全面翻修猶太會堂，兩人吵個不停，她希望會堂有漂亮的裸磚牆，但執行長不斷強調聖堂一定要做好隔音。她已經在講稿開頭告解：她可能不是當地觀察力最敏銳的猶太人，不過一旦要為社區爭取最大益處，她一定是最敢言、發聲最響亮的猶太人。要寫笑話還不簡單嘛：

我們社區最近做了不少事，我數一數二喜歡的，當然就是翻修會堂了。看埃拉變花

51 譯注：柯爾特為美國右翼名嘴、專欄作家、律師，著有《我們信靠川普》（*In Trump We Trust*）一書。戴維森此處笑話，是將柯爾特與種族主義組織三K黨（Ku Klux Klan）相比，三K黨成員常頭戴剪眼洞的白色頭罩。

52 譯注：維基解密（WikiLeaks）爆料，希拉蕊・柯林頓曾二〇一三年至二〇一五年三度於高盛投資集團演講，收受鉅額演講費。

53 譯注：歐巴馬任期尾聲，美國政府宣布要將二十美元紙鈔的頭像改為廢奴先鋒塔布曼（Harriet Tubman）肖像，川普曾評論此舉「不過是為了政治正確」。梅努欽曾宣布此案因「技術問題」需延期。

樣多有意思啊！我在想，我跟他碎碎念說要有裸磚牆的時候，他一定超級希望能多加幾道隔音板。

我一直在讀人們的故事、想法和各種趣聞，以致於收集素材時，我首先注意到的幾點，其一就是怎麼用各式各樣的素材營造出恰到好處的幽默張力。我腦袋裡一冒出笑話就寫筆記，這樣就能之後再回頭看。我寫筆記的時候不知道笑話能用在演講的哪段，或者到底會不會放到演講裡，但我從不錯過記下笑話的機會。一旦你漸漸能辨識素材裡的矛盾和巧合，要拿這些素材來開個玩笑，就只差一點想像力和勇氣——需要想像力，是因為你要從觀察到的兩組條件中，聯想出最極端或最荒謬的結果；需要勇氣，是因為你要堅守對笑話的信念，直接把笑話講出來，絕不能事前開脫致歉，也不能拐彎抹角繞圈圈。

以小布希為父親致的悼詞為例。小布希的致詞真誠又帶著詼諧，他聊到老喬治晚年多有活力：

喬治·赫伯特·沃克·布希活到九十歲的時候，從飛機上跳傘降落到緬因州肯納邦克港（Kennebunkport）的海濱聖安妮教堂（St. Anne's by the Sea），他媽媽在這座教堂結婚，他本人也經常在那裡做禮拜。我母親總愛說，爸爸選這個地點降落，是想到降落傘可能打不開，要以防不時之需。

場面原先凝重，這時添了一絲歡快的氣氛。不管芭芭拉．布希（Barbara Bush）實際上有沒有這樣說，講笑話的人都想像過美國第四十任總統跳傘而死，設想了最糟的狀況才創作這則笑話。

我也在席琳的演講裡寫了類似的台詞，她是位活動策畫人，我們合作過很多次。席琳累病了，但又很愛展現自我形象，讓人覺得她是熱情無限的活動老手。我想了想她的健康狀況，加上我又知道她對燈光與餐飲有多少專業知識，也熟悉她歷年的活動大作，便這樣寫：

光看我的醫療費，就知道我和團隊有多努力。過去這一年幾乎要了我的命。不嫌你覺得誇張，我生病剛動完手術，就掛著點滴籌備了一場電影首映會的映後派對。我當然只規畫沒出席——不管酒吧燈光有多暗，掛著點滴都跟會場不太搭。

我敞開心扉擁抱荒謬——帶著行動點滴架去參加活動，看起來怎麼樣呢——噹啷！這時燈光就變成笑話的核心了。我甚至可以更過分點，假裝席琳真的就去現場了。這笑話也可以這樣寫：「我生病剛動完手術，我想下一周辦映後派對的時候，身上應該還掛著點滴吧！好在會場的燈能調暗，謝天謝地。」

我說你需要勇氣，就是因為有些講者不敢行使自己的創作特權（artistic license）。我這位客戶席琳讀了笑話後很緊張，怕聽眾相信她真的推著點滴架插著針頭跑去活動（這些辦活動的人啊，好像不太聰明喔），所以我們把笑話改得溫和點，但沒有完全刪掉。不過為了開玩笑而誇大事實，完全沒問題——為了幽默行使創作特權，離直接撒謊還是有道鴻溝。以席琳為例，她要撒謊就會說：「我親自到派對會場坐鎮指揮，整晚都拖著點滴走來走去——燈能調暗，真是謝天謝地。」差別很明顯。第一種笑話式措辭，把事實講得模稜兩可。第二種撒謊的情境，則是把事實完全變了樣。

我的得意之作裡，有則笑話是幫加州來的一位伴郎寫的。就叫他阿齊茲好了。這次合作，他老早就把超級搞笑的素材都丟給我，就是要說明他朋友泰勒有多搞怪又誇張——

這個案子可算是贏在起跑點。演講頭幾個的段落，我們用新郎大學時期故事來呈現他的性格。有則小軼事是，泰勒超想在學校辦超大型派對，現場要有閃亮亮的夜店球燈，還要有煙霧機。他要花一大堆錢把氣氛搞得超棒——派對只有啤酒桶和塑膠飲料杯，那根本不夠看，超俗超遜。但阿齊茲給我的真正的好料，是一篇《紐約時報》報導，報的是泰勒公寓附近的瓦斯管氣爆，泰勒那天對記者說的話尤其經典。

於是講稿寫到四分之三左右的篇幅，我們就把這兩件事串起來了：

不過，泰勒其實上過《紐約時報》喔——不像《魔戒》，他就是沒機會進到畫面裡。《紐時》那篇文章的標題是：〈氣爆污染，居民流離失所，要一個答案〉。記者指出，泰勒擔心接觸石棉可能對健康有不良影響，那時候他正提著一袋爆炸當天穿著的衣服去洗衣店，文章裡寫到泰勒這麼說：「看到有人穿防護服，會讓人有點神經緊繃。」

我讀了很訝異。原來他那麼擔心石棉的危害喔，好意外欸，他以前都沒關心過煙霧機裡面裝什麼耶。

我知道這時出奇不意提起好幾個段落前的煙霧機，一定會讓聽眾笑出來。「回顧」這種喜劇技巧效果很好，我很愛用。被回顧的原始橋段也不一定非是搞笑段落。也可以單純是演講裡種種素材的一則，德嘉・福克斯（Deja Foxx）的演講就是一例。她是非常有魅力的社運人士，也是Z世代中具備美國總統潛力的明日之星——我二〇一八年和她合作過。

德嘉要對滿屋的倡議者和組織者談話，這些人都積極參與政治；而她想告訴聽眾自己的故事，跟他們說還不為大眾所知的事，讓大家明白她的出身背景。她就支持墮胎自主權議題，在市政廳與參議員傑夫・弗雷克（Jeff Flake）爭論，因此在Instagram上一舉成名，於是在計畫生育支持者和相關女性主義團體間都成了寵兒。你就想她是AOC，[*54]不過穿著短版上衣，美甲做好做滿。演講最後，她告訴眼前抱著美好理想的群眾，自己成長於在亞利桑那州，在加油站打工，加油站櫃台工作最煩的就是要把霜淇淋擠得像模像樣。「那六個月，我不斷做那個繞來繞去的動作，做得有夠痛苦。每次擠出來都歪一邊。」講稿鋪好哏，讓她招認這件事。但大哏留在最後。講到最後，她已經談到自己代表的選民、她想在國會裡看到的臉孔，以及要是哪天她進了國會，美國會多了一位怎樣的議員。

等我進了國會，媒體要描述我就得想破頭。

所以我先幫他們列好一些可以用的字眼：聰明、有韌性、熱情、無懼無悔，還有，爆幹懂霜淇淋機。他們要貼我標籤很難，要換掉我也很難。我就像我代表的人民一樣。

群眾樂瘋了。這段回顧天外飛來一筆髒話，滿堂聽眾都沉醉在這段話帶來的青春活力裡。等德嘉成為總統，希望她會記得打給我。我那時候年紀大概也夠大了，年輕的下一輩演講撰稿師差不多要來跟我說，我的方法全盤皆錯，然後我就會大發一頓老脾氣。

當然，就這段演講來說，成敗都取決於德嘉怎麼講。德嘉自信狂放中帶著一股市井的機敏，當下她雙手食指對空一刺，指頭上一對血紅的利爪，就這樣將同樣的氣勢注入了現場氣氛裡。

「表達實踐」是喜劇的關鍵，但正如笑話的創作仰賴原始素材，表達方式也與講者

54 譯注：AOC是美國政治人物暨社運人士亞歷山綴雅・歐卡修—科爾特斯（Alexandria Ocasio-Cortez）的暱稱。

的個性息息相關。如果你成功寫出一個好笑話，那你一定知道這個笑話該怎麼講。講笑話的方式沒有對錯，講的是軼聞趣事就更沒對錯，這類笑話的幽默和特定笑點沒那麼大關係，成功與否更取決於你為聽眾營造或強調的情景。把玩當下的事實和真相，是最有效的武器。你當時覺得驚喜嗎？高興嗎？不贊同嗎？你是像德嘉提到霜淇淋機那樣，對嘴裡講的話胸有成竹，能堅定有自信地表達嗎？還是你像阿齊茲聽到泰勒在擔心石棉問題，覺得很困惑？或者你跟我的沙烏地阿拉伯朋友一樣，想表示自己有多無辜無害。

他從頭到尾都沒採納那個哇沙比笑話。不過，文字遊戲雖然沒玩成，我們最後還算是成功收了一籮筐歡笑。完成工作後，我寄了尾款發票——其實我是要提醒他頭款還沒付，順便把這案子的總金額明細跟欠款列給他看。兩周後，他寄來第二個棕色信封。這次裡頭塞的不是滿滿的沙烏地阿拉伯大外宣，而是整整齊齊的幾疊美鈔現金，為數幾千美元。我要模仿一下《慾望城市》（*Sex and the City*）女主角的台詞（我在說凱莉，跟《反恐危機》那位並列電視史上兩大知名凱莉）——我不禁好奇：他也是這樣結獸醫的帳嗎？

12

站上去，講出來！

為聽眾獨自練習

我老早就說了，講稿只有離開紙面才能成為演講。然而，多年來和我合作的許多客戶，都忽略我提供演講練習服務，還以為那只是整套方案裡的小贈品——時間夠再練就好。我不得不猜想：初稿完成、最終修改版定案，這時他們有了要講的內容和要點，於是就有了勇氣，覺得自己準備周全，能面對聽眾了。我承認完成講稿確實很有成就感，但練習表達是準備過程不可獲缺的一環，無論你經驗多豐富，總會有成長空間——尤其是處理全新題材的時候。

多明尼克在我開口前先提起上台發表的事，我很開心。多明尼克剛從常春藤商學院畢業，是明星創業家，一手打造了顛覆產業的企業，公司的品牌宣傳精準，吸引了數百萬千禧世代的美國消費者。他講自己的故事講了無數次，在各大採訪、小組討論會、主題演講都談過——雖然多明尼克相對有名，新聞動態一篇接一篇，想到要在公眾場合自信開口、展現令人信服的風範，他還是覺得難度很高。多明尼克想要擺脫他既有的談話要點模板；之所以找我們合作，除了想向母校學生傳達嶄新的訊息，也希望上台的表現能令自己引以為傲。我們一起寫講稿，細細編修，最後定稿——然後他就消失了。我發了幾封信提醒他還有演講練習沒做，但沒收到半封回信。沒回電子郵件，沒回電話。我甚至還得追殺他付款，不禁覺得自己像被遺棄的妻子在追討贍養費。

實在很不幸。但最令我焦慮的是：約莫一個月後，我上網查查資料，哎呀，找一找竟然在 YouTube 上發現他的演講影片。我本來覺得他一定對我們合作的結果不滿意，所以按下播放按鈕前做足了心理準備，預期看到內容完全偏離我們寫的講稿——「回歸」（這樣講不曉得合不合適）原先的老套媒體公關稿。我不確定哪件事比較令我驚訝：到底是我們寫的講稿他一字一哏都沒改，還是他整場演講都咕噥含糊語無倫次。到頭來，多明尼克還是忽略「講出來」有多重要。

在客戶想到上台發表前，我早就早一步替他們都想透了，連多明尼克都沒想得這麼早這麼細。寫講稿時，我不僅會考慮講稿語言是否清晰有力，也會考慮幾項關鍵元素：措辭、步調、節奏，以及要強調的重點。隨著擬稿過程漸漸進入修改階段，最後再到演講練習，紙上的文稿編排也逐步隨著客戶的需求演化，使這些元素更臻完善，在實際發表時達到最佳效果。演講練習以前，撰稿的一切取捨總是以聽眾為基準，聽眾就是這趟旅程的北極星；但等到要引導客戶上台發表，我採用的技巧就幾乎都取決於講者，我會衡量他們能否將自己帶入精心設計的敘事，考量他們會為文本增添怎麼樣的個性。

客戶常常誤會我寫的內容，或者等到我讀稿給他們聽，才發現自己沒有全盤理解文意，頻率之高連我自己都算不清了。稿子上一句好話，可能因為講得太差變成廢話，光看著演講逐字稿，很可能模糊演講應有的效果。用看的，笑話可能沒那麼有趣，強而有力的文句可能也傳達不了能量。

談到後者，二〇二〇年總統辯論期間拜登拿來戳川普的金句足以為例：「川普看氣候問題當看笑話，我看到的是工作機會。」讀起來怎樣？沒啥特別的。但實際演講時，他前半段語帶嘲諷，短短頓了一下，然後語氣一轉認真誠懇，滿帶樂觀，把第二段話講得十分成功有力。這個表現對拜登總統來說不簡單，畢竟我一直覺得他的演講能力略顯不足。

書面文字與實際效果的落差，有時可歸因於講者的技巧有多嫻熟，但更可能是因為稿子裡的標點符號和遣詞構句不照規矩來（至少我寫的稿子就有這種狀況）。一般來說，我寫的草稿除了破折號和「full stop」（我從小都這樣稱呼句號）外幾乎沒用其他的標點符號。（對於英國女性而言，美國人用的「period」這個字和多采多姿的標點八竿子打不著，我聽到實在很難受。[*55]）作曲家以圓滑線和重音符號勾勒樂句的樣貌，而我寫作時也會思考文句在聽眾耳裡聽來如何。我會用破折號表示，講者可以在哪個段落把概念斷成小句，讓人能稍稍喘息，也可以插幾句別的話，例如下面這一段：

大家也知道，今天其實是我最後一次正式代表〔公司名稱〕出席。二十二年前，我成為這間公司的共同創辦人——我大概是第一個在商業總會講這種話的人，可能也只有我會這樣說——所以我現在情緒有點激動。

雖然我句號（就 period 啦，哎唷喂我都痙攣了）放得有點硬要，看起來中斷了思路，但這就是故意的，都是因為我想要強調一個大重點或者兩個小概念。打完句號，我又常用連接詞開頭（例如：但是〔but〕、而且〔and〕），我小二的文法老師發現一定會昏倒。但是，我這樣做，是因為認為應該給接下來要講的內容留點空間。就像剛才那樣。我也經常用斷行來進一步強調內容。以下是接續前面摘文的段落：

我當然知道這一天終究會來——為了這天，我已經準備一段時間了。

看看我的潮鞋，還有沒扣好的襯衫，隨興瀟灑吧。這些造型我都精心研究過，這樣跟我個人的轉變才搭。以前我參加這種活動，一直都穿藍西裝、白襯衫、深藍色領帶。

可是這種風格已經不適合我接下來的路線了。

八月三十一日，是我擔任執行長的最後一天，我慶祝退休的活動，跟大多數「長」字輩的高級主管一樣：

55 譯注：period 在英式英文中有「經期」之意。

我去了火人節（Burning Man）。

如果你不知道火人節是什麼，我就這樣解釋好了：有很多人、很多藝術活動、很多誇張的造型，然後這一切都發生在沙漠裡。就是在那裡——在火人節——在巨大的臨時聖殿下面——聖殿由二十大片木頭組成，扭在一起變成螺旋狀往天空去——中心是佛教象徵自我統合的符號，是3D列印的——我就獨自坐在那裏，讓自己在精神和情感上跟我創立的公司鬆綁。

那是充滿力量的一刻。

你應該看看我當時的服裝才對。

喔，我幹嘛跟你們說這一大堆呢？當然不是要趁機拿自己最近造型演變的故事娛樂大家。

不是。

不盡然啦。

是因為當下的反思，讓我得以回想過去的二十二年。我取得什麼成就。我怎麼改變自我。哪些事可能有別的做法。以及我要如何利用自身所學向前邁進。

不管是陪這位客戶練習演講，還是陪其他客戶練習演講，我都會一直調整標點和格式，東修修西補補，就是想把情緒變化、能量起伏、靜止沉澱、概念輕重全都標示清楚。有意思的是，你精心雕琢的這份稿子完全為你所有、為你專屬——沒有人看得到你的稿子，所以你大可拿標點符號輔助自己調整速度或為拋哏助跑，愛怎麼用就怎麼用。等你把稿子讀出聲、針對邏輯不通順的內容做最後微調，這時就能隨心所欲隨處標上破折號和句號、斜線、粗體和斷行。只要你清楚這些標點是什麼意思就好。

多年來，我用了許多不同手法表示重點、語調、能量和主題的變化。例如查莉的四十分鐘演講，我用顏色標示每個新「章節」從哪開始。

我發現，在把句子裡的字詞加粗，往往有助講者識別應該要強調哪些部分；要是強調不同的字詞會為那句話帶出不同的情緒，這麼做就更有幫助了。例如：

金斯伯格大法官整段職涯，一直在嘗試打破我們社會的框架再重建，好讓女人不用打破玻璃天花板才能和男人競爭。

在沒具體指示的狀況下，客戶強調「玻璃天花板」這個詞，這倒也無可厚非。所以我把「不用」加粗。

> 金斯伯格大法官整段職涯，一直在嘗試打破社會的框架再重建，好讓女人**不用**打破玻璃天花板才能和男人競爭。

「玻璃天花板」這個隱喻早就老掉牙，因此重點不是要提醒大家看玻璃天花板，而是要傳達，早在大家都開始用這個術語來談論性別失衡前，RBG就在為女性而戰——也可以說，她開始奮戰前天花板都還不是透明的，我們連上頭有啥都看不到。如果把「不用」念得重一點，就能點出天花板一直在那邊。

這個語調的差異很小，演講的成敗當然不只看這一處，但卻是能強化演講重點的機會，這種機會要是錯過十個左右，那就有差了。要談這種失分累加的影響，有位女性高階主管的演講就是好例子，這位主管每句話都會強調「我」這個字。結果，講者本來要說她**想念**跟朋友和同事見面的日子，但她對未來很**樂觀**；結果變成**她**想念朋友和同事，但**她**

對未來很樂觀——好像在暗示其他人就不想念或不樂觀了。從頭到尾她都把「我」念得太用力，無意間就讓整段話聽起來很自我陶醉，但她當然不是那麼自我中心的人。把字上粗體，就能傳達她想分享的情感，也不致讓她演講時絆手絆腳或講到一半分心。

記不記得我前面提到，演講的時候要換主題，可以輕輕鬆鬆默默轉個場就好，不需要告訴聽眾你要換主題？如果我知道我們要換主題了，需要挪出空間來醞釀全新想法，那就會換個新段落寫，也在兩段之間的用方括號提示「呼吸」。為什麼是「呼吸」而不是「停頓」？因為花點時間吸氣就能自然而然重振活力，這種情況下就能提醒講者，要開始談下個概念就得帶入點新能量。就像珍娜・布希・海格談她祖父與「傳承」那樣，你要用聲音提示一下聽眾。如果我提示講者「停頓」，他們很可能會憋住當下那一口氣，然後以上一段話殘餘的精氣神繼續把話講下去。更慘的是，他們被提示「停頓」以後，很可能就會停得太久。我相信大家都熬過這種演講，聽眾坐在台下一直想著：講者是在停什麼鬼？好好講下去不行嗎？這其中的平衡得好好拿捏，做得好大家就覺得演講語氣輕重清晰、講話步調適切，做得差聽眾就覺得你表現得生硬無力。有時我會用斜體表示希望客戶簡單帶過某段，不必嘮嘮叨叨得太冗長。這樣傳達訊息的目的，大都是要打造一種氛圍，讓聽眾覺得講者是當下冒出這個想法，沒有預先擬稿，完全即興。我都說這種台詞是拿來「隨口帶過」（throwaway）。有時我請講者用這種方式說話，只是因為我希望讓聽眾一次聽見整體要點。用太多標點轉變語氣或者講得太久，很容易就會丟失重點或讓聽眾疲乏。

不管加上標點格式對你多有幫助，刪掉稿子裡的提示，讓節奏更流暢、更有活力、更讓人投入，這麼做也對演講有幫助。但我得說，格式變化再精妙，也只能帶你走這麼遠了。愛炫的人就是愛炫，內向的人就是內向。這點打再多破折號也改不了。好消息是，提升演講效果不需要你把自己搞得性格大變。如果講者是位非營利組織共同創辦人，有著容易緊張的書生性格，那想把他打造成梅爾．羅賓斯（Mel Robbins）或安東尼．羅賓斯（Anthony Robbins）那種熱情洋溢的勵志演說家（這兩位不是親戚，是的話一定很有趣），最後只會白做工。那有違聽眾期待，他們想了解講者，所以假裝自己是別人並非正解。

我的唯一目標，是在演講的幾分鐘內，讓你當那個最有自信、最會表達、最有魅力的自己。經歷過演講撰稿這個全面詳盡又令人振奮的體驗，你可能已經把自己切換到比平常更進階的模式了。你的演講應該要賦予講稿裡的言論生命，而不是拿虛假的第二人格來把它壓垮壓死。

席琳（前一章講到因為點滴陷入兩難那一位）就不需要躲在什麼第二人格後面。她的個性倒是一如髮型那樣顯眼；一頭又高又圓的蓬蓬髮染過好幾次，身上還掛滿鑽石，好像從一九八〇年代的電視劇《豪門恩怨》（*Dynasty*，看不懂的年輕人自己查一下）走出來，大家還會以為是劇組到札巴超市（Zabar's）出外景（跟你說了自己查喔）。想像一下，克麗絲朵．卡靈頓（Krystle Carrington）加桃莉．巴頓（Dolly Parton）加漫才梅索太太（Mrs. Maisel）。*56 如果你想見識打上粉紅光的奢靡浮華，找席琳就對了。如果你想來點引人入勝的故事，一對一聊天的時候，沒人比她更健談好聊。這位業界典範、作育無數英才的導師級人物，竟然會怕對一大群人演講，實在令人難以置信。我們開始練習演講的時候，

56 譯注：克麗絲朵．卡靈頓（Krystle Carrington）是《豪門恩怨》（*Dynasty*）的虛構角色，梅索太太是美劇《漫才梅索太太》（*The Marvelous Mrs. Maisel*）的主角，丈夫出軌離棄她後，陰錯陽差成為一九五〇年代少見的女性單口喜劇演員。

說她「拘謹寡言」還算客氣了。

搞到最後，我不得不想辦法哄她，讓她覺得自己在社交，不是在演講。我們準備演講時，她養的迷你貴賓閃閃在一旁跑來跑去，寶石項圈叮噹響，響聲提醒了席琳誰才是老大，這對她建立演講心態很有幫助。就像有些人會跟狗狗親嘴，席琳有時候也會訓一下閃閃——有藉口能以人類的方式和最親愛的毛小孩互動，她覺得很開心。「閃閃，你去吵阿梅，媽咪在忙。」（阿梅是她的管家。）「阿梅欸欸欸——你可以帶閃寶寶出去走走嗎？出門前順路幫我拿點檸檬汁過來好嗎？」兩只高球杯裝滿鮮榨檸檬飲，小心翼翼擺在銀色托盤呈上來，這樣才不會弄髒聚酯纖維蕾絲桌布。

說句公道話，席琳雖然穿金戴銀，但卻是很溫暖和善的一位母系大家長，一旦你成為他們圈內的一分子，她就會真誠地關愛你。我們一起寫完第一次講稿時，她對成果非常開心，還寫了感謝卡給我，附上一份精美禮物送給我當時剛出生的大女兒。那件絲綢蓬蓬裙是在波道夫精品百貨（Bergdorf）買的，我還留著禮品收據——我家孩子出門，穿得再體面不過也就是髒兮兮的緊身褲，是要穿去公園遊樂場玩的，我百分之百確定自己才不會花兩百美金去買緊身褲。

席琳的問題不在於她看到聚光燈會緊張。只是她身為天賦滿滿的說書人，在此之前卻從沒機會寫過自己的故事。這次是正式演講，她第一次得組織談話的結構和目標，努力要讓稿子上的文字活過來，努力讓演講聽起來像平常講話那樣活靈活現。她稿子讀得磕磕絆絆，念念停停，讀錯台詞，接著就心慌意亂；看來我得要扭轉這段體驗，讓席琳感覺自己更有力量才行。

我先前訪問了席琳好幾小時，知道席琳和她的團隊活動當天抵達現場時，每個人都會帶著黑色活頁夾，裡頭記了活動流程，還有讓活動順利完成必備的所有資訊——緊急聯絡號碼、時間表、場地平面圖等等。我突然想到，活頁夾可能是能重建席琳自我意識的道具。第二次碰面練習演講時，我把講稿字體放大再印出來，這樣她比較好讀，我還確認過分頁不會把句子截斷，剛好都落在句點，這樣她翻頁時就不用中斷思路。然後我把整理好的四十多頁講稿護貝——因為我知道她愛護貝——再把稿子放進黑色活頁夾。我們再度坐在她餐桌旁，阿梅和閃閃相伴在側，席琳稿子讀著讀著漸漸放鬆下來。演講順了起來，我們認識那位活力充沛的席琳也回來了。

我幫客戶安排的演講練習，會先隨性地坐著通讀。通讀的目標是要把講稿完全定案，講者練習完就知道自己上台走向麥克風時應該要做什麼。等我們碰完最後一次面，講者愛怎麼改稿我都阻止不了了，但我會希望練習時的講稿就是他們原封不動帶上台的講稿。

讀稿不是為了聽講者哪裡念不順，也是要趁機注意我在過程中會不會無聊或分心。到了這個階段，我已經把這該死的講稿大聲讀給自己聽好幾次，次數多到不正常，所以我的無聊閾值很低。但要練習講自己的稿子，一定要豎直耳朵仔細聽哪段太無趣。要認知到連你自己都覺得無聊，得仰賴誠實和謙遜。如果你覺得自己在敷衍了事，或者有哪個語助詞能量不足、對推動敘事沒多少作用，只要察覺到這類狀況，就算只有一秒，都請停下來，自問一下這句話是不是太無關緊要、重複累贅或者太過冗長。能刪掉嗎？能簡化嗎？把句子移到更有效果的地方？也許加點幽默感？不要忽視這種感覺。連你都沒興趣了，聽眾肯定也沒興趣。

提到改稿，有個很有意思的概念叫「殺死心肝寶貝」（killing your darlings）。會有這個稱呼，是為了要提醒寫作者刪減文字時必須放下狂妄自大。你可能覺得那是有史以來最好的故事或演講裡最有趣的部分，但如果放在稿子裡就不搭軋，不管你多愛都得殺死它。這樣看來，我就是貨真價實的殺童犯了。一旦我們對內容做了最後的修整，我就會要客戶想想當天怎麼展現自己，然後模仿那樣的狀態講一次。文字離開紙面會多了動態，文字進入身體時就更有動態了。我不是要跟你來劇場那一套，可是演講的時候實在不能忽略肢體。政客揮動的拳頭是肢體；無論效果好壞，來回踱步也是肢體。一九四三年邱吉爾對美國國會談話時，一邊說著「只要我們一息尚存」一邊拍胸脯，衝擊力響徹整個大廳。那是肢體。

這個階段，我給的建議簡單又好消化，不管多業餘的人都能聽懂：雙腳站穩不動，與肩同寬。放鬆腰部以上的身體，這樣就能左右轉動看演講空間的兩側，跟左右和中間的聽眾建立連結。把講稿或筆記卡放在面前，開始說話時，瞄準所在空間裡最遠的一個點，把話往那裡送。這點建議不算多吧？還要提前確認你到時手上會不會拿東西——像是麥克風或小雕像——以及現場有沒有演講台或提詞機，這些資訊至關重要。演講練習的目的是盡可能重現實際演講的情況，以免當天才知道場地和預想的不同，鬧出一陣驚嚇。如果你在練習時愛捶胸頓足，結果演講當天卻發現自己要拿麥克風、講稿和易碎的香檳杯，那你的演講一定會變成街頭巷尾的話題，大家會一直聊你是怎麼把酒灑在新娘母親身上。

我看過最常見的習慣是，就算講者雙腳能站穩不動，也會情不自禁地前後搖擺身體，或是把重心從這腳換到那腳，看起來像拉比在祈禱，或是從玩偶盒剛跳出來的彈簧玩偶。像這樣一直動會分散聽眾的注意力，而且會浪費能量，那些能量都應該要瞄準聽眾、往聽眾方向投射才對。想想科幻或奇幻電影的畫面，英雄或反派張開嘴，射出生命力光波。那種場景你熟的。有時畫面裡會有哀號和尖叫聲；我們不太需要啦。不管怎樣，那種光波都是從核心深處爆發，然後炸出一片能量，布滿整個天空。這就是我試圖讓講者達到或至少模仿一下的效果。那你想像一下電影裡的畫面，然後把那個人物形象左右移來移去。再來想像他們一隻手臂越過胸前護住另一隻手，被抓住的手垂拿著講稿，軟綿綿地掛在身邊。看起來沒什麼力量吧。

建構一些舞台形象後，第一次站著通讀時，我就會明白講者要怎麼在講稿裡帶入自己的個性。他們在新環境中熟悉自己身體的同時，我的注意力轉向他們自然的說話音量、節奏和聲調。就像席琳的例子，大家的表現和他們平常的形象未必一致。內向的人也有可能對語調抑揚頓挫特別敏銳，還能把哏講得跟專業單口喜劇演員一樣好。但講者不敢投射能量，導致聽眾聽不到哏，那就是個問題了。這些年下來，我獨門開發了一套練習，能觸及最常見的表達缺陷核心，讓講者能在演講持續的五到四十分鐘裡改善他們的問題，又不會讓他們顯得性格大變。練習題的範圍有荒謬的（假裝你在對滿屋的五歲小孩讀講稿），還有更荒謬的（你正在躲食人殭屍，他們聽力超好；想要逃脫只能靠你的演講，前提是你要把訊息分享給一起躲殭屍的人）。這些練習有助於改善講者的以下傾向：

語調太平
欠缺能量
害羞
表現過度
認真
速度（說話太快或太慢）

達利歐超級無敵害羞。我們營運的第一年，他來參加創意啟動會，敲了演講實驗室總部的門，我們實在難以相信眼前這個瘦小的年輕人是家族事業接班人。達利歐解釋，他父親是紐約著名的鑽石切割師，意外去世了，讓他這個長子不得不提早好幾年接管家族事業。達利歐迎頭撞上的第一場挑戰，就是要在紐約市聖派翠克大教堂（St. Patrick's Cathedral），對一眾南非鑽石公司高階主管和義大利裔美國親友面前發表演說紀念父親。他想對自己的人生榜樣、敬愛的父親致敬，但也得讓父親的合作夥伴和客戶放心，明白他是值得託付的繼承人。

達利歐的演講談了父親對美的熱情，以及他教導兒子的價值觀，而他對待工藝和生意的方式優雅地體現了那些價值觀。達利歐分享了許多精彩故事，還有他從父親身上學到的教誨，講稿不費多少力就自然而然寫出來了。但到練習把紙上的講稿轉化為演講時，我很清楚：想把能量填滿聖派翠克大教堂，達利歐需要的不只是稿子。我沒打算要把達利歐改造成外向的人，而是希望在他五到十分鐘的演講中，通過音量和活力凸顯出他較少為人矚目的特質，像是忠誠和誠實。

有些語速太快的人講話就是慢不下來。同理，音量小又（恕我直言）沒魅力的人，不太需要擔心自己太吵鬧或太愛表現。對於達利歐這樣的人，為了讓他順利投射能量填滿大教堂，我使用了「神鬼戰士」（Gladiator）技巧，《權力遊戲》（*Game of Thrones*）紅起來以後，我改叫它「丹妮莉絲・坦格利安效應」（The Daenerys Targaryen Effect）。羅素・

克洛（Russell Crowe）遇上丹妮莉絲的軍隊和龍，只有吃不完兜著走。這個練習的做法是，想像要上戰場了，你站在自己的部隊面前，要讓振奮將士的精神，提醒他們為何要為你而戰。你要對數十萬人講話，隊伍分布得很廣，對沒錯，你得大聲喊才行。達利歐的案子，我們選擇靜靜地拿一樁軼事開場。他的第一句話是，「我記得有一次和父親到南非」，聽上去像是初次吐露親密回憶，但我們在表達上下了點功夫，瞬間這句話聽起來更像是要講述故事的磅礴開場白。

我們剛創辦演講實驗室時，納森和我曾開玩笑說，除了文字和格式之外，好西裝或顏色合適的口紅，也會神奇地改善講者在演講中的自信。這不盡然是玩笑話，而達利歐拿給我們看的西裝也確實有錦上添花的效果。他方方面面都已經進入了角色。

達利歐從不會把事情做過頭。他與生俱來的性格就是辦不到。至於透過這種練習找到勇氣的人，你隨時都能調整能量強度。重要的是先讓自己自由實驗，讓自己去感受演講當下會有的生命力和氣力。想提高自己的演講能力，需要很大的勇氣，還要很謙遜。你得辨識自己面對著哪種挑戰，是速度、能量、語調還是其他障礙，而且要接受可能不只有一種挑戰要克服。在這種情況下，去請教認識你的人意見，例如問朋友或問家人，看起來是個辦法；但老實說，我不認為你能從誰身上問出什麼客觀意見。就我的經驗，人類天生渴望能證明自己是現場最聰明的人，如果你讓認識的人聽你練習，要他們按前述的指示給意見，那人家只會告訴你要改進哪裡，跟你說你全都做錯了。當然，可能只有我家人才這樣；不過我記得有次我到一位客戶家裡做演講練習，他太太恰巧購物完回來，忽然冒出來說她覺得演講有哪裡可以改得「更好」。等太太又撤退後，我委婉地告訴客戶，我覺得這樣改把演講搞砸了。謝天謝地，客戶也同意。後來他又聘我支援演講，便提議在他辦公室見面，我鬆了一口氣。

練習演講不用花上好幾個小時。我都建議客戶在活動開始前一周內每天練一次。過度練習有風險，危險就在於你可能會感覺排練過度、覺得自己「太演」，或者因為對題材越來越熟悉，就對演講越來越不敏感。更糟糕的是，這可能會讓你想炫技逞能。你會開始想：「如果我在這裡即興一點點，那裡即興一下下呢？拜託不要。」

要是你已經完成任務——提出問題問了自己、窮盡自身知識的最深處、為了題材廣泛探索，也用盡你的創造力將所有素材結合在一起——那就不需要你媽媽或你老公告訴你，他們覺得怎麼做比較好。也不需要活動主持人來讓你演講時更有安全感或更樂觀。但就像寫講稿時那樣，你可以利用自身的判斷力，大幅提升自己的演講表現。別怕自己火力全開，你隨時想關就能關。要記得，你也不必去變成其他人，誰都不用學。如果你不是超有自信，就不要假裝有。為你的演講做主，盡力而為。這就是聽眾想要的。記住了，只要你別鬧到要找消防隊，聽眾都會站在你這邊。

最後忠告

我這陣子一直在讀你寄給我的素材——好迷人的職業。我很期待能了解更多資訊，透過這些素材協助皮埃蒙特（Piedmont）的學生打造引人入勝的作品。

所以說，我想在傳二十道問題給你前再打個電話。我很想聽你談談在薩凡納（Savannah）的童年、你的家庭，還有遠在你去華頓商學院（The Wharton School）前，都經歷過什麼挑戰、有什麼精彩故事可以分享。

如今我和派翠霞合作很久了，剛開始合作時我就發了這封信給她。派翠霞受人讚譽，位居華爾街最有權勢的女性之列，是一家金融公司的大股東，這家公司在全美少數族裔經營的金融公司裡是規模最大的；她啟發了無數領導者，不時就獲頒榮譽、獎項，要不就是收到主題演講邀約，頻率之高比我接到中國打來的詐騙電話還頻繁。（Covid-19疫情到了尾聲，我突然想到，也許這些電話一直都是想傳達一個緊急訊息：「萬惡的病毒要來了！空氣傳播的！要戴口罩！但買東西回來不用消毒！」結果我們就這樣掛斷他們的電話，讓安東尼．佛奇〔Anthony Fauci〕忙得團團轉。）

從我們合作開始，派翠霞就只肯透露一部分的人生故事給我。無論我多麼努力，我都覺得自己只知道她做過什麼、什麼時候做、這件事有誰參與，大概只有這些粗略的細節，從沒有更多資訊。我想知道的是：怎麼做？怎麼樣？她怎麼克服障礙？知道自己要比同齡人更努力奮戰，她感覺怎麼樣？我無從得知她在哪些時刻感到痛苦、沮喪、喜悅、解脫和勝利。我能替她寫出一小段職涯經歷，卻寫不成深入的傳記。她總是說自己不想把個人生活帶入演講，不然就刻意忽略我小心翼翼的逼問挑釁。

面對敘事裡的空洞，我只能盡力填補，努力為畢業典禮、晚會盛宴、剪綵活動、各界大會和研討會客座演講寫好稿子，過程中料理過各種題目，窮盡你想得到的範圍，包辦她職涯軌跡的種種面向：談過領導也談過指導，談過職涯成長也談過客戶關係。我們談過她身為女性投入工程領域的經歷，但就算討論了這個題目，她也只是安全保守地帶過，甚至可說有點抽離，而且提供的內容都局限在從簡歷稍稍延伸的範圍內。我記得有回她要發表獲獎感言，我們有過一次比較緊張的交鋒。派翠霞堅決不想以任何形式提及自己在南方的生活，我則認為講兩個輕鬆的笑話，提到她早熟的閱讀能力和早早嶄露的智力，會為原本枯燥的講稿帶來一點人性。有一年黑人歷史月期間，她受邀到大型基礎建設公司為黑人員工社群演講，我本來期待著要敲開她防守嚴密的個人經歷寶庫。最後只寫出一段談美國蓄奴史、平權未竟大業的話，向歷史與社會致意卻欠缺想像力。我忍不住覺得她是故意避免貼近題材。

就這樣持續了很多年。我們從她的職業軌跡裡提取出不同的片段，根據聽眾和演講的目標，以新的角度將這些片段融進新的敘事。我不明白派翠霞為什麼對我保持一定的距離；我責怪自己，這位女性如此令人讚嘆，我卻無法更深入了解她內心情感層面的生活。如果我服務其他客戶時都辦到了，為什麼對派翠霞偏偏辦不到？她是位黑人女性，從最白人掌權、最男性主導的產業崛起——她肯定還有很多事沒告訴我。

後來形勢終於大逆轉。二〇二〇年夏天，全球最大科技公司的財務部門邀請她致詞。

Covid-19大流行當時正在肆虐，有色人種死亡率高得不成比例，地面仍為「黑人的命也是命」抗議者行軍的腳步震動——美國得要好好清算社會積欠已久的帳了。時值文化氛圍動盪不安，這家公司和許多《財星》（*Fortune*）五百強企業一樣，正在和種族主義纏鬥；他們請派翠霞就多元與包容的主題，向財務部門發表談話。主辦人告訴她，希望她能談自己獨特的個人故事，並就此提出一些行動目標，讓大家致力有所作為。

我不怎麼愛這家公司——我非常不喜歡他們對環境和小型企業的影響。但我非常感謝他們對派翠霞的影響。要說這件事打開了派翠霞的閘門也不為過。這是她首度被問到身為黑人女性，她如何達成這麼高的成就。我向來認為這是她故事裡最關鍵又最有趣的層面，然而，從沒有誰明確向派翠霞這樣提議，這些年來她便擔心讓聽眾感到不適，一直遵循一套安全保守的敘事——收到邀請後，她如此向我坦白。這種反應是個啟示，對我和派翠霞都是。我忽然就能把她的人生看得更清更亮了——生長於種族隔離的美國南方，她如何克服童年的種種障礙；她的父母給過什麼教誨、這些教誨如何形塑她早年的思維；她又是如何憑藉決心扭轉規則而不被規則壓垮。我不只聽她說了成功事蹟，還聽說了成功之前的挑戰。我聽派翠霞談身為黑人女工程師，她怎麼在白人男性主導的華爾街努力求職。聽派翠霞說她怎麼隱藏自己懷孕的事，但卻藏不了一身膚色。她談起二〇二〇年夏天的暴行，這是我第一次聽她講述時坦誠展現情感。她比我先前所見的派翠霞更熱情奔放。這些都是她過去覺得自己無法分享的故事，但也正是這些故事造就了她。

活動前一天，派翠霞發信給我，從這封小小的電子郵件，也能看得出她如今有多坦率。她終於能展示自己職涯更真實的面向，談論自己願景中更加公平的那個商業世界，覺得欣喜若狂。在此之前我從沒聽她說過「喜歡」什麼，更別提描述什麼事物很完美了。派翠霞這種人看不到完美，他們只會看到改進空間。我也從沒看過這麼多驚嘆號。以我對她的了解，看得出這次經驗對她是種情感宣洩。

在公共場合演講——分享你知道、關心的事情——正有這種效果。公開演講能改變人的思考方式和行為模式。公開演講也能改變你的生活，講者的生活。你能吸引在場聽眾注意力和想像力，針對重要事物表達自己的看法，這股影響力會延續到你的日常生活，改變你與世界互動的方式。

然而試圖爭取這麼高的回報，過程絕對不輕鬆也不容易。成功的演講，有賴嚴謹、謙遜、勇氣、想像力和正直這些要素。一下列出這麼多要素，對誰來說要求都很高，而且就算都做到了也不能保證成功。就算你盤問過自己的思緒、質疑過自己的方法、修改過自己的文字之後，還是不知道自己成功了沒有。但你會知道自己至少盡力了。

好了，我說得夠多了——輪到你開口了。

謝辭

我要懷著最謙虛的心，感謝歷年來將素材資料交託我的許許多多講者，他們迎接我進入個人生活，容許我和他們最寶貴的思緒和想法糾纏不清。他們的勝利、他們的悲劇、他們的挑戰還有他們珍視的一切，向來是為我帶來靈感、助我學習的泉源。聽了他們的故事、「認識」了他們的聽眾，無疑讓我變得更聰明、在專業上更精進。對於這份工作和它成就的關係，我日日都滿懷感激之情。

我開始為這本書寫提案前大約三年的時間裡，每周會在行事曆上把某個下午標成紫色，標籤大大寫著：「寫書——絕對要寫！沒得妥協！」結果我每個禮拜都輕輕鬆鬆把這件事妥協掉了。那時我不知道該怎麼寫書，我只知道應該要寫書。不管做再多的研究或發揮多少想像力，我都無法用言語表達對史蒂芬．韓澤曼（Stephen Hanselman）和茱莉亞．塞瑞布林斯基（Julia Serebrinsky）無盡的感激之情，感謝他們也相信該有這本書，感謝他們在我面臨挑戰時分享智慧與指引。不管那些勵志演講人會跟我說什麼，沒有他們我真的辦不到。茱莉亞，你一直都是與眾不同的合作夥伴。一百萬分感激我的編輯提姆．巴特雷（Tim Bartlett），感激愛麗絲．菲佛（Alice Pfeifer），感激蘿拉．克拉克（Laura Clark），不只因為這本書剛起步時，他們便與我分享滿懷的興奮期待，也因為成書過程中，我的期待既吹毛求疵又冥頑固執，他們都給予支持、耐心以對。

最後這些人，其實我最該先謝過才對，他們從我還不好意思把自己的作品拿給別人看時，就一直是我的支持者。我永遠不會忘記喬迪．羅森（Jody Rosen）和蘿芮．桑德爾（Laurie Sandell）展現的善意和慷慨——兩位是最早讀我文章的作家，真材實料的作家，也是他們告訴我我也能寫。少了他們的讚許，我永遠不會有勇氣嘗試。感激不盡。感謝依蒂，你忠實坐在我身邊十一年——我非常非常想念你。還要感謝我的家人——外婆、母親、父親和姐姐，他們都是說書大師，以自己的獨特方式講故事——我的自我探索與發現之旅迂迂迴迴，旅程中的每一步都有你們的愛，萬分感激。

touch 075

在你開口之前：

直擊完美講稿內幕，紐約最夯演講撰稿師的零失誤戰略大公開

Before You Say Anything:
The Untold Stories and Failproof Strategies of a Very Discreet speechwriter

作者：維多利亞 · 威爾曼 Victoria Wellman
譯者：張雅涵
責任編輯：張晁銘
美術設計：野生國民小學校
排版：蔡煒燁

出版者：大塊文化出版股份有限公司
台北市 105022 南京東路四段 25 號 11 樓
www.locuspublishing.com
讀者服務專線：0800-006689
TEL：(02)87123898
FAX：(02)87123897
郵撥帳號：18955675
戶名：大塊文化出版股份有限公司
法律顧問：董安丹律師、顧慕堯律師

總經銷：大和書報圖書股份有限公司
新北市新莊區五工五路 2 號
TEL：(02) 89902588 FAX：(02) 22901658

初版一刷：2023 年 11 月
定價：新台幣 450 元
ISBN：978-626-7317-98-3
Printed in Taiwan

國家圖書館出版品預行編目 (CIP) 資料

在你開口之前：直擊完美講稿內幕，紐約最夯演講撰稿師的零失誤戰略大公開 / 維多利亞．威爾曼 (Victoria Wellman) 著；張雅涵譯．-- 初版．-- 臺北市：大塊文化出版股份有限公司，2023.11

面；　公分．-- (touch ; 75)
譯自：Before you say anything : the untold stories and failproof strategies of a very discreet speechwriter

ISBN 978-626-7317-98-3(平裝)

1.CST: 演說術

811.9　　　　112015671

LOCUS

LOCUS

LOCUS

LOCUS